卵料理のカフェ⑨

スパイシーな夜食には早すぎる

ローラ・チャイルズ　東野さやか 訳

Egg Shooters
by Laura Childs

コージーブックス

JN119902

EGG SHOOTERS
by
Laura Childs

This edition published by arrangement with
Berkley, an imprint of Penguin Publishing Group,
a division of Penguin Random House LLC
through Tuttle-Mori Agency, Inc., Tokyo

挿画／永野敬子

謝　辞

サム、トム、テリー、ブリタニー、ジェシカ、イライシャ、フリーダ、M・J、ボブ、ジェニー、ダン、そしてバークレー・プライム・クライムおよびペンギン・ランダムハウスで編集、デザイン、広報、コピーライティング、ソーシャルメディア、書店およびギフトの営業、制作、配送を手がけているすばらしいみなさんに格別の感謝を。〈卵料理のカフェ〉シリーズを楽しみ、口コミで宣伝してくださった書店関係者、ブック・クラブ、図書館員、書評家、雑誌の編集者とライター、ウェブサイト、テレビとラジオの関係者、そしてブロガーのみなさんにも心から感謝いたします。本当にみなさんのおかげです！

そして、スザンヌ、トニ、ペトラ、ドゥーギー保安官、その他、カックルベリー・クラブの仲間を友人や家族のように思ってくださる大切な読者のみなさんには、これから先もずっと感謝しつづけます。本当にありがとう！

スパイシーな夜食には早すぎる

主要登場人物

スザンヌ・デイツ……………カックルベリー・クラブ経営者
トニ・ギャレット……………スザンヌの親友。同店の共同経営者。給仕担当
ペトラ…………………………同店の共同経営者。調理担当
ジュニア・ギャレット………トニの別居中の夫
サム・ヘイズレット…………医師。スザンヌの婚約者
ロバート・ストライカー……流通会社を経営
エド・ノーターマン…………病院職員
スマッキー……………………ジュニアの知人
ジミー・ジョン・フロイド…卵とチーズの納品業者
ビリー・ブライス……………薬物更生プログラムのメンバー
ローレン・レドリン…………薬物更生プログラムのメンバー
バーディ・シモンズ…………看護師
ロイ・ドゥーギー……………保安官

1

スザンヌは点滅する赤いライトがバックミラーに映っているのに気づき、救急車ではありませんようにと願った。

しかし、救急車だった。

サイレンのけたたましい音が鳴り響き、スザンヌは車を道路わきに寄せ、緊急車両が猛スピードで通りすぎていくのを見送った。

サムの患者がまたひとり。

スザンヌ・デイツが婚約しているサム・ヘイズレット医師は、おそらくいまごろ、無線で救急隊員のひとりと緊迫した会話を交わしていることだろう。

日曜の夜食としてチリコンカンとコーンブレッドを届けようと思ったけれど、あきらめたほうがよさそうだ。

のんびりとした春の夜が、いつの間にか緊張感にすっぽり包まれている。スザンヌは心から祈った。あの救急車のなかでストレッチャーにくくりつけられている気の毒な患者さんが、生死の境をさまよっているのではありませんようにと。

スザンヌはしばしハンドルから手を離し、大きく息を吐いた。

そうよ。なにも予定を変更しなくたっていいじゃない。いずれサムはおなかがすくんだし。スザンヌは四十代後半で、髪はシルバーブロンド、肌には染みらしい染みがなく、目尻にうっすらとカラスの足跡がある程度だ。これもわたしの個性のひとつ。メイクを落として化粧鏡に映った自分の顔をしみじみながめながら、いつも自分にそう言い聞かせている。小さなしわがあるおかげで、卵形の顔の好感度がよりいっそう高くなっている。でしょ？　そう言いながらも、保湿効果のあるクリームをたっぷり塗って、できるかぎりいまの状態を維持しようとつとめているのも事実だ。

それをべつにすれば、あまり手をかけていない。住んでいるのがキンドレッドのような小さな町ではなくニューヨークならば、反エイジズムが叫ばれるいま、つかの間の若返りをエンジョイしている地に足のついた、中年のテレビタレントと言ってもとおるだろう。スザンヌはいつもあか抜けていて、仕事熱心で、元気いっぱいだけれど、色落ちしたブルージーンズに、裾をウエストのところで結んだ白いコットンシャツというカジュアルな服装で満足している。

最初の夫ウォルターは四年前に亡くなった。それがいまではなんと——妖精と一角獣がもたらしてくれたのだろう、驚くべき奇跡にめぐまれ——この町で医師として働くサム・ヘイズレットと婚約している。婚約しているだけじゃなく、結婚式を目前にひかえている。まさしく秒読み段階で、すでにコッペルズ・レストランの裏庭も予約済みだ。

病院の駐車場に車を入れながら、スザンヌは幸せな気分がじわじわこみあげてくるのを感じていた。人生で二度も運命の人に出会えるなんて、本当にわたしは運がいい。顔がほころぶのを感じ、ラジオから流れてくる曲を口ずさみながら――アデルが「セット・ファイア・トゥ・ザ・レイン」を歌っている――正面の来院者用駐車場には見向きもせず、建物をぐるっとまわりこんで裏の救急救命室専用の入り口に向かった。そこに行けばサムがいる。そして、彼がレントゲンだの全血球計算だの脳波測定だので身動きが取れない状態でなければ、何分かふたりだけの時間が持てるかもしれない。長く離れがたいキスだってできるかもしれない。

救急救命室の小さな待合室には今夜は誰もいなかった。照明は落とされ、椅子には誰もすわっておらず、ローテーブルには雑誌が並べて置いてある。やけにしんと静まり返っているような気がする。実際にはスタッフの誰もかれもが院内を歩きまわっていて、消毒薬のにおいがわずかにただよっていた。

「こんばんは、ジニー」スザンヌはデスクに近づきながら声をかけた。「遅くまで仕事なのね」

「本当は十五分前には帰ってるはずだったのよ。でも帰り際に連絡が入っちゃって。救急車がまもなく到着予定で、ご家族もこっちに向かってるって」ジニー・ハリスは五十の坂を少し越えた年齢で、灰色の巻き毛の下から人好きのする顔がのぞいている。眼鏡を銀色のビーズチェーンでぶらさげ、青地に白の水玉模様のワンピースを着ていた。いかにもみんなから慕われているおばさんという印象で、仕事のない日にはキンドレッド図書館で案内係のボランティアをつとめている。

「ここに来る途中、救急車に追い越されたわ。深刻な容態なの？」

「交通事故よ。骨盤を損傷してるみたい」

スザンヌは同情した。「気の毒に」

「でも、きっと助かるわ。だいたいの人はそうだもの」ジニーはスザンヌが手にしている枝編み細工のピクニックバスケットを指さした。「きょうはどんな差し入れをサム先生に持ってきたの？」

「チリコンカンとコーンブレッド。でも、この様子だと食べてもらえるのはずっとあとになりそう――」

そのとき、耳が割れんばかりの悲鳴があがった。つづいて哀れっぽい叫び声とガラスが割れる大きな音が響きわたり、スザンヌは最後まで言えなかった。

「いったい……？」スザンヌは言いながら、ぞっとするほど耳障りな声がするほうを振り向いた。

銃を持った男が病院の廊下を急ぎ足で近づいてくるのが見えた。つや消しの黒いつなぎ服姿で、黒く光る拳銃を振りかざしている。

海軍の特殊部隊みたい。スザンヌはとっさにそう思った。パキスタンのアボッターバードにある豪邸を襲撃し、オサマ・ビンラディンを殺害したチームの一員みたいな恰好だわ。スザンヌは男が自分たちのほうに突進してくるのを、スローモーションの夢のなかにいるような気持ちで呆然と見ていた。ジニーがコンソールの非常ボタンにそろそろと手をのばすのがちらりと見えた。

「やめろ！」男はジニーに怒鳴った。すでにふたりのすぐ前まで迫っていて、灰色の覆面からのぞく思いつめたような黒い目まではっきり見える。息が少し乱れていて、緊張しているのがよくわかる。けれどもスザンヌたちに向けられた銃はぴくりとも動かなかった。

スザンヌは呆然としながらも、どうにか冷静さをたもち、一部始終を頭に叩きこんで、詳細をできるだけ多く記憶しようとつとめた。犯人は、顔の下半分を覆う防寒マスクなのだろうか、布のマスクをつけている。着ているのはファスナーと留め金がついたジャンプスーツ。ぴかぴかの黒いブーツ。縫い目がはじけそうなほどぱんぱんにふくらんだダッフルバッグを持っている。

「どっちも動くな」銃を持った男はすごみのある低い声でそう脅すと、受付のデスクごしに手をのばし、キーボードをつかんでケーブルごと引っこ抜いた。非常ボタンが作動しなくなり、状態表示ランプが消え、太い灰色のワイヤーがだらりと垂れた。男はコンソールを床に叩きつけた。

病院強盗？　スザンヌは心のなかでつぶやいた。すぐにぴんとひらめいた。目的は薬ね。薬局を襲って、盗んだ薬をバッグに詰めこんだんだわ。

廊下を走ってくる足音がして、全員が音のするほうに目を向けた。夜勤の警備員が小心そうな顔に恐怖の色を浮かべて駆けてくる。

「手をあげろ!」銃を持った男は強い声で命じた。

警備員はハロルド・スプーナーという六十過ぎの元警察の通信係で、パトロールの経験はなく、危険な状況に直面した経験もなかった。彼は男の命令を無視し、腰の拳銃を抜こうと手探りした。

男は自分の銃を持ちあげ、ごみ捨て場のネズミを撃つみたいに平然とスプーナーを撃った。スプーナーの両手がいきおいよくあがり、喉を締めつけるような甲高い声が口から洩れた。次の瞬間、彼はぐるりと一回転し、顔からばったり倒れこんだ。

「ひどい!」ジニーが大声を出した。スプーナーの無残な殺され方に愕然とした彼女ははじかれたように立ちあがり、椅子をひっくり返してしまった。一方、スザンヌは大急ぎで受付デスクをまわりこんでしゃがみ、できるだけ体を小さくした。

ありえないことに、また一発、銃声が響き、スザンヌが視線をあげると、ジニーが顔をゆがめ、デスクに突っ伏すのが見えた。白目をむき、顔面は蒼白、左肩からおびただしい量の血が噴き出ている。

ひどい、ジニーまで撃ったの?

スザンヌのなかで、怒りが灼熱の炎のように燃えあがった。一瞬にしてすべてを鋭敏に感じとれるようになった——飛び散った血、火薬のにおい、襲撃の残忍さ。スザンヌは超高速モードで、チリコンカンが詰まった保温ボトルを手に取った。デスクの陰から顔を出し、火炎瓶を投げつけるデモ隊よろしく、襲撃者めがけてボトルを力いっぱい投げつけた。ねらいは的中し、男の額にもろにぶつかった。衝撃でボトルのふたがはずれ、いきおいよくこぼれ出た熱々で香り高いチリコンカンが男の顔にかかり、どろどろの真っ赤な液体があたり一面に飛び散った。

襲撃者は一瞬よろけ、うめき声を洩らしながら顔を力まかせに拭《ぬぐ》った。悪態をついているのだろう、口のあるあたりが動くのが見える。男は目に怒りの炎をたぎらせ、狂気を帯びたまなざしをスザンヌに向けた。次の瞬間、男はチリコンカンをしたたらせ、どろりとした赤い液体に足を取られつつ、フットボールのランニングバックのような縦横無尽の走りで自動ドアを駆け抜け、駐車場に出ていった。

「誰か来て！」スザンヌは大声で呼びかけた。「人がふたり撃たれたわ！」近づいてくる足音を聞きながら、スザンヌは首にゆるく巻いていたスカーフをむしり取るようにはずした。膝をつき、スカーフを丸めてジニーの肩から流れ出る血をとめようとした。角を曲がってきた看護師ふたりを大声で呼んだ。「銃を持った男が、ジニーとハロルド・スプーナーさんを撃ったの！」

さらに看護師と医療技術者六人ほどが撃たれたふたりの手当てに駆けつけると、スザンヌはドアから駐車場に飛び出した。

復讐の天使と化した彼女は銃撃犯はどこに逃げたのか、せめて犯人が乗った車でも見えないかと、必死に目をこらした。

駐車場の真ん中でゆっくり一回転してみたものの……なにも見えなかった。

謎の銃撃犯はいったいどこに消えたのか？　猛スピードで走り去る車もバイクもなく、近くのアルファルファ畑を突っ切っていく者もいない。濃い藍色の空にうっすらかかる月以外、なにも見えず、屋根の上のほうから機械の作動音のようなうなる音が聞こえてくるだけだった。

2

赤い液体はあたり一面に飛び散ったままだった。廊下、受付デスク、ゴムのフロアマット、待合室の椅子、半年前から置かれたままの雑誌、窓、さらにはカーテンにも。人間の血は一部分だけで、大半はチリコンカンだ。

どうやらジニーは助かりそうだった。左肩に軽傷を負っただけですんだ。けれどもハロルド・スプーナーは心臓をまともに撃たれていた。ほかの医療関係者とともに駆けつけたサムは最善をつくした。けれども、いくつもの血液パックから輸血するなど、必死の努力をつづけたのち、サムは悲しそうに首を横に振り、気の毒な警備員は床に倒れるまえに絶命していたらしいと告げた。

五分後、ロイ・ドゥーギー保安官が到着した。「いったい全体どうしたんだ？」保安官は強い口調で尋ねた。車の無線で緊急通報を受けた彼は、エディ・ドリスコル保安官助手を従え、猛スピードで駆けつけたのだ。「虐殺事件があったようなありさまだな、おい」保安官はスザンヌに目を向けた。「あんたは一部始終を目撃したのか？」

スザンヌはうなずいた。「九割くらい。薬局が強盗に入られたところは見てないけど」

「薬目当ての犯行か」ドリスコル助手が言った。

「何人撃たれた？」保安官は胸に金色の〝保安官《シェリフ》〟のバッジがついたカーキの制服姿で、制帽をきちんとかぶっていた。大柄で肩幅がひろく、腰まわりがだぶつき、ガラガラヘビを思わせる鉄灰色の目はなにひとつ見逃さない。甘く見ていい相手ではない。自分の仕事を知りつくしているし、ひじょうに有能だ。

「撃たれたのはふたり」スザンヌは答えた。「警備員と受付の女性。警備員の……ハロルド・スプーナーさんは知ってるわよね？　彼は助からなかった。銃を抜こうとしていたの。犯人を取り押さえるつもりだったんでしょうけど、そこまで動きが速くなかった」

「受付の女性は？」保安官が訊いた。

「ジニー・ハリスは肩を撃たれたけど、サムによれば心配ないそうよ。かすり傷だって。彼がはっきりそう言ってる」

「それにしては、激しい戦闘でもおこなわれたみたいなありさまだな。あそこなんか……」

保安官はドアの近くのゴムマットをしめした。

「あれはほとんどチリ」スザンヌは言った。

保安官は目をすがめた。「はあ？」

「チリコンカン。サムの夜食にと思って持ってきたの。犯人の頭めがけて保温瓶ごと投げつけるはめになったけど」

「すばやい行動ですね」ドリスコル保安官助手が必死に笑いをこらえながら言った。

「それほどすばやくはなかったけど」スザンヌは言った。「それに、いまになって思えば、武器としてもたいした効果はなかったし」

「撃たれた被害者はどこにいるんだ？」保安官が訊いた。

「ジニーはまだ救急治療室でサムが診てる。でもスプーナーさんは……」スザンヌは首を振った。「遺体安置室だと思う」

保安官は拳銃をホルスターにおさめた。「なんてこった」彼は帽子を脱ぎ、白いものの交じりはじめた髪に手を這わせ、軽く乱した。急に五十二歳という実年齢よりも老けこんでしまったようだ。彼はスザンヌに目を向けた。「だが、あんたはすべて目撃したんだろう？一部始終を。くわしく聞かせてもらいたい。あったことをすべて説明してくれ」

「受付のところでジニーと世間話をしていたら、どたんばたんとものすごい音が聞こえてきたの。ドアが叩き壊され、窓ガラスが破裂するような音だった。すると、特殊部隊みたいな黒ずくめの恰好をした男の人が、廊下を駆けてくるのが見えた」

「特殊部隊？」保安官は半信半疑の表情を浮かべた。

「そんな感じの恰好だったの。落下傘部隊が着るような、つなぎの服みたいなものを着ていたから」スザンヌは言った。「犯人は軍隊の訓練を受けたか、軍務についた経験があるんじゃないかしら」

「どうしてそう思う？」

「ものに動じない態度だったから。ものすごく物騒な感じがしたけど、緊迫した状況でもかなり冷静に振る舞ってた。わたしが保温瓶を投げつけるまでは」
「ところでやつがジニーを撃ったのは……どうしてなんだ？」
「スプーナーさんが撃たれたことに驚いて、急に動いたからよ」
「あんたまで撃たれなくてよかったな」保安官はかかとに重心をあずけた。「犯人について
ほかになにか覚えてることはあるか？　なぜ訊くかというと、話からして、あんたはやつと
面と向かったと思われるからだ。ちがうか？」
「覆面をしてたわ」スザンヌは言った。「それと、盗んだ薬を詰めこんだらしきダッフルバ
ッグをひとつ持ってた」
「つまり、その男はいきなり現われ、スプーナーとジニーを撃ち、走ってここから出ていっ
たわけか」
「そして忽然《こつぜん》と消えてしまった」スザンヌは言った。「手品みたいに。車やバイクで逃げた
わけじゃないし、スケートボードに乗っていったわけでもない」
「それはちょっと信じがたいですね」ドリスコル保安官助手が言った。さっきからずっと、
スザンヌと保安官の会話に聞き耳をたてていたのだ。「車でもバイクでもいいですけど、な
にかに乗って逃げたとしか思えませんよ」
「共犯がいたんだろう」保安官は言うと、もう一度あたりをぐるりと見まわしてから、ドリ
スコル助手に指示した。「エディ、おれの車からカメラと鑑識の道具を取ってきてくれ。お
れは薬局の状況を確認してくる。というか、略奪された薬局の状況を」保安官は両手を腰に

あて、大きく息を吐き出した。「まったく、ただでさえ忙しいってのに。トラック強奪事件につづいて、今度はこれか」

保安官が現場写真を撮り、ドリスコル助手はあざやかな黄色の現場保存テープをてきぱきとめぐらした。テープには〝立入禁止〟の文字が書かれている。もっとも、すでに現場は荒らされ、チリコンカンもあちこちにまき散らされてしまったけど。

ロバートソンというべつの保安官助手がやってきて、スザンヌにさらにいくつか質問をしたのち、指紋採取をおこなった。彼は壊れたコンソールと薬局を集中的に調べた。保安官とドリスコル助手は手帳を出し、病院の夜勤スタッフの事情聴取という、気が遠くなるような作業に取りかかった。

一方、スザンヌはサムを探して救急治療室にこっそり入っていった。すでに彼はジニーと、薬局で襲撃された看護師の治療を終えていた。バーディ・シモンズという名のその看護師は診察台にすわり、べつの看護師の手で、右目の上にバタフライテープを二枚、貼ってもらっているところだった。バーディは死ぬほど怯えているらしく、花柄のトートバッグを死んでも放すまいとばかりにしっかり抱えていた。一刻も早く家に帰りたそうな顔をしているが、ドゥーギー保安官から強奪の状況をくわしく訊かれることになるだろう。

スザンヌがようやく見つけたとき、サムは〝画像診断〟の札がついた部屋の外にあるごみ箱に、青い紙の診察着を突っこんでいるところだった。

「見つけた」彼女は言った。

サムはすかさずスザンヌの体に腕をまわして引き寄せた。

「ごめんよ」彼は言った。「きみが巻きこまれて本当に残念だ」

「わたしなら大丈夫」スザンヌは安心させようとして言った。けれども涙があふれ、喉にこみあげてくるものを感じた。

「弾が飛んできたとき、きみがその場にいたなんて、考えるだけでもおそろしくてたまらないよ。そばにいて守ってやれなかったなんて」

スザンヌはどうにか笑みをこしらえた。「ちゃんと隠れたわ」

「隠れただけじゃないよね」サムは体を離し、一緒にいてほっとできる顔でスザンヌをまじまじと見つめた。

「チリコンカンの件を聞いたのね?」

「チリ爆弾の件だ」サムは言い直した。「きみが革命防衛隊よろしく保温瓶を投げつけた話は、野火のように病院全体にひろまってる」たちまちサムの青い目におどけた表情が浮かび、スザンヌはふたたび彼の腕に身をあずけた。サムは長身で整った顔立ちで、くしゃくしゃの茶色い髪をしている。専門は内科で、歳は四十代前半(そう、スザンヌよりも若い)で、彼女との結婚を望んでいる。

「だ……だって、とても頭にきたんだもの。犯人を制止するか、せめて思いどおりにさせないために、なにかしなきゃと思ったの」スザンヌは首を振った。「でも、なんの効果もなかった」

「それはどうかな」サムはなぐさめるような声で言った。「きみが一、二歩、犯人の歩みをとめたおかげで、逃げていく男の顔を見た人がいるかもしれないじゃないか」

「それはないと思う。犯人を追いかけたけど、駐車場に出たときにはなにも見えなかったもの」

サムは眉根を寄せた。「どういうこと？」

「犯人はいなくなってた。忽然と消えちゃったのよ」

「手がかりのひとつくらいあるよ、きっと」サムはスザンヌの背中をやさしくさすりはじめた。「目撃者とか。あるいは、犯人が猛スピードで逃げたのなら、タイヤの跡が残ってるかもしれないし」

「そうね」スザンヌは言った。残忍な事件だけでなく、犯人が外に逃げる直前に見せた憤怒の目が思い出され、背筋を冷たいものが這いおりた。殺してやると言わんばかりの目つきだった。

3

ペトラは茶色い斑《ふ》入り卵を六個、愛用の巨大な鋳鉄のフライパンに割り入れ、気づかわしそうな目でスザンヌを見やった。

「実際のところ、大丈夫なの?」ペトラは気立てのよさそうな顔、飾り気のないショートヘア、あたたかみのあるはしばみ色の目をした、がっちり体形のスカンジナヴィア系だ。

スザンヌはオレンジを切り分けた。「まあ、なんとか」切り分けたオレンジを寄せ木のカウンターに並べた白い皿八枚にのせ、丸々としたイチゴを添えた。午前八時のカックルベリー・クラブ。朝の営業をスタートさせる頃合いだ。まもなくお客がやってきて、スクランブルエッグ、パンケーキ、オムレツ、ハッシュブラウンを注文するだろう。きょうもいつもと同じ、ありふれた一日であるかのように。

でも、実際はそうじゃない。少なくともスザンヌにとっては。というのも、昨夜の惨劇をいまだに頭から振り払えずにいるからだ。共同経営者のトニとペトラには、病院での銃撃事件の一部始終をすでに話してある。ふたりはWLGNラジオの朝のニュースで簡潔バージョンを耳にしていたけれど、あらましをつぶさに知りたくてうずうずしていたのだ。スザンヌが身の毛がよだつほどくわしく説明すると、ペトラは愕然とし、トニは目を輝かせた。

「その長身で黒ずくめの危険な男のこと、もっと聞かせてよ」トニはきらきらしたラインストーンのついたカウガールシャツを好み、ぴたぴたのジーンズに銀色のトウガードがついたバックスキンのカウボーイブーツを合わせる、セクシーな中年女性だ。くせの強い赤みがかったブロンドの髪を頭のてっぺんでお団子にした姿は、舞台用におめかししたポニーを思わせる。しかもトニは、男性の気を引くのがとても上手だ。

「トニ、そのくらいにしなさい」そう言ったペトラは、教会の熱心な信者で、歳を重ねることになんの不安も感じていない。

「悪いけど、まだ聞き足りないくらいだよ」トニは言った。「ここんとこ、男に飢えててさ、〈ピクシー・クイック〉のレジの袋詰め係の男の子がいいなと思いはじめてるくらいなんだから」

「顔にほくろのあるあの子？」ペトラは訊いた。

トニはうなずいた。「だから、凶悪な銃撃男のばかげた行動の一部始終でも聞いて、気をまぎらわせたいんだ」彼女は両方の頬をふくらませ、息を吐き出した。「あたしって変かな？」

「ええ、たしかに変よ」ペトラが言った。「あなたのために祈ってあげなきゃいけないみたいね。教会でキャンドルに火を灯してあげるわ」

「ねえ、ちょっと。たしかあなたとジュニアは溝を埋める努力をするんじゃなかったの？」

スザンヌは話題が変わったことで、ほっと胸をなでおろした。「最後にもう一度だけ、結婚生活をやり直すんじゃなかった?」

トニは町のお騒がせ男、ジュニア・ギャレットとラスヴェガスであわただしくギャンブル同然の結婚をした。結婚証明書の署名のインクが乾く間もなく、ジュニアの浮気症の目が海外戦争復員兵協会の尻軽なウェイトレス——胸元の大きくあいたふわふわのモヘアのセーターを着て、髪にあざやかなピンクのエクステをつけていた——をとらえた。トニはまともな女性の例に洩れず、すぐさまジュニアのやせこけた尻を蹴って、アパートから追い出した。以来、ふたりは結婚とも別居とも離婚ともつかない状態をつづけている。かれこれ四年間も。

「何日か前、ジュニアと一対一でまじめに話し合おうとしたんだよ」トニは言った。「なのにさ、あたしがソファにすわってこっちの立場をひとつひとつ説明してるっていうのに、ジュニアときたら何度となくキッチンに消えて、けっきょくバドワイザー・ライトの六缶パックを全部あけちゃったんだ」

「夫婦でカウンセリングを受けたらどう?」ペトラが言った。

トニは手を振った。「ううん、インターネットの〝そんな男なんか捨てちまえ〟ってサイトで離婚届をダウンロードする」

ペトラは神に助言を求めるように、天井を見あげた。それからトニに視線を向けた。

「インターネット離婚ね。悪くないんじゃない?」

「だよね。必要なものは全部、あたしのパソコンにあるってのに、なんだって悪徳弁護士なんかに無駄金を使わなきゃいけないのって話じゃん」

「気をつけたほうがいいわよ」スザンヌは注意した。「そういうサイトにお金を払っても、何年かたって、実は正式に離婚は成立していませんでしたって場合もあるみたいだから」

トニは片方の眉をあげた。「あたしがだまされてるって言いたいの?」

「そんな顔しないで。そういうこともあるってこと」スザンヌはやんわりと言った。

「そう言えば、退位したブルガリアの大公が文通したいからって、外国の紙幣をたくさん送ってくれると言ってきたのを思い出したよ」トニは肩をすくめた。「そんなうまい話はなかったけど」

ペトラが時計にちらっと目をやった。「おふたりさん、あと五分で、お客さまが入り口のドアを叩きはじめるわよ」

スザンヌとトニは顔を見合わせ、猛スピードでカフェに向かった。トニは入り口の札を返して〝準備中〟から〝営業中〟に替え、スザンヌは店内をざっとチェックした。

「準備オーケー」とひとりつぶやく。素朴な木のテーブルにはカップとソーサーが並び、一日の始まりに熱々のおいしいコーヒーを飲んでもらえる時を待っている。枝編みのかごにはスプーンとフォーク、紙ナプキンがきちんとおさめられ、どのテーブルにも切りたての花をいけた陶器の鉢が置いてある。黒板の朝食メニューも書き終えた。

「めちゃくちゃオーケーだよ」トニが応じる。

そのとき、ドアが大きくあき、本格的に一日が始まった。常連客が先を争うようにいつもの席を目指し、店内はまたたく間にがやがやと騒がしくなった。

「ゆうべ病院で事件があったのは知ってる？」

「まさかハロルド・スプーナーがねえ。思いもよらなかったよ」

「こんな小さな町にも、外の世界のよからぬ影響が出てきてるのね」

スザンヌは笑顔で注文を取って、ペトラに伝えた。そのかたわら、お客が不安そうに交わす会話にじっと耳を傾けていた。彼女自身も少し不安だった。ドゥーギー保安官の捜査は進んでいるの？　なにか手がかりは見つかった？　わたしも目撃者として、捜査を進展させるお手伝いができるといいんだけど。

スザンヌがカウンターのなかのサービステーブルで新しくコーヒーを淹れていると、トニが駆けこんできた。「ふう、誰もあんたがゆうべ病院にいたのを知らなくてよかった。知ってたら、とんでもない騒ぎになったろうね。あんたはおいしい情報を聞き出そうとする連中に追いかけまわされ、あたしはチップをもらいそこねたところだよ」

スザンヌは口の前で指を立てた。「だったら、黙っててね」

「ハニー、安心しなって。ツイッターにもフェイスブックにも書かないし、レーダーオンラインのサイトにぶちまけたりもしないからさ」トニは言うと、目をゆっくりとドアに向けた。ジーンズにカウボーイシャツ、カウボーイハット姿の男性がふたり、入ってくるところだった。

「いやなふたりのお出ましだよ」トニは小声で言った。それから急ぎ足でふたりを出迎え、テーブルに案内した。

「メニューは黒板に書いてあるよ。なにかお目にとまったものはある？」

「きみだ」赤いシャツを着た男性が大きな手をのばし、トニの手を軽く握った。

トニは軽やかな動きで男性から遠ざかり、首を振った。「だめだめ。見るのはいいし、色目を使うのもいいけど、どうか商品にはお手を触れないように」

「おもしろくない女だ」青いシャツの男性が言った。

トニは完全に仕事モードになって注文票を出した。「さて、おふたりさん、なににする？」

青シャツはメニューの書かれた黒板に目をこらした。「ソーセージ・スクランブル」

「そちらは？」トニはもうひとりに尋ねた。

「卵とハッシュブラウン」赤シャツはまだトニに色目を使いながら言った。

「ハッシュブラウンのトッピングはなにがいい？」

「チーズ味《cheesy》で」

「お客さんの口説き文句と同じだね（cheesyには安っぽい、ダサいという意味もある）」トニははずむような足取りで立ち去った。


十時を過ぎ、スザンヌはまばらになったお客が嬉々として桃とクリームのパンケーキ、スクランブルエッグ、それにキンドレッドの男性陣がおそろしい心臓発作に見舞われないようペトラがまぎれこませた心臓にやさしいターキーのベーコンをほおばっているのを見てとった。厨房に顔を出すと、ペトラは大きな枝編みのバスケットに焼き菓子を慎重な手つきで並べているところだった。

「すてきなギフトバスケットね。誰にあげるの？」スザンヌは訊いた。ペトラは焼きたてのブルーベリーマフィン、レモンのスコーン、バナナとナッツのブレッドなどを詰めた特製バスケットをこしらえ、友だちや有意義な活動をする団体に配っている。ペトラはカックルベリー・クラブの社会的良心で、トニは道化役、スザンヌは最高経営責任者《CEO》でありマーケティングの権威であり、問題解決担当も兼任している。

「ヨーダー師とジェイクス師が教会であらたな福祉事業を始められることになってね」ペトラは説明しながら、透明のセロファン紙でバスケットを包み、四隅をてっぺんでひとつにまとめ、淡いブルーのリボンを使ってしゃれた蝶結びにした。「ふたりとも本当にすばらしい方で、いつもコミュニティのために全力をつくしてくださってるの」

「あのさ」トニが仕切り窓ごしに声をかけてきた。「あたしがひとっ走りしてそのバスケットを教会に届けてこようか？」白い尖塔と十字架をそなえた、灰色の石造りの旅路の果て教会は、裏の駐車場の隣にある。

「テーブルセッティングで忙しいんじゃなかったの？」スザンヌは言った。朝食のあわただしさが終わり、ランチタイムに向けて少しずつ準備を進めているところだ。

「それはもう終わってる。いまはクランチをやってるところ」トニは大声で答えた。

ペトラは感心したような顔をした。「腹筋《クランチ》？　朝のエクササイズをしてるの？」

「そうじゃないんだな。わかりやすく言うと、ギザギザチップスひと袋をポリポリ《クランチ》しながら充実したひとときを過ごしてるの」

スザンヌはペトラに目をやり、片方の眉をあげた。「同じクランチでも大違いね」

トニはスイングドアをさっそうと抜け、ペトラがこしらえたギフトバスケットを一瞥《いちべつ》して言った。「じゃ、届けてくるね」

「ありがとう」ペトラが言い、トニはバスケットを手に、裏口に向かった。一秒後、トニは急停止し、ドア枠にぴったり体を寄せて、大声で叫んだ。「おっと！」もう少しで、ジミー・ジョン・フロイドと正面衝突するところだった。フロイドはあらたに契約した卵とチーズなどの農産品を扱う卸売り業者で、月曜日の配達にやってきたのだ。

「ごめんよ、ごめん」トニは言いつつ、フロイドにぶつかりながらも、わきをするりと抜けた。「おケツをごっつんこするつもりはなかったんだけどさ」

「トニったら！」ペトラが大声でたしなめた。

「そのバスケット、持ってやろうか？」フロイドはトニににやりと笑いかけた。長身で歳は四十すぎ、髪は砂色で、いつもにこにこ笑っている。彼のほうも敏捷《びんしょう》な猫さながら、すばやくくるっとまわってトニをよけ、衝突を回避していた。

「ありがと。でも、大丈夫」トニはすでにステップを三段おりて、裏庭を走り出していた。

「それをこっちに……」ペトラは急ぎ足でフロイドに歩み寄り、ドアが閉まらないよう足で押さえながら、彼の手から段ボール箱を受けとった。

「まだあるんだ」フロイドはまた、いかにも仕事熱心そうな、きまじめな顔の持ち主でもある。

「助かるわ」ペトラはひと箱めをカウンターに置いた。「いろいろ在庫が少なくなってきたところだし、今週はイベントもあるし」

「わたしも手伝う」スザンヌが声をかけた。

「大丈夫、おれひとりでやれるよ」

フロイドが中身がたっぷり詰まった大きな箱を二個も抱えてふらふら入ってくると、ペトラはスザンヌに目を向けた。「あらやだ、わたしったら……スザンヌ、ジミー・ジョン・フロイドは知ってるわよね?」

「もちろんよ。前に会ってるもの」スザンヌは言った。「また会えてうれしいわ、フロイドさん。本当に手伝わなくていいの? とても重そうだけど」

「JJでいい。みんなからそう呼ばれてるんでね」彼は箱をカウンターにそろそろと置くと、ほっとしたような顔になり、赤い野球帽を脱いでスザンヌに会釈した。それから箱に手を入れ、楔形《くさび》のチーズをひとつ出して、ペトラに差し出した。「格別にいいやつを持ってきたよ。ここは〝農場から食卓へ〟が売りなんだろ? このブルーチーズはおたくのメニューにぴったりだと思ってさ。ディア郡にあるピッカリー・ブルー・ファームっていう新しい農場の製品だ」

「使ってみるわね。わたしのお気に入りの斑入り卵も持ってきてくれた?」ペトラは訊いた。

「ウェルサマー種のニワトリの卵よ」

フロイドはうなずいて、段ボール箱に身を乗り出し、もう一度なかをのぞきこんだ。「注文どおり、全部で五ダースある」

ペトラは少し間をおいた。頭のなかで計算をしているようだ。

「実を言うと、八ダースあっても困らないわ」

フロイドの目尻にしわが寄った。「なるほど、それくらいならトラックに積んであるよ。というか、どの商品もたくさん用意してきてる」彼はそこで首を振った。「病院の食堂に納品するものがあったから寄ったんだよ。けど、みんな呆然としちまって、まともに注文が取れる状態じゃなくてさ。あとでもう一度寄ってみるけどね」

「じゃあ、病院で人が撃たれたのを知ってるのね？」スザンヌは訊いた。

「断片的にだけど。ひどい事件だよな」

「みんな怯えているわ」ペトラは言った。

「その気持ちはよくわかるよ」フロイドは同意した。「病院が頭のおかしなやつにあんな形で襲撃されたんだもんな。誰もが絶対に安全だと信用しきっている場所なのに」

「わたしとしては、銃撃犯が牢屋に入れられるまで安心できないわ」

「おまけに、トラック強奪事件も起こってるしな」フロイドはひどく落ち着かない顔になった。「その話は聞いてる？」

「噂だけ」スザンヌは言いながら、ふと思った。ふたつの事件はどこかでつながっているのだろうか。

「本当に気持ちのいい人ね」

フロイドが引きあげるとペトラは言った。

「クーガンさんと奥さんが引退してボカ・ラ・ロカのコンドミニアムを買ったときには、誰があとを引き継ぐのか心配したけど、フロイドさんは心遣いが細やかでいい人だわ」

「それを聞いて安心したわ」スザンヌは言った。「このごろは、思いやりも親切も、悲しいくらい不足しているようだもの」

「まったくね」

「さてと、きょうのランチのメニューは決まった?」スザンヌは訊いた。

ペトラはエプロンのポケットからレシピを書くカードを出して渡し、スザンヌがざっと目をとおすのを、少し不安なおももちで見ていた。

「問題はない?」ペトラは訊いた。「あなたの異常なほど高い基準に達してる?」

「ばか言わないで。完璧よ。お客さまもきっと喜んでくれるわ」

厨房を出て、黒板のメニューをきれいに消し、チョークを何本か手に取って、せっせと手を動かした。きょうのランチメニューは絶品チキンタコス、チキンのパニーニ、ハムとスイスチーズのクレープ、エンドウ豆のスープ。デザートにはおなじみの手作りのクッキー、スコーン、ドーナツのほか、オレンジのバークッキー、ブルーベリーとルバーブのパイも用意されている。

スザンヌはピンクと黄色のチョークでメニューを書いたのち、全体を明るくするため、星やら感嘆符やらニコニコマークやらを描き入れた。終わるとチョークを置き、カックルベリー・クラブ全体をながめ、ひとりほくそえんだ。

ここはかつて〈スパー・ステーション〉のガソリンスタンドだったところで、壁を白く塗り、改装し、全体をフレンチカントリーとシャビーシックでまとめ、そこにほんのちょっぴりキッチュな要素をプラスした。素朴な木のテーブル、曲げ木の椅子、磨きあげたフローリングの床。小さなクリスタルのシャンデリアがふたつ、天井からさがり、窓には白いキャラコのカーテンがかかり、ヴィンテージものの磁器と銀器が古めかしい田舎ふうの戸棚におさめられている。アンティークのブリキの看板が壁を飾り、スザンヌが集めた膨大な陶器のニワトリが、店内を半周する高い木の棚に並んでいる。どのテーブルにも、生花をいけ、ものによってはドライフラワーをプラスした陶器の広口瓶が置いてある。

小さめのふたつの部屋は、それぞれ〈ブック・ヌック〉と〈ニッティング・ネスト〉という店になっている。そこに行く途中には冷蔵庫が一台。お客が持ちこんだ手作りのピクルス、ソーセージ、ポテトロール、アップルソースなどが詰めこまれている。スザンヌは売上げのほんの一部を受け取るだけで、大半を生産者に渡している。手作りのピーチジャムの売上げだけで娘を短期大学に通わせた女性もいるほどだ。

つくづくいいお店だわ、とスザンヌはひとりつぶやいた。これがあるから、わたしはなんとかやってこられた。

ウォルターが亡くなるとすぐ、スザンヌは中等学校の教師をやめ、一か八かの勝負に出た。あれこれ検討し、計画を練り、夢を描いた結果、カックルベリー・クラブの実現が最優先事項となった。トニとペトラを説得して仲間にくわえ、三人は地元食材を使った、出来合いではない本物の料理を出そうと約束（指切りげんまん）した。意外にもカックルベリー・クラブはオープン早々、成功をおさめた。いまでは、午後のお茶会やイベントへのケータリング、特注のケーキ、ピザ・パーティ、グルメ志向のディナーも手がけるようになっている。三人はなんにでも順応したし、熱心に取り組んできた。

4

絶品チキンタコスはランチに詰めかけたお客に大好評を博し、ハムとスイスチーズのクレープがそれにつづく人気となった。スザンヌとトニは注文を取り、ボリショイバレエ団の花形バレリーナのようにくるくるまわりながらカフェの床を突っ切ってペトラに注文票を届け、ブーメランのように舞い戻って、料理を受け取った。

スザンヌはこの瞬間がとても好きだ。お客はランチを堪能し、料理を褒めちぎる。おなかいっぱいで満ち足りた気分のまま、隣の〈ブック・ヌック〉あるいは〈ニッティング・ネスト〉に足を運ぶ人も多い。

〈ブック・ヌック〉は狭いながらもとても洗練された書店だ。床から天井まである書棚を入れて売り場面積をできるかぎりひろくする一方、くつろいでもらうために布張りの椅子が二脚、置いてある。スザンヌは本の仕入れと販売を受け持ち、棚にはひとつひとつラベルがついている。ミステリとロマンスが人気の二大ジャンルで、児童書、料理本、歴史、手芸、科学、スポーツ関連の本がそれにつづく。また、数は少ないものの編み物、手芸、料理の雑誌も扱っている。さらに、ドゥーギー保安官にしつこく催促され、《スポーツ・イラストレイテッド》誌も置くようになった。

「きょうは忙しいね」トニが言った。いま彼女は、廃業したドラッグストアから買い取ったソーダファウンテン用の大理石のカウンターで、テイクアウトのランチボックスを十個、準備している。スザンヌはコナローストのコーヒーが入ったポットを取ろうと立ち寄ったのだ。

「そのランチボックスは……？」スザンヌは訊いた。

「ツイステッド・シザーズ美容学校の注文」トニは小さな容器にポテトサラダをひとすくい入れた。「パーマとカラーの講習をやってるんだって」彼女は大きな壁掛け時計に目をやった。「五分後に受け取りにくることになってるんだ」

「手伝いましょうか？」

「あとちょっとで終わるから」トニはマグのコーヒーをごくりと飲んだ。「コーヒーよ、効いておくれ」

そのとき、入り口の上のベルがけたたましく鳴り、さらにふたりのお客が入ってきた。

「おやおや」トニはスザンヌをつついた。「見てごらん。でかいだけの化け物野郎が昼ごはんを食べにやってきた」

振り返ると、モブリー町長が窓際のテーブルに向かっているのが見えた。ひどくもったいぶった態度で両腕を振り、何人かの客にあいさつをし、数歩あとからやってくる男性を手振りでしめしている。

トニは赤と白のストライプのストローを二本持った。「あんたか、あたしか。どっちか選んで」

スザンヌが引いた一本は、横半分に切ってあった。

「短いほうを引いたね」トニは言った。「つまり、あんたがモブリーとお友だちのテーブル担当」

「んもう！」スザンヌは氷入りの水が入ったコップをふたつ手に取り、町長と連れがすわるテーブルに急いだ。

「いらっしゃいませ、おふたりともカックルベリー・クラブにようこそ」

モブリー町長はわざとらしいくらいに愛想よくほほえんだ。赤らんだ顔といい、おなかのあたりがぴんと張ったサーモンピンクのゴルフシャツといい、ずり落ちぎみのカーキのズボンといい、心臓病患者の予備軍としか思えない。

「スザンヌ」モブリーは応じた。「この町の有権者であり、地元の企業家に会うのはいつでも大歓迎だよ。わが町の経済発展を促進するため、身を粉《こ》にして働いている場合はとくに」

「冗談がお上手だこと」

町長は唇をなめただけで、満面の笑みを崩さなかった。「ロバート・ストライカーを紹介しよう。われらがキンドレッドに進出してもらえるよう、町のあちこちを案内してまわっていたところでね。とりあえず倉庫を探しているとのことだったが、運よく、スパークス・ロードにできたばかりのレンタルオフィスがあったというわけだ」彼は親指と人差し指を近づけた。「あとは契約書にサインするだけだ」

「そういうことでしたら、ようこそ」スザンヌはストライカーに言った。「どんなお仕事をされているんですか？」ハンサムな男性だった。背が高く、目の色は茶色で、肩幅がひろく、手首につけているのはゴールドのロレックスだ。靴はぴかぴかに磨きあげた赤褐色のひも靴で、高そうなスーツをさらりと着こなしている。

「流通業です。ワイン、オリーブオイル、その他、おもに中西部の特産品をいくつか」

「たいへんに興味深いお仕事ですな」モブリー町長はへつらうような口ぶりで言った。

「中西部の特産品というと、具体的にどんなものを？」町長とはちがい、スザンヌは本当に興味を引かれた。

ストライカーはスザンヌにほほえみかけた。「たとえば――ピクルスですね。農家もメーカーもピクルスは瓶詰めするほうを選びがちで、重さがあるため広範囲に流通させるのがむずかしい。ですから、ピクルスのような商品はかぎられた範囲で流通させるのが一般的なんです」

「そんなふうに考えたことはなかったけど、あなたのビジネスの仕組みはとても興味深いわ」スザンヌはビジネスのあらゆる側面に興味がある。新製品の開発、収入源、販売とマーケティング。それに、株式市場の動きも追っている。

「こちらの町はとても気に入りました」ストライカーは話をつづけた。「昨夜の武装強盗にはいささかがっかりしましたけどね」

スザンヌは弱々しくほほえんだ。「ここ何年もあんな事件はなかったんですよ。それより、最近、この近辺でトラックの強奪が相次いでいるほうが心配なのでは?」

「いや、それほどでも」ストライカーは言った。「万全の対策をほどこしていますので。ドライブレコーダー、特殊なドアロック、パンクしても走行可能なタイヤ。運転手の一部には銃を持たせていますし」

「そろそろ注文を」モブリー町長が無理やり会話に交ざろうとして言った。「昼食のあとはミスタ・ストライカーを町議会の面々と引き合わせる予定なのでね」

「いわゆる、顔合わせね。さてと、なにを召しあがります?」スザンヌは訊いた。

モブリー町長は黒板をじっと見つめた。「メニューには書いてないが、わたしはチーズのグリルサンドイッチとフライドポテトを頼む」

「承知しました」スザンヌは〝コレステロールたっぷりメニュー〟と書いた。「ストライカーさんはなににしますか?」

「あの、絶品チキンタコスの評判はどうなんでしょう?」

「上々ですよ。サルサソースはうちのコック……じゃなくてシェフのペトラのオリジナルで、ぴりっとしたいい味のタコスに仕上がってます」

「それはすばらしい」

スザンヌが注文をとおしに戻ると、トニがにじり寄ってきた。「ぐうたら町長が連れてきた、リッチでダンディな男は誰なのさ? もしかして独身だったりする?」

「ロバート・ストライカーさん。この町でビジネスを始めるらしいわ。そんなに昂奮しないの。あなたはまだ結婚してる身なのよ」

「幸せな結婚じゃないし、結婚して長いわけでもないよ。ねえ、ペトラ、クレープはどうなってんの？」

「できてるわ」ペトラはハムとチーズのクレープを仕切り窓ごしにトニのほうに押しやり、スザンヌを一瞥した。「当ててみせるわ。おばか町長はまたメニューにないものを頼んだんでしょう？」

スザンヌはうなずき、注文票をペトラに渡した。

「まったく大物政治家を気取っちゃって。ここが〈フォー・シーズンズ・ホテル〉で、さっそうと入ってくれば、ウェイターとシェフがちやほやしてくれるとでも思ってるのかしらね」

スザンヌは苦笑した。「じゃあ、きょうはちやほやするのはなし？」

「絶対にありえない。チーズのグリルサンドイッチに激辛トウガラシを入れて食道を使えなくされないだけでも、ありがたいと思ってほしいものだわ」

「ひゃー」トニが身震いした。「ペトラってば、ずいぶん物騒なことを言うね」

けれどもトニは、結婚している、していないに関係なく、自分が担当しているテーブルか否かにも関係なく、あいかわらずストライカーに興味津々だった。そういうわけで、スザンヌが皿をさげ終えたのを見ると、大きめに切り分けたパイを持って彼のテーブルに急いだ。

「こんちは」トニはピンク色のウエスタン風シャツのいちばん上と二番めの貝ボタンをはずし、なまめかしく身を乗り出した。「あたしはトニ。ここの共同経営者のひとりなんだ」自分がなれなれしくセクシーに振る舞うのはいいけれど、客がそうするのは許さないというのが、トニの不文律だ。

「やあ、よろしく」ストライカーの目はトニのシャツからのぞく胸の谷間に釘づけになった。その顔に浮かんだ笑みを見れば、トニにそうとう魅力を感じているのはあきらかだ。

「あいさつがわりに、当店自慢の手作りパイはいかが？」トニは彼の前にパイを置き、ゆっくりとウインクした。「あたしたちの町の最高のおもてなしを味わってちょうだい」

すでにストライカーはチェシャ猫のように白い歯を見せていた。「とてもおいしそうだ」

「ブルバーブ・パイっていうんだ」トニは説明した。「うちのオリジナルで、ブルーベリーとルバーブを組み合わせた最高のひと品なんだよ」

「変わってるね」ストライカーはフォークを手に取った。

「わたしにもひとつ持ってきてくれないか？」モブリー町長が言った。

トニはラクダの糞でも見るような目で町長をひとにらみした。「わかったよ」とうんざりした声で応じた。「しょうがない」

トニはパイを小さめに切り分け、モブリー町長のもとに運んだ。カウンターに引き返すと、スザンヌが中国産のラプサン・スーチョンをポットで淹れているところだった。

「それって、銀色の月明かりのもと、処女の手によって摘まれるとかいう、例のめずらしいお茶?」トニは訊いた。

「そんなようなものね。モブリー町長は昨夜の強盗と発砲事件のことで、なにか言ってた?」

「なんにも。だいいち、あいつはなんにも知らないだろうし」トニは町長のほうをちらりと見やった。「あのばかを見てごらんよ。携帯電話を頭より六インチも上でかかげてる。そうすればもっと電波がつながりやすくなるとでも思ってるのかな。ねえ……」彼女はスザンヌの腰に腕をまわして引き寄せた。「大丈夫? 本当に大丈夫なんだろうね?」

「元気を出そうとがんばってる」

「あんたがゆうべの事件で犠牲になってたかもしれないと思うと……あたしの世界がガタガタいいはじめて、不安で不安でたまらなくなっちゃうんだよ」

「わたしもこれからは、サムが当直のたび、心配することになりそうだわ」スザンヌは嘆いた。

「そんなふうに考えちゃだめだって。サムなら心配いらないよ……ペトラに祈ってもらおうか。彼女は神さまとじかに話ができるんだから。それに、あんたとサムはこれから末永く幸せに暮らすんだよ。ふたり仲良く歳を取っていかなきゃ」

「わたしはもうとっくに中年だけど」

けれどもトニの楽観的な話はとどまるところを知らなかった。「ねえねえ、あんたたちが超がつくほどの年寄りになるころには、寿命がのびる薬ができてるかもしれないよ。ナガイキスールとかトシトラナーイみたいな薬がさ。科学者がきっとなにか発明してくれるって」

「あるいは、果たせずに死んじゃうか」スザンヌは言った。

ランチタイムもそろそろ終わりという頃、スザンヌがカウンターを拭いていると、ドゥーギー保安官がのっそりと入ってきた。カウンターに歩み寄ってスザンヌに会釈し、しんどそうにスツールに腰をおろした。睡眠不足なのか目が赤く、すっかり意気消沈して見える。彼は帽子を脱いで、隣のスツールにそっと置いた。そうすることで、〝すわるならほかの席にしろ、おれの邪魔をするな〟と暗に伝えているのだ。

「ずいぶん疲れているみたい」スザンヌは声をかけた。

保安官はうなずいた。「ほとんど夜どおし、起きてたからな」

スザンヌは濃いブラックコーヒーをカップに注ぎ、チョコレートドーナツをひとつ皿にのせて彼の前に置いた。「それで？　なにかわかった？」

保安官は砂糖の小袋をふたつ破ってコーヒーにあけた。「壁から弾を一個、回収し、使われた銃の種類を突きとめた」

「どんな銃だったの？」

「九ミリ口径の拳銃だ」

「一般的によく使われる銃？」

「そうでもない」保安官はコーヒーをかき混ぜ、ひとくち含んだ。

「ほかには？　指紋のひとつくらいは見つかった？」

った。

「犯人は手袋をはめていた」

「医療用手袋かしら？」スザンヌは犯人の手が目に入ったか思い出そうとした。見ていなかった。

「おそらくそうだろう」

「となると、病院で働いている人が犯人かもしれないわけね」

保安官は肩をすくめた。「あるいは、ドラッグストアでひと箱買った者かもな」

スザンヌの脳が猛烈ないきおいで動きはじめた。

「このあたりには元軍人か州兵の人が多く住んでる？」彼女は訊いた。

保安官はスザンヌをじっと見つめた。「からかってるんじゃないよな？　この地域にはそういう連中がわんさといる。陸軍、海兵隊、空軍、州兵で軍務についた経験のある男女などざらだ。元海軍特殊部隊やレンジャー部隊の経験があるやつだって何人かはいるだろう」保安官はそこで少しためらった。「全員が地元の誇りだ」

「でも、そのうちのひとりが強盗をはたらき、病院内で発砲したのならそうは言えないんじゃない？」

「うん、まあ……そうだが」

「薬局では具体的にどんなことがあったの？」スザンヌは訊いた。詳細までは教えてもらっていなかったのだ。

「よくあるパターンだ。われらが下劣な強盗犯は、ちょうど入ってきた看護師をつかまえて頭に銃を突きつけた。殺すと脅したんだ。近くにいたのが彼女ひとりだったのは不幸中の幸いだ」

「その看護師さん……ゆうべ見かけたわ」

「バーディ・シモンズ」

「ええ、それまでにも町で見かけた気がする。重傷を負ったの？」昨夜はほかの人の様子を尋ねなかったが、スザンヌはそのせいで罪悪感をおぼえていた。あのときは、サムを見つけることしか頭になかった。

「ミズ・シモンズは少々手荒な扱いを受けたようだ。薬品貯蔵庫の鍵を渡すまで、さんざんひっぱたかれたそうだ」

「なんてひどい」

「まったくだ。何カ所か切れたり痣《あざ》になったりしているし、目のまわりの痣は二週間は消えないだろう」保安官はぼんやり考えこんでいるらしく、またコーヒーをかき混ぜた。

「いったいなにを考えてるの？」スザンヌは訊いた。「まさか、バーディ・シモンズが事件に関与してるなんて思ってないわよね」

保安官は肩をすくめた。「それはないだろう。バーディは見るからにショックを受けていたしな。頭に銃を突きつけられ、スケジュールIIに分類される規制薬物をすべて出せと言われたそうだ」

「強盗は強い薬だけをねらったのね」

保安官はうなずいた。「ドラッグとして、ストリートで需要の多い代物だ」

「ほかに強盗を目撃した人はひとりもいないの？」

保安官は肩をすくめた。「これまでのところ、あんたがいちばん強力な目撃者と言える」

「そのわたしですら、強盗についてはまったく見てないときてる」スザンヌは苦々しい思いで言った。「廊下の反対側の端にいたんだもの」

「あんたは充分見てるよ」

「ねえ、強盗犯が内部の人の可能性があるのなら――実際、その方向に捜査の舵を切っているようだけど――お医者さんと看護師さんからあらためて話を聞くべきじゃないかしら。あんなおそろしいまねができる人物に心あたりがないか、訊いてみたらどう？」

「正直に答えてくれるならいいがな」

「とても大事なことなんだとみんなを説得するのよ。最近、解雇された職員とか、仕事やお給料に不満のある人がいるかもしれないじゃない」

「言いたいことはわかる」保安官はあくび交じりに言った。それから身を乗り出し、カウンターに肘をついた。「犯人が逃げたときの模様を話してくれ」

「また同じ話を聞きたいの？」スザンヌはもう百回も同じ話をしたような気がしていた。

「頼む」

「とにかく、妙なのよね。だって、犯人がドアから逃げ、わたしが追いかけるまで……十五秒か二十秒くらいしかたってなかったんだから」

「なのに、犯人の姿はどこにもなかったと」質問ではなく断定だった。

「跡形もなく消えてたわ」

「共犯者を待たせていたんだろう」保安官はチョコレートドーナツを手に取ってぱくついた。

「でも、だったら車くらい見えたはずでしょう？　外は静かで、あたりには誰の姿もなかった。どの方向にも遠ざかるテールランプは見えなかった」

「無灯火だったんじゃないか？」トッピングのカラースプレーが保安官のカーキのシャツにぱらぱらこぼれ落ちた。

「かもね。あるいはバイクで逃げたとか？」

「バイクだと、ばかでかい音がする。地響きのような轟音《ごうおん》が聞こえたか？」

「ううん」

トニがすり寄ってきて、会話にまざった。「ってことはやっぱり内部の人間の犯行だね。犯人は植え込みかなにかに身を隠しながら建物沿いに逃げ、それから病院のなかに戻ったんだよ」

「ありうるな、たしかに」保安官は手の甲で頬をさすった。「なんとも不可解な事件だ」

「じゃなかったら、不思議な魔法でも使ったのかもね」トニは言った。

「言っておくけど、トニ、わたしが見たのは魔法なんかじゃなかったわ」スザンヌが言うのと前後して、保安官の無線機が騒々しい音をたてた。

保安官はベルトから無線機をはずし、顔をしかめた。「ドリスコルからだ。なにかつかんだのかもしれん」保安官はボタンを押した。「どうした？」聞き取りづらい音声が流れ出し、保安官は三十秒ほど耳を傾けていたが、しだいに口がゆがみ、目が丸くなっていった。「なんだと？　本当か！」

ペトラが仕切り窓から顔をのぞかせた。「なにか非常事態でもあったの？」

「なにがあったの？」スザンヌは、保安官が突然、動揺しておたおたしはじめたのを見て訊いた。

「たいへんなことが起こったみたいだね」トニは男心をもてあそぶのがうまいだけでなく、超がつくほどのおせっかい焼きだ。

保安官はドリスコル助手に手短になにかを伝えた。そしてスツールからいきおいよく立ちあがり、ガンベルトの位置を調節し、帽子に手をのばした。

「なにがあったの？」スザンヌたちは大声で尋ねた。

保安官はかなりうろたえているように見えた。完全なパニック状態になっていた。

「また薬局に強盗が入った！」

「ラッズ・ドラッグストア？　この町の？」スザンヌは訊いた。にわかには信じられなかった。

保安官は首を横に振った。「隣町だ。ジェサップのブルーエイド薬局だ」

「じゃあ、そのコーヒーをテイクアウトのカップに移し替えてあげようか？」トニが訊いた。

けれども保安官は店の外に出たあとだった。

5

　そのあとずっと、スザンヌはそわそわしっぱなしだった。法執行センターに電話して事件の状況を聞き出したくてたまらなかったけれど、そんな図々しいことをするわけにはいかない。保安官はジェサップの強盗事件にかかりきりで、こういう事件が起こったときにやるべきこと——目撃者から話を聞き、指紋を採取し、写真を撮り、盗まれた薬を確認し、下品なののしり言葉を山ほど発する——をしているにちがいない。

「落ち着きなって、スザンヌ」トニが声をかけた。アッサム・ティーが入ったポット、ラズベリーのスコーン、クロテッド・クリームを女性三人組のテーブルに届けて戻ってきたところだった。ティータイムはカックルベリー・クラブの目玉となっている。お客からの評判もいいため、いまでは茶葉をいろいろ取りそろえ、ヴィンテージもののすてきなポットとカップも手に入れた。それだけではなく、明日の午後には図書館のための資金集めのお茶会が、カックルベリー・クラブの主催でおこなわれることになっている。ペトラがとりまとめに協力したこのイベントは、本とスコーンの会と名づけられた。

「自分でもいらいらしてるのはわかってる」スザンヌは言った。「でも、なにがどうなってるのか気になってしかたがないの。わずか二十四時間のあいだに強盗事件が二件も起こったのよ。こんなの、普通じゃないわ」

「まさしく押し寄せる犯罪の波だね」トニは言った。「しかも、事件の噂は野火のごとくひろがってる。この一時間で、明日のオークションに出す品を持ってきた人が三人いたけど、全員がその話をしてたもん」

ペトラが厨房から出てきて会話にくわわった。「ねえ、強盗事件がまた起こってふたりともひどいショックを受けてるのはわかるし、それを責めるつもりは少しもない。このありふれた田舎町とひとつ隣の町によそ者がやってきて、こんな大事件を引き起こしたなんて、背筋がぞっとするほどおそろしいわ。でも、図書館の資金集めのイベントが明日に迫っているのを忘れたなんて言わないでちょうだいよ」

「本とスコーンの会」トニが言った。「ちゃんと覚えてるって」

「もちろん、やる気満々よ」スザンヌも言った。「あなたにとってとても大事なイベントなのはよくわかってるもの」

「オークションに出す品もすでに、ほとんど集まってるみたいだしね」とトニ。

「よかった」ペトラは言った。「だったらあとは、〈ニッティング・ネスト〉に運び入れたテーブルに全部並べて、見栄えよくするだけ。そうそう、金額を書く紙と鉛筆も用意しなきゃ」

スザンヌは店内をぐるりと見まわした。どのお客も満足しているようだ。「わたし、ちょっと行って見てくる。どんな状態か確認する」

「助かるわ」

スザンヌは〈ニッティング・ネスト〉の電気をつけ、ぐるりと見まわした。ほっと落ち着ける雰囲気の小さな店舗は、足の踏み場もない状態だった。かせ巻きのカラフルな毛糸を詰めた枝編みのバスケット、陳列した編み針、キルト用に正方形に切った布の山など、ふだんから置いている品々にくわえ、寄付された品物がそこらじゅうに積みあげられている。赤ちゃんの服、装飾をこらしたクッション、マフラー、マグカップのセット、ピクニックバスケット、CDプレーヤー、ローズウッドでできた美しい宝石箱。おまけに、プラスチック製の小ぶりのカヤックと子ども用自転車まである。

「おやおや。二度めのクリスマスが到来したみたいなありさまだね」トニの大声がした。彼女は入り口のところから興味津々の様子でのぞきこんでいた。

「たしかに、いろいろ揃ったわね」スザンヌは言った。「カーメン・コープランドも自分のロマンス小説を四冊とティーポット、それに蜜蠟で作ったキャンドルを詰め合わせたギフトボックスを寄付してくれてる」

「じゃあ、いちばん高い値段をつけた人はキャンドルの灯るなかでお茶を飲みながら本が読めるってわけだ」

スザンヌはほほえんだ。「なんてロマンチックなの」

「ロマンスの詰め合わせだね。ほかにはどんなものがある？」

「ええとね、カイパー金物店とキンドレッド・ベーカリーから二十ドル分の商品券。シネプレックス・シアターの映画鑑賞券……」

「おいしいポップコーンが九ドルで食べられるのはあそこ以外、ないもんね。ほかには？」

「コーヌコピアにある〈コッペルズ〉の、キャンドルライト・ディナーの券がふたり分。すてきなギフトバスケットが十個ほど。ワインを詰め合わせたバスケットもふたつあるわ。入札したいかもしれないから教えておくけど、ロゼワインよ」

「意志あるところにロゼワインあり」ふたりでカフェに引き返しながらトニは言った。それから十分間、スザンヌはレジ係に専念し、トニはお茶のおかわりを注いでまわった。

最後のお客をありがとうございましたと送り出すと、手作りのトレーラーを連結したジュニアのトラックが駐車場に入ってくる音がした。数秒後、ジュニアが入り口から駆けこんできた。

ジュニアは歳を取りすぎた不良少年で、いつもなら、斜にかまえた態度で店に入ってくるけれど、きょうはやけにテンションが高い。目はお皿のようにまん丸で、高電圧のコンセントに指を突っこんだみたいに髪の毛が逆立ち、たくしあげたTシャツの袖から両切りのキャメルのパックがいまにも落ちそうにぶらさがっている。

「おまえら、第二の強盗事件の話を聞いたか？」ジュニアは大声で言った。

「聞いてるに決まってるじゃん。もう、その話は町じゅうを駆けめぐってるよ」トニが言った。

ジュニアは煙草を一本抜いて、くるくるまわした。「まったく……おっかない世の中になったもんだ」

「うちの店は禁煙だよ」トニが注意した。

ジュニアは煙草を左耳にかけ、ずり落ちぎみのジーンズを引っ張りあげた。

「ああ、そうだった。忘れてたよ」

ジュニアが第二の強盗事件にそうとう興味を持っているのを見て、スザンヌはいくつか質問してみることにした。もしかしたら、本当になにか情報をつかんでいるかもしれない。

「ブルーエイド薬局の強盗事件のことでなにか知ってるの？　怪我をした人はいる？」

「いるとも！」ジュニアは鼻息を荒くした。「ダニーなんとかって名前の薬剤師がいい感じにやられたらしい」

「それを言うならこてんぱんに、だよ」トニが言った。

「犯人はひとりなの？」スザンヌは訊いた。

ジュニアは首を縦に振った。「ゆうべとおんなじだけど、今度のはもっとたくさん盗んでる。三万ドル相当の薬だって話だぜ。それも強い薬ばかり。つまり、ストリートで売れる薬ってことだ」

「だろうね」とトニ。

「その情報をどこで仕入れたの？」スザンヌは訊いた。ジュニアはあまり賢いほうではない。

「〈パンプ・アンド・マンチ〉で車にガソリンを入れてたら、ロバートソン保安官助手と鉢合わせしたんだよ。〈パンプ・アンド・マンチ〉ってのは、パイパー・カブとか芝刈り機のエンジンで動いてるみたいなちっこい飛行機がとまってる飛行場からちょっと行ったところのガソリンスタンドでさ」

「話をそらすなっての」トニがたしなめた。

「ああ、わかった。とにかく……ロバートソン保安官助手はちょうど、ブルーエイド薬局の現場を引きあげてきたところでさ。それで、いろいろと情報を仕入れたって……」

「たまげたね」トニが話をさえぎった。「それってりっぱな、郡をまたいだ凶悪犯罪じゃん」

ジュニアはジーンズのポケットに親指を引っかけ、えらそうなポーズを取った。

「このドラッグ強盗について、おれなりに考えた仮説がふたつある」

トニは首を横に振った。「このあいだまでは、フェレットの飼育場をつくろうと考えてたんじゃなかったっけ。それがどんな結果に終わったか、ちゃんと覚えてるんだからね」

「おいおい、話くらい聞いてくれたっていいだろ、え？」

「わかったよ、で？」とトニ。「さっさと話しな」

「違法薬物を大量に使うのはどんな連中か知ってるか？」

「物騒な人たちでしょ？」スザンヌは言った。「依存症の人とか？」

「トラックの運転手だ。それも長距離の。全国を走りまわるときなんか、頭がぼーっとしないよう、アンフェタミンなんかをぽいぽい口に放りこんでる」

トニはスザンヌにちらりと目をやった。「なにか知ってるみたいだね」

「知ってるに決まってるだろ」ジュニアは言った。「トラックの運転手ってのは眠くならないように強力な興奮剤を使うんだよ」

「興味深い話ね」スザンヌは以前、アンフェタミンの効果について読んだことがあり、ジュニアの話はそれと合致していた。

それほど的外れなことを言っているのではないのかも。

「もうひとつの仮説はなんなの、ジュニア?」

「聞いた話だけど、古い農場を改装して共同生活の施設みたいなのをつくった連中がいるらしい。ほら、ブランチ・ダヴィディアンみたいなさ。アイダホにも、ちょっとおかしな連中がいたよな? とにかく、そこでサバイバリスト系の連中が、自給自足の生活を送ってるんだとさ」

「そういうの、映画で観た気がする」トニが言った。

ジュニアは首を振った。「そうじゃない。本当にそういう連中がいるんだって。大がかりな襲撃があった場合にそなえてるんだよ」

「このあたりで襲撃といったら、手っ取り早く大金を稼ぎたい開発業者が安っぽいタウンハウスを次々に建ててることくらいしか思いつかないけどな」

「誰が襲撃してくるというの?」スザンヌもたまらず尋ねた。

「こういうご時世だ、誰だっておかしくない。共産主義者、宇宙人、ゾンビ、なんでもありだ」

「そういうの、たしかに映画で観たよ」トニがまた言った。

「その施設にいるのは元軍人？」スザンヌは訊いた。奇妙なことに、ジュニアの仮説はどちらも的を射ている。たしかにいいところに目をつけている。

ジュニアは肩をすくめた。「じゃないかな。銃とかバイクとかに入れこんでるって噂だ」

「どこらへんにあるの？」

「〈シューティング・スター・カジノ〉の十マイルほど先。郡道七号線からちょっとはずれたところだ」

「その共同施設の存在をどこで知ったの？」

「人に聞いたんだ」

「人って？」トニが訊いた。

「スマッキー」

「それは本名？」とスザンヌ。

「名字、それとも名前？」とトニ。

ジュニアはまた肩をすくめた。「さあ。ただの……スマッキーだ」

「どこに行けば、そのスマッキーって人に会える？　話を聞くことになるかもしれないから教えて」事件にかかわるかどうか、スザンヌはまだ心を決めかねていた。好奇心は最高潮に達しているけれど、用心しなさいと理性の声が告げてくる。

ジュニアは、ガレージセールで五十セントで手に入れた古いカシオの腕時計に目をこらした。「あと十分ほどで一杯の値段で二杯飲めるサービスタイムの時間だから、スマッキーはたぶん〈フーブリーズ〉で冷たいものを飲んでるはずだ」

「うそでしょ」スザンヌは言った。〈フーブリーズ〉は郡道十八号線沿いにあるナイトクラブだ。安酒場とレストランとストリップクラブを兼ねている。うさんくさい連中がたむろしている店だ。銃の携帯許可を持つ連中が数多く訪れている。

「あんたがいまから行こうとしてるのはそこ？」トニが訊いた。ジュニアは厳密に言うと無職で、短い期間だがベロウズ自動車修理工場でパートタイムの修理工として働いていたことがある。そのときですら、典型的なまけものだった。

「それはどうかな」ジュニアははぐらかした。「けど、おれがなにも考えていないなんて言うなよな」そう言って人差し指で頭の横を叩いた。「思慮深い大人になるには、若いときにばかをやってなきゃだめだからさ」

「つまり、あんたは最高のスタートを切ったってわけだ」

ジュニアは降参というように、トニに向けて両手をあげた。「落ち着けって、ベイビー。おれはそろそろ帰るよ。行かなきゃいけないところがあるし、人にも会わなきゃいけないからな。そうそう、こんなものを持ってきてやったぞ」

「なんなの？」トニはすぐさま疑わしそうな顔になった。

ジュニアは尻ポケットからくしゃくしゃの茶色い紙袋を出した。「ほらよ」とトニに渡す。

トニは袋の口をあけ、なかで虫でもわいているんじゃないかとばかりに、おそるおそる鼻を突っこんだ。ジュニアから渡されたものの中身がわかると言った。「花火？」

「そんじょそこらの花火じゃない。黒猫印の爆竹とブンブン蜂印の打ち上げ花火だぜ。中国産の最高級品だ。七月四日の独立記念日はまだずっと先だが、買ってみたんだ」

「ありがとね」トニは気のない声で言った。

「礼にはおよばないぜ、べっぴんさん。じゃあな、みんな」

スザンヌとトニは、ジュニアが手作り感満載のトレーラーハウスを駐車場からバックで出すあいだ、どこにもぶつけませんようにと息をこらして見守った。

「ジュニアはいまだにあのトレーラーで暮らしてるの？」スザンヌは訊いた。

「そうなんだよ。テレビ、ヒーター、ホットプレート、それにベッドまで運びこんじゃってさ。ベッドに寝転がる、アニメを観る、卵を焼くの三つを同時にやれるからって」

「便利ね」

「あいつと一緒にいると、くっだらないテレビ番組をエンドレスで見せられてる気がしてくるよ」

「カントリーウエスタン調の〝り・こ・ん〟って曲が流れてきそうだけど」

「わかってるって」トニは花火が入った袋を大ぶりのバッグに突っこみ、ほうきを手にした。それからスザンヌがいる場所まで引き返した。「で、今後の計画は？」

「今後の計画って？」

「だから、この強盗事件について、あたしらなりにどんなナンシー・ドルーごっこをするのかってこと。あんたには事件を調べる能力がそなわってる。しかも、この町でも一、二を争うほど直感にすぐれてるし。なんてあたしが言ってるのを聞きつけたら、保安官は苦しみながらじわりじわりと死んでいくだろうけどね。さてと、なにか考えがあるんだよね？」

「どこから調べたらいいかもわからないのよ」

トニは探るような目でスザンヌを見つめた。「わかってるくせに」

スザンヌは片方の眉をあげた。「あら、そう？」

「さっき、あんたが保安官に話してるのを聞いちゃったんだ。ゆうべの事件の一部始終を、完璧に説明というか再現してたじゃん。まるで……まるでハリウッドの超大作映画の脚本でも書いてるみたいだった」

「でも犯人の顔も見てないのよ」

「スザンヌ、それでもあんたの説明は百点満点だった。犯人の服装、銃の種類、身のこなし――捜査を進めるのに充分すぎるほどたしかな手がかりだよ」

スザンヌは少し考えてから口をひらいた。「たとえば、犯人の衣類は軍の放出品を売ってる店で手に入れたものかもしれないとか？」

トニはスザンヌを指さした。「そうそう。そんなこと、あたしは思いつきもしなかった。ほうら、その気になってきた！」

スザンヌはまた少し考えこんだ。「それに、犯人の身のこなしはどう見ても軍人みたいだった。そう考えると、かつては軍人、警官、あるいはハイウェイパトロールだったんじゃないかと思うの」

「たしかに、そんじょそこらの平凡な男じゃないね。学校の交通指導員でもない」トニはじっと考えこむように額にしわを寄せていたけれど、唐突に指をぱちんと鳴らした。

「どうしたの?」スザンヌは訊いた。

「ひとつ、怖い話をしてあげる」トニは言った。

「というと?」

「うちの店にはお客さんがひっきりなしに入ってくるよね。もちろん、ご近所さんとか友だちとか、よく知ってる顔が多い。けど、はじめてのお客さんだっていろいろやってくる。巡回セールスマンとか、トラックの運転手とか、移動の途中の人たちとか。カックルベリー・クラブに立ち寄って、朝食、ランチ、あるいは午後のパイとコーヒーでひと息ついていく」トニはそこでかぶりを振り、不気味な声で言った。「あのさ、スザンヌ、薬局に入った強盗がうちのお客だったたってことも充分考えられるんだよ」

氷のような恐怖がスザンヌの心臓に突き刺さった。「そんなこと、考えもしなかった」

6

「ねえ、知ってる？」スザンヌはサムが家に入ってくるなり言った。サムは青い診察着の上からキャメル色のブルゾンをはおっていた。足もとはいつもニューバランスのスニーカーだけれど、きょうは運転用のモカシンを履いている。愛犬のバクスターとスクラッフがサムのすぐあとからキッチンに入ってきた。

「当ててみろって？」サムは言った。「そうだな……ポークチョップを焦がしたから、今夜は外食にするとか？」彼はスザンヌが鍋をかき混ぜているコンロに、好奇心もあらわに歩み寄った。

「また薬局が強盗に入られたんですって」スザンヌはかき混ぜる手をとめた。

サムが急に足をとめ、そのせいでバクスターがうしろからいきおいよくぶつかった。

サムは唖然とした顔になった（バクスターも）。「冗談じゃないんだね？　べつの病院が？」

スザンヌは首を横に振った。「今回連中が襲ったのはジェサップのブルーエイド薬局」

「いま、〝連中〟って言ったね」

「たしかに、犯人と言うべきだったわ。強盗に入ったのはひとりだから」

「昨夜と同じやつかな？」

「たしかなことはなにもわからないけど、そういう噂が町じゅうを飛び交ってる」

サムは上着のポケットから携帯電話を出した。「ドゥーギー保安官に電話して、診療所をしっかり見張ってもらうよう頼んでみるよ」

スザンヌは持っていたスプーンで彼を指した。「そうしたほうがいいわ」

サムは病院に詰めているとき、あるいは郡の検死官をつとめるときをべつにすれば、もっぱらウェストヴェイル診療所で過ごしている。大きな薬局をそなえた診療所ではないけれど、薬品庫はある。

スザンヌがグレイビーソースを仕上げ、オーブンからローストチキンとポテトを出していると、ダイニングルームからサムが電話で話しているのが聞こえてきた。やがてキッチンに戻ってきた彼は言った。「話がついた。一時間おきに保安官助手を巡回させるそうだ」

「ある程度の抑止効果は期待できそうね」そうは言ったものの、頭のいい犯罪者ならば、鍵を壊して侵入するくらいわけはないだろうという気がした。

これじゃあまるで猜疑心の塊だわ。

ふたりはダイニングルームのテーブルを囲んだ。スザンヌがキャンドルに火をつけて音楽をかけ、サムはマルベックの栓を抜いた。

「結婚式が楽しみになってきた？」サムが訊いた。

スザンヌはほほえんだ。「あと二カ月。〈コッペルズ〉の裏庭は予約したし、招待状はいつでも出せるようになってるし」

「ウェディングドレスは？　夢のような真っ白なドレスに身を包んだきみを見るのを楽しみにしているんだ。アイボリーか生成りのドレスでもいい」

「そうね」スザンヌはわずかに上の空で言った。「それも手配しなくちゃ」

「まだドレスを用意していないの？」サムは心配そうな顔になった。

「えっと……まだなの。厳密な意味では」

「全然していないと言ってるように聞こえるよ。当日ぎりぎりなんてのは勘弁してほしいな」

「そんなことにはならないわ」

サムはフォークをおろした。「例の強盗殺人事件に気を取られているわけじゃないよね？　まさか、かかわるつもりじゃないんだろうね？」

「すでにかかわっているようなものだけど」

「スイートハート、危険に身をさらすようなまねはやめてほしい」

「いつだって慎重に行動してるじゃないの」

「ああ、たしかに」サムはおどけた口調で言った。「気の毒なハロルド・スプーナーだって慎重に行動していたんだ。それでも、ああいう最期を迎えてしまった」

そう言われても、スザンヌの頭のなかは強盗事件のことでいっぱいだった。

「きょう、保安官がひと休みしに来たときに話をしたんだけど——」

「ちょっと待って」サムは言った。「それは第二の強盗事件の前のこと?」

「そうよ。そのとき、一部の病院職員から、あらためて話を聞いてみてはどうかと提案したの。不満を抱いている者に心当たりがないか質問したらどうかって。もちろん、こっそりとね」スザンヌはチキンをひと切れかんで、のみこんだ。「あなたはどう? 不満を抱いてる職員に心当たりはある?」

「うん、ある」

スザンヌはサムの答えに飛びついた。「誰?」

「ほぼ全員」

「そんなわけないでしょ」

サムは説明した。「いいかい、ぼくらはみんな長時間労働を強いられ、生死にかかわる判断を迫られ、次々に押しかけてくる病人と怪我人の対応をしている。患者が子どもの場合はとくに神経がすり減ってしまう。やがて危機的状況という小宇宙から解放され、自宅での日常生活に戻る。そのふたつを分けるのがむずかしい場合がある。なかにはそれができない者もいる」

「そういう人はどうなるの?」

「燃えつきるか、追い出されるかのどっちかだ」

「でも、あなたはうまくやれてるわ。ちゃんと適応してる」

「いまのところはね。でも、手術のローテーションに入ってた頃のぼくを見せたかったよ。当時の生活は、ひかえめに言っても過酷なものだった」

サムに手伝ってもらいながら、使った食器をキッチンにさげた。スザンヌがそれを全部食器洗い機に入れ、残り物をラップでくるんでいるあいだに、サムはそれぞれのグラスにワインのおかわりを注いだ。五分後、ふたりはリビングルームのマシュマロみたいにふかふかしたソファでくつろいでいた。サムは《アメリカ医学会誌》の最新号をおともに寝転び、スザンヌは《ヴォーグ》の最新号を読みふけった。

いつの間にかソファに乗ってきたスクラッフをなでてやろうとスザンヌが手をのばしたとき、サムが言った。「幸せだな。まるで家にいる気分だ」

「ここはあなたの家よ」

「厳密にはちがう。結婚するまでは」

「あと二カ月よ」そのときスザンヌの携帯電話が鳴った。サイドテーブルにあったそれを手に取った。「もしもし？」

ドゥーギー保安官からだった。

「明日の午後、病院で落ち合えるか？」

「大丈夫だと思うけど。でも、どうして？」

「そこの職員にエド・ノーターマンって男がいる。雑用係のひとりだ」

スザンヌは身をこわばらせ、背筋をぴんとのばした。「その人が薬局に押し入った犯人だと疑ってるの？」

「そんなことは言ってないだろうが。あんたにそいつの顔を見てもらいたいだけだ。それで感想を聞かせてくれればいい。やってもらえるか？」

「明日は三時からお茶会を開催する予定があって……」

「二十分程度ですむ。こうしよう。おれが車で迎えに行って、終わったらカックルベリー・クラブまで送り届ける。お望みなら道中ずっとパトライトをつけ、サイレンを鳴らしたっていい」

「なら、いいわ」

「助かるよ。じゃあ、また……」

「ねえ、保安官？」

ため息。「なんだ？」

「きょうのブルーエイド薬局の強盗の件だけど、同一犯の仕業かしら？」

「その可能性はある」保安官はあきらかに情報を出し惜しみしていた。

「目撃者はいるの？　なにか手がかりは見つかった？」

「現時点ではなにも話すことはない」

あるくせに。言いたくないだけでしょ。

「わかった、じゃあ明日」スザンヌは通話を切った。

「ドゥーギー保安官から？」サムが訊いた。

「えっと、うん……明日、男の人の顔を見てほしいって」

「誰のこと？」

「エド・ノーターマンって人を知ってる？」

「うーん、どうかな。だけどスザンヌ……」

「遠くから見るだけよ。あぶないことはなにもないはず」スザンヌはワインをひとくち含んで、考えにふけった。本当にあぶなくない？　そのノーターマンという人を見て、犯人だとわかるかしら？

「それでも、危険な感じがしてしょうがないな」

「大丈夫だってば」

サムは雑誌をおろした。「薬局が襲われるのは比較的よくある事件なのは知っているね？」

「知らなかった」

「自分で使ったり、売ったり、交換したりするのに向いているものがいつも大量にある場所なんだよ」

「たとえば……？」

「オキシコンチン、ベイリウム、ジラウジッド、リブリウム、デメロール、フェンタニル、アデロール、その他、もっと強い薬も置いている。いわゆる、スケジュールIIに分類される薬品だ」

「危険な感じのする名前ばかり」

「そのとおり。だから施錠して保管し、麻薬常用者の手に渡らないようにしているんだ」

7

「ティラミス・パンケーキって、いったいどんなもの？」トニが訊いた。

カックルベリー・クラブは火曜の朝の八時半を迎え、ペトラがあらたなオリジナルメニューににんまりしていた。

トニは、ヨーグルトパフェに使うイチゴをスライスしているスザンヌに顔を向けた。

「ティラミス・パンケーキって聞いたことある？」

「いまはじめて聞いた」スザンヌは答えた。「でも、絶対においしそうな名前ね。デザートみたい」

「で、どんな材料を使ってんの？」トニはペトラに訊いた。

ペトラはポピーシードのマフィンの焼き皿を二枚オーブンに突っこんでから、共同経営者のひとりに向き直った。

「定番のバターミルク・パンケーキにするつもりだったけど、エスプレッソ、ダークチョコ、それにマスカルポーネチーズを少しくわえてみたの」

「〝おいしい〟ってハッシュタグをつけてつぶやきたいね」トニが言った。「デザートそのものだよ。四枚重ねだと、何キロカロリーになるんだろ？」

「千四百キロカロリーくらいかしら」とペトラ。

トニは顔をしかめた。「じゃあ、炭水化物の量は？」

ペトラは嬉々としてほほえんだ。「膨大よ」


けれども、カックルベリー・クラブのこの朝のメニューは、ペトラ作の罪深いほど濃厚なパンケーキだけではなかった。ほかにもスクランブルエッグ、ターキーのベーコン、シナモンとレーズンが入ったブリオッシュ、ヨーグルトパフェ、焼きリンゴを添えたオートミールが用意されていた。しかも、ペトラが激辛トマトソースをこしらえたので、血の池地獄の卵もメニューに入っていた。簡単に言うと、辛いソースにポーチドエッグを浮かべた料理だ。

店内はすでににぎわいはじめていた。注文の品をいくつか運び終えたトニが、スザンヌのほうを向いて小声で言った。「きょうはなにかあったみたいだね。めちゃくちゃ忙しいよ。三人が〈ブック・ヌック〉で順番を待ってるし」

「気がついた？　どのテーブルも強盗事件の噂で持ちきりよ」スザンヌは言った。

「しかもみんな、妄想レベルの仮説を披露してる。あそこにいるテディ・バターズなんか、老いぼれヒッピー集団の仕業だと思ってるみたいだしさ」トニは言った。「きっとヴィンテージもののフォルクスワーゲンを見かけて、怖くなったんだろうね」

「正直言うと、トラック運転手やサバイバリストが犯人だとするジュニアの仮説も、あながち的外れとは思えないわ」

「ジュニアになにか思いつくほどの頭があるとは思えないけどね。でも……」トニはふいに言葉を切り、苦い咳止めシロップを飲んだみたいに顔をしかめた。

「どうかした？」

「ちょっと待って。ダディ・ウォーバックスは陸上輸送の仕事をしてるんじゃなかったっけ？」

「ええと……そうだと思うけど。いったいなにを言いたいの？」

「ダディは薬品強盗もしてるのかも」

スザンヌは少し考えてから口をひらいた。「ロバート・ストライカーさんも除外するわけにはいかないでしょうね。あの人がこの町にやってきたのと薬局襲撃のタイミングが妙に合いすぎてるもの」

「それっていいこと、それとも悪いこと？」トニが訊いた。

「そう訊くこと自体が悪いことだと言ってるようなものよ」

「そっか」

スザンヌとトニはその後もひたすらお客を出迎え、注文を取り、料理を運んだ。そのかたわら、あらたな情報あるいはちょっとした手がかりが聞こえてこないか、ひたすら聞き耳をたてていた。残念ながら、あきらかになったことはなにもなかった。

十時四十五分、のんびり屋のスケートボーダーで片づけ係のジョーイ・ユーワルドがやってきた。世界の終末をとなえるカルト信者みたいな恰好――黒いズボン、破れた黒いTシャツ、幾重にも巻いたチェーン、イヤリング、ピアス――をしているけれど、根はいい子だ。イベントの回数によって週に一、二回、ハックルベリー・クラブで働いてもらっている。しかも仕事ぶりはとてもまじめだ。こつこつと働いて、最新のスケートボードを買うためのお金を貯めている。いつの日かプロになるという夢があるからだ。

「やあ、ミセス・D」ジョーイはけたたましい音をさせながら裏口から厨房に入ってくると、スザンヌに声をかけた。彼はペトラにも手を振った。「元気にしてる、ペトラ？」彼の挨拶はいつもながら元気いっぱいだ。

「スケートボードはなかに入れちゃだめでしょ」ペトラは寄せ木のカウンターでタマネギとニンジンを刻みながら言った。

「ああ、そうだった。うっかりしてた」ジョーイは裏口のステップにスケートボードを置き、ご機嫌な様子でキッチンに戻った。

「きょうはやけにうれしそうね」スザンヌはジャガイモをスライスする作業を終えたところで、タオルで手を拭っていた。

「新しい趣味を見つけてさ」

「スケートボードのほかに？」スザンヌは訊いた。

「やだなあ、おれだって成長してるんだぜ。いろんなことにアンテナを張ってんだ」ジョーイはにやりと笑った。

「じゃあ、教えてちょうだいな」ペトラが言った。「今度はどんな刺激的な体験をしているの？　ロッククライミング？　モトクロスレース？」

「ペイントボールさ！」ジョーイは叫んだ。「これがもうおもしろいのなんの。郊外に丘あり、渓谷あり、小川あり、壊れかけた古い建物ありのペイントボール場があってさ」昂奮のあまり、唾を飛ばさんばかりに熱く語った。「一種の戦争ごっこだけど、専用の銃とインクの入った弾を使うんだ」

「おもしろそうね」とスザンヌ。

「それがさ、誰かにねらいをつけられたら最後、いろんな色のペンキをかけられて、全身ペンキまみれになるってやつでさ。おまけにこれがけっこう痛い。服が汚れないようにつなぎを着てやるんだ。帽子とゴーグルも必要だね」

「で、そんなところまで行って撃ち合ってるの？」ペトラは少しとがめるような口調で言った。

ジョーイはうなずいた。「うん、これがもう最高なんだよ。ファルージャに攻めこむ気分になってくるんだ」彼は眉根を寄せ、真剣な顔つきになった。「それで陸軍に入隊するのもいいかなって」

「まだ若すぎるわよ」ペトラが即座に言った。

「ねえ、ジョーイ、ちょっと変なことを訊くけど、悪く取らないでちょうだいね」

ジョーイは子犬のような目でスザンヌを見つめた。「なに？」

「あなたでもお友だちでもいいけど、ドラッグを買わないかと持ちかけられたことはある？」

「売人にってこと？」

「そういうことになるわね、ええ」

「冗談だよね？」ジョーイは言った。「そこらじゅうにいるじゃんか」

「ドラッグのこと？　それとも売人？」

ジョーイは肩をすくめた。「両方とも。べつに大騒ぎするほどのことじゃないし」

「それが大騒ぎするほどのことなのよ。二軒の薬局に強盗が入った話は聞いてるでしょ？」

「そいつらが盗んだ薬を町なかでさばくんじゃないかと思ってるわけ？」

「もしかしたらだけど。でも、それはドゥーギー保安官が突きとめればいい話。もちろん、犯人、あるいは犯人一味を逮捕するのも含めて」

ジョーイは片目をつぶってスザンヌに笑いかけた。「ミセス・Dは保安官の右腕じゃなかったっけ？」

「とんでもない」スザンヌは言った。「そんなわけないでしょ」

「けど、てっきり……」

「ジョーイ」ペトラの声が飛んだ。

ジョーイが視線を向けると、ペトラはゆっくりと首を横に振った。

スザンヌは急いでカフェに戻ってレジ打ちをし、トニの手伝いをした。十分ほどして厨房に戻ると、ジョーイがグラスに注いだミルクをずるずる音をたてて飲み、ペトラからもらったのだろう、スコーンを食べていた。

「それじゃ、もうけが出ないじゃないの」そうたしなめたものの、もちろん冗談だ。

「ジョーイは本当にいい子ね」子どもがいるように見えるペトラだけれど、実際にはいない。彼女は面倒見がいいのだ。

「カフェでトニの手伝いをしてこようか？」ジョーイが訊いた。

「いいのよ、間に合ってるから」スザンヌは言った。「あなたは使った食器を食器洗い機に入れる仕事に専念して。そうそう、銀器には細心の注意を払ってね」

「午後のお茶会のときは、料理を出すのを手伝おうか？」

「お皿をさげるだけでいいわ」

「わかった。けど、忙しかったらお茶を注ぐのを手伝うよ。大丈夫、ちゃんと注意しながらやるって」

「ええ、わかってる」

どうやらジョーイは、使った食器をさげて洗うだけではなく、もっと意味のある仕事がしたいらしい。

「そうだわ、オークションの品やらギフトバスケットやらが、〈ニッティング・ネスト〉に適当に置いたままになってるの。それを見た目よく並べてくれるとうれしいわ」

ジョーイがぱっと顔を輝かせた。「やるやる……いい感じにしてみせるよ」

「助かるわ」

カフェに戻ると、トニが片手にコーヒーの入ったポット、もう片方の手に紅茶のポットを持って、店内をめぐっていた。彼女はおかわりを注ぎ終えると、スザンヌのそばに駆け寄った。

「ドラッグを使ってるトラック運転手のことで、またジュニアに話を聞いていたけど、あいつの知ってる全員がスピード狂なんだってさ」

「サムの話では、今回の事件で盗まれたスケジュールIIの薬は、ストリートで楽にさばけるんですって」とスザンヌ。

「おっかないね」とトニ。

ペトラが仕切り窓から顔を出し、大げさに咳払いした。「こんな朝はやくから、世界問題と罪について論じ合わなきゃいけないの？」

ペトラはメソジスト派の信者で、善悪の観念に厳しい。彼女にすれば、ドラッグもギャンブルもストリップクラブもすべてとてつもない罪に相当する。長い年月のあいだに連邦議会によって憲法が修正されてきたように、十戒を修正してこれらの罪も含めるべきとペトラは考えているのだ。

「もうそんな話はたくさん」ペトラはぴしゃりと言った。「モーニングタイムを切り抜けたら、次はランチ、それから図書館の資金集めのお茶会を切り盛りしなきゃいけないのよ」

「わかってるって」トニが言った。「ちゃんと身を粉にして働くよ」

「わたしも」スザンヌもうなずいた。それでも、トラック運転手とドラッグと銃を持ったマスク男のことが頭を離れずにいたところへ、《ビューグル》紙の全ジャンルの記事担当であり、広告取りの営業マンであり、豚の取引価格担当であるジーン・ギャンドルがふらりと店に入ってきた。彼はひょろりとした体形の中年で、髪の毛が薄くなりかけ、首が長く、異様に大きな喉ぼとけがシャツの襟からのぞいている。本人はキンドレッドのウッドワードとバーンスタインを気取っている。

「スザンヌ！　きみを探してたんだ」ジーンは赤いらせん綴じのノートをすばやく取り出し、上着のポケットからペンを出すと、飛ぶようないきおいでスザンヌのもとに駆け寄った。

「どうしたの、ジーン？」スザンヌは黒板にランチメニューを書きながら、しきりに各テーブルに目をやっていた。

「ちょっと小耳にはさんだんだけどさ、日曜の夜、病院に強盗が入ったのを目撃したんだってね」

「その場に居合わせたのはたしかよ。でも、あんな程度で目撃者と言えるかしら？　ありえないわ」

ジーンは両手を振りまわした。「おいおい、スザンヌ、こいつはでかい未解決事件なんだ。まず病院、つづいてジェサップのブルーエイド薬局が襲われた。読者はくわしい情報に飢えている。みんな知りたがってるんだよ。なにがあったのか、誰の身が危険なのか、また発生する可能性はあるのか」

「もうこれ以上起こってほしくないわ」

ジーンの喉ぼとけが上下した。「つまり、犯人はこのあたりから去ったと考えてるわけだね？」ジーンはノートにすばやくメモをした。

「そんなこと、これっぽちも思ってないわ。それとお願いだから、わたしが言ってもいないことをメモするのはやめて、事実だけを書いてちょうだい」

「わかったよ」ジーンはにやりと笑った。目を大きくひらき、歯をむき出したその姿は、獲物をねらうサメにそっくりだ。「聞いた話だけど、病院を襲った犯人になにか投げつけたんだって？」

「ええ、まあ」あの話、みんなが知ってるの？

「チリコンカンの缶詰だったと聞いたけど」

「チリコンカンがたっぷり入った保温ボトルよ」スザンヌは訂正した。

「身を守ろうとして？」

「というより、こっちの立場をはっきりさせようとしたの」

ジーンはさらに情報を得ようとせっついてきたけれど、スザンヌは彼の質問をやんわりとはぐらかした。とうとうジーンはノートとペンをおろし、人差し指を彼女に突きつけた。「で、きみはどうするつもりなんだい？」

「どうするつもりって？」スザンヌの声が裏返った。「なにもしないわよ！」どうして誰もかれもが、どうするつもりかと訊いてくるのよ、まったく。

「みんな、きみがかかわるのか気になってるみたいだよ。過去の事件でやったみたいにさ」

「みんなって誰のこと？」

「いいから教えてくれよ、スザンヌ」ジーンは彼女の質問には答えずに言った。「病院では間一髪のところで難を逃れたんだろ。そもそも、反撃する勇気があったのはきみひとりだ」

「ハロルド・スプーナーさんも抵抗をこころみたわ」スプーナーが撃たれたときの光景がいまも頭を離れず、古いモノクロのニュース映像のように何度も何度も再生されている。

「でも、きみは実際に犯人を撃退したじゃないか」

「チリコンカンの入った保温瓶を投げただけよ、ジーン。ＯＫ牧場で撃ち合ったわけじゃないわ」

8

この日のランチメニューはイタリア風ミートローフ、ハーブをきかせたエッグ・イン・ザ・バスケット、シトラスドレッシングであえたハワイアンサラダ、お米入りチキンスープだった。ほとんどのお客はあわただしく来店し、手短に食事をすませると、大急ぎで仕事に戻っていった。食後も残ってゆっくりしているのはほんのひと握りだ。きょうは誰もかれもが時間に追われているようだった。

「最近、デザートをパスする人が多いけど、気づいてる?」トニが訊いた。「なんでだろうね」

「四月になって、暖かくなってきたからじゃないかしら」スザンヌは言った。

「そっか、水着のシーズンが来るのが怖いのは昔から変わらないね。お腹のぜい肉をなんとかしないうちに、夏が来ちゃったら困るもん」

「たしかにそれも要因のひとつではあるわ」

「あたしはそんなへまはしないよ。暑くてむしむしするようになるのを待って、おなかとお尻に一本分のサランラップを巻きつけるんだ。その上からワンサイズ小さい水着を着る。ラップとスパンデックス水着の効果で脂肪が汗となって流れてくってわけ」

「トニ、あなたはいまでも充分細いじゃないの」

「うん、でもラップを巻くのは、シェリル＝リン・ヘイマーに教わった確実に美しくなれる秘訣なんだ。彼女が二年連続でミス・ヘッカー飼料工場に選ばれたのは知ってるよね」

「甘く見ていい賞じゃないわね」スザンヌは言った。

「シェリル＝リンはもうひとつ、いいアドバイスをくれたよ」

「どんな？」

「ここぞというときには、痔の軟膏を目の下に塗るんだって。ちょっとしたしわなら、きれいに消えちゃうってさ」

「トニったら！」スザンヌは大声を出した。「そういうのは……遠慮しておく」

ドゥーギー保安官は約束どおり、スザンヌを迎えにカックルベリー・クラブにやってきた。ただし……クラクションを鳴らしただけで、車からは降りなかった。

「駐車場からクラクションの音がするけど、いったい誰だろうね？」トニは窓に駆け寄って外をうかがった。「ああ、なるほど。あたしったらばかだね。ドゥーギー保安官だ。あー、もう。今度はパトライトまでつけて。急いだほうがいいよ、スザンヌ。そのうち鳴らしはじめるから……」

そのとき、サイレンが甲高く鳴り響いた。

「……サイレンを」

「行くわよ、もう。そんなにあせらせなくたっていいじゃない」スザンヌはぶつぶつ言いながら上着をつかみ、正面玄関から走って出た。助手席のドアをあけ、パソコン、無線機、ドライブレコーダー、ダイエットペプシの二リットル・ボトル、茶色い袋に入った保安官のランチに交じって、えび茶と薄茶色のツートンカラーの車に乗りこんだ。足もとでダイエットペプシとスプライトのからの缶ががちゃがちゃ音をたて、チョコレート菓子の包み紙が何十枚も靴底に貼りついた。

「これはだめなデート相手の行動そのものよ、わかってる?」スザンヌはシートベルトを締めながら保安官をたしなめた。「車で乗りつけてクラクションを鳴らすだけで、家に入って家族にあいさつしようともしない」

「好きなように言ってろ」保安官はすばやく切り返してハイウェイに乗り、インディカーのレースに出ているみたいに急発進した。

「しかもこの散らかりようときたら。いったいどうやったら、こんなにごみをためこめるわけ?」

「いやいや、ちゃんと片づいてるだろ。あんたみたいなタイプAの片づけ方とはちがうだけだ。おれはどっちかというと直線的思考なんだよ」

無線機から騒々しい雑音が洩れ、保安官が携帯電話に向かってひっきりなしになにか言い、受信機からさまざまなテンコード——了解《テン・フォー》、中継《テン・ファイブ》します、勤務終了《テン・セブン》——が洩れてくるのをスザンヌは道中ずっと聞かされた。あまりに耳障りで頭が痛くなってきた。

病院に着くなり、保安官はスザンヌを引っ張るようにして、混雑してにぎやかなカフェテリアへと連れていった。

「まだかなり混んでるな」奥近くの小さなテーブルにつきながら保安官は不満そうにこぼした。「手術も処置も予定より遅れることが多いから、みんな昼めしを食うのが遅くなるんだろう」

「そうね」スザンヌは言った。ふたりはしばらく黙ってすわっていたが、やがてスザンヌは口をひらいた。「で、わたしはどうすればいいの？」

「それとなくあたりを見まわしてくれ。顔をよく見るんだ。犯人らしき人物がいるようなら教えてほしい」

スザンヌは、料理の列に並んでサラダ、ヨーグルト、このカフェテリアの本日のメインディッシュであるチキンのキャセロールを取っている四十人ほどの顔に目をこらした。

「いないみたい」

「とにかくつづけてくれ」保安官はうながした。

スザンヌはテーブルについている人たちに目を向けた。緑色の作業着姿の雑用係、青い医療着の医師、ピンク色の医療着の人も数人いる。この病院ではすべて色分けされているようね。階、ファイル、おまけに職員まで。

「ぴんとくる人はいないわ」

保安官は顎をあげた。「あそこにいる男はどうだ?」

反対の隅を見やると、紙のキャップと緑色の作業着を身につけた背の高い男性に目がとまった。「あの人がノーターマンさん? きのう話してた人?」

「ああ。どうだ?」

スザンヌはエド・ノーターマンをじっと見つめた。長身で、ひょろっとした感じだが、顔立ちはごく普通。茶色の髪に茶色の目、穏やかな顔の中年男性だ。

「そうね。背の高さはあのくらいだった」

「しかし……」

「犯人の顔をよく見なかったんだもの、断定するなんて無理よ」

「あんたの説明からすると」と保安官。「犯人と短いながらも相対したようだったからさ」

「ノーターマンさんの目をのぞきこまないと正確なことは言えないわ」のぞきこんだらなにが見えるだろう? 憎悪、怒り、認識?

スザンヌは即座にいまの発言を取り消した。「直接、顔を合わせたところで、百パーセントの確信なんか持てないわよ」

保安官はため息をついた。「こっちとしては、あまりノーターマンに近づきすぎないでもらいたいくらいだ。万が一ってこともあるからな」

「むこうがわたしに気づくかもしれないってこと?」

「そういう可能性はいつだってある」

「あの人……」スザンヌは途中で言葉を切った。

「あいつがなんだって？」

「薬局で襲われた看護師さんのバーディと親しいのかしら？」

「以前は一緒に昼めしを食う仲だったそうだ」

「やっぱり内部の者の犯行と見ているのね？」

「現時点では、その線もいちおう考慮に入れてるってだけだ。だが、どんな可能性も除外するつもりはない」

「ジュニア——トニの夫のジュニアだけど、彼がちょっと思いついたことがあってね」

保安官はスザンヌにさっと目を向けた。

「犯人はトラックの運転手じゃないかって」

「トラックの運転手ね」

スザンヌは大きく息を吸った。「モブリー町長の協力で、この町に拠点を置く予定の流通会社があるのは知ってる？」

「まあ、いくらかは」

「その会社の経営者で、ロバート・ストライカーという人がこのあいだカックルベリー・クラブに来たの。なんていうか……興味深い人だった」

「興味深いというと？」

「ストライカーさんは仕事一筋で、ものすごい自信家なの。それも露骨なくらい」

「で、あんたはそいつを調べるべきだと思ってるんだな？」声からすると、ストライカーに対するスザンヌの懸念はうまく伝わらなかったようだ。

「ええ、まあ」スザンヌは少しためらってからつづけた。「話しておきたいことはまだあるの。サバイバリストらしき人たちがカジノの先に施設を建てたんですって」

「そいつらが麻薬をやってると言いたいのか？　あるいは武装強盗の一味だと？」

「それはなんとも言えないけど」

「スザンヌ、あんたはたしかにいろいろな線を検討してくれたみたいだな」


ふたりはカフェテリアを出て、病院内をぐるりと一周した。エレベーターで三階にあがり、廊下を歩いたのち、二階におりた。その間ずっと、食事をのせたカート、リネンを運ぶカート、さらには点滴スタンド、ストレッチャー、車椅子に乗せた患者などを移動させる何人もの職員を右に左によけながら歩いた。けれども、ぴんとくる顔はひとつもなかった。ある病室の前を通りかかったとき、なかから聞き覚えのある声がした。

「ジニー？」スザンヌは呼びかけた。

「スザンヌなの？」ジニーだ。

スザンヌは保安官に向きなおった。「五分だけいいでしょ、ね？」

保安官はうなずいた。「ああ、かまわん」

ジニーは個室にいて、枕を背に半身を起こし、音を消した『デイズ・オブ・アワ・ライヴス』を見ながら、電話でしゃべっていた。肩には白い包帯を大量に巻かれ、腕をべつの枕の上にのせている。

スザンヌはジニーが電話を切るのを待って近づき、傷が痛まないように気をつけながらハグをした。野暮ったい緑色の合成皮革の椅子を持ってきて、ベッドわきに腰をおろした。

「具合はどう？」スザンヌは訊いた。

「正直言ってつらいわ」

「看護師さんを呼んだほうがいい？」

「ううん、そうじゃないの。事件のことを言ったのよ。ハロルド・スプーナーの身に起こったことを」

「あなたのせいじゃないわ。助けられたわけじゃないんだもの」スザンヌは言った。「助けるなんて誰にも無理だったんだし」

「でも、悲しくてしょうがないの。ハロルドはとてもいい人で、みんなから愛されてた。小児科病棟に入院してる子どもたちにおもちゃを持ってきてくれたり、しんどい思いをしている高齢者に車椅子を持ってきてあげたりしてたから。たしかに、いわゆるタフガイ系の警備員とは言えないわ。むしろ……なんて言ったらいいのかしら。病院の親善大使みたいな存在だった。患者さんやお見舞いの人に笑顔でやさしく声をかけてたわ」ジーンはティッシュを一枚取って、目頭にたまった涙をぬぐった。「ハロルドが死んじゃうなんてまちがってる」

「ええ、たしかに」スザンヌは彼が撃たれた場面を、頭のなかで何度となく再生した。それでも、誰かがなにかできたとはどうしても思えない。とにかくあれは……胸が張り裂けそうなほど残忍な事件だった。

「バーディも気の毒に」ジニーは言った。

「かなり強く殴られたと聞いたわ」

ジニーはうなずいた。「噂によると、バーディは仕事には戻らないらしいの。ショックが強すぎて」

「辞めるってこと？」

「そうなるでしょうね」ジニーは手をのばしてきてスザンヌの手を握った。「そこで、あなたにお願いがあるの」

うそでしょ、やめて。

ジニーはスザンヌが恐れていた言葉を口にした。

「事件を調べてもらえないかしら」

スザンヌはジニーの要望をはぐらかそうとした。

「それならもうすでにドゥーギー保安官が一生懸命やってるわ」

ジニーはスザンヌの顔をひたと見つめた。「言ってる意味、わかるでしょ」

ええ、わかる。

「あなたは謎を解く能力がずば抜けている。去年のクリスマスにアラン・シャープさんが劇場で殺されたとき、ものの見事にパズルのピースをつなぎ合わせたじゃない。あと一歩のところまでたどり着いた人すらいなかったのに」

でも、その過程でトニもろとも殺されるところだったわ、とスザンヌは心のなかでつぶやいた。

「ねえ、スザンヌ。わたしはあなたを頼りにしてるの。この町の人、みんなあなたを頼りにしてる。正直言って、あなたは唯一の希望なの」

「ジニー……やめて」

「せめて検討くらいはしてみると約束してくれる？　ちょっと考えてみると？」

ジニーの表情があまりにきまじめで一途だったので、スザンヌはこう言うしかなかった。

「そうね、検討してみる」

「ありがとう。それと、きょうの図書館の資金集めイベントに行けなくてごめんなさいと、ペトラに謝っておいて」

「必ず伝えるわ」

「そろそろいいか？」廊下から保安官の声が響くと同時に、縦にも横にも大きな影がのびた。

「すぐ行く」スザンヌは言うと、ジニーをもう一度軽くハグしてささやいた。「できるだけのことをするわ。約束する」

「ありがとう」ジニーも小声で言った。

ふたりで廊下を歩く途中、保安官が訊いた。「できるだけのことをする、というのはなんのことだ？」

「ジニーとわたしだけの秘密」

保安官の口から、冷笑とも大笑いともとれる音が洩れた。

「はぐらかされた気分がするのはどうしてだろうな？」

9

午後のカックルベリー・クラブは美しく輝いていた。テーブルには白いリネンのテーブルクロスがかけられ、アビランドのシャリマーのお皿とティーカップが並んでいる。銀器がきらりと光り、背の高い白いテーパーキャンドルの炎が揺らめき、クリスタルの花瓶には真っ白なユリとカーネーションがいけてある。なんとも贅沢で優雅な光景だ。

「なんてゴージャスなの！」スザンヌは足を踏み入れるなり大声を出した。

「でしょ？」トニは胸を張った。「誰が手伝ってくれたと思う？」

「まさか、ジョーイ？」ちょうどそこへ、ジョーイがスイングドアを押して入ってきた。冷水の入ったピッチャーを三つ抱えている。

「なんの話？」

「花をいけたのはあんただって、スザンヌに説明してたところ」

「すごいわ」スザンヌは感心した。「とてもきれい」

「ああ、全然たいしたことないって。おふくろの庭仕事をいつも手伝ってるからさ」

「〈ニッティング・ネスト〉のほうはどうなってるの？」スザンヌはトニに訊いた。

「完璧だよ。ジョーイがオークションの品物を全部、並べてくれた」

ジョーイは持っていたピッチャーをおろした。「どうってことないって。それよか、ペトラがこしらえた特別メニューを見てみなよ。三角形をしたちっちゃくてしゃれたサンドイッチが、いかした三段のトレイにきれいに並んでるんだぜ」

「さすがはわれらがペトラ。すごいわ」スザンヌはもう一度、店内を見まわした。「トニ、最後の仕上げでわたしが手伝えることはある？」

「なにか音楽を選んでもらおうかな。そしたら準備完了だよ」

「ちょうどいいのがあるわ。ダイアナ・クラールのCD。ジャズピアニストで、おまけに声がとてもすてきなの」

「ジャズってさ、やたらと調子っぱずれな音がするよね」

「これはスムーズジャズといって、メロディが美しいのよ。CDのタイトルがね、『静寂の《ターン・》ボリュームをあげて《アップ・ザ・クワイエット》』というの」

トニは大笑いした。「だったら、いいや。それをCDプレーヤーに入れて、静寂をぶちゃぶってやろう」


三時ちょうど、本とスコーンのお茶会がスタートした。図書館員、図書館ガイド、それに五十人近くの後援者がカックルベリー・クラブに押し寄せていた。お客の多くはスザンヌの知り合いで——ロリー・ヘロン、パット・シェプリー、ビー・ストレイトなど昔からの友人だ――知り合いでない人には、図書館側のイベント責任者である元気いっぱいのクララ・ギルキーが紹介してくれた。

「お茶会の開催をお手伝いいただけて、本当にありがたいわ」クララは心の底からスザンヌにお礼を言った。「こんな会ははじめて。前に一度、キャセロールと色つきマシュマロのサラダなんかを持ち寄ったパーティをやったことはあるの。でも、きょうのお茶会は……なんて本格的なんでしょう！」

「いらしてくださってありがとう。それにオークションの品があんなに集まるなんて、びっくりしたわ」

「委員会のメンバーがとても精力的でね。信念を持って取り組むひたむきな人たちがいると、すばらしいことがなしとげられるものなの」クララはほほえんだ。「マーガレット・ミードの言葉をご存じかしら？」

スザンヌは首を横に振った。「いいえ。聞きたいわ」

「こう言ったの。〝献身的な人々からなる小さな集団に世界を変える力などないとあなどってはいけない〟と」

「そのとおりよ」スザンヌはうなずいた。

クララがカフェの中央に立ち、心をこめて歓迎の挨拶をした。それから、スザンヌを紹介し、場を譲った。

「本とスコーンの会の第一回を、このカックルベリー・クラブにて開催していただき、ありがとうございます」スザンヌの声がカフェの隅々まで響き渡った。「みなさまをお迎えできてわたしたち一同とてもうれしく思います。本日のメニューが、みなさまのご期待に沿うようなくつろぎのアフタヌーン・ティーになりますように」

そこかしこで拍手がわき起こり、スザンヌは話をつづけた。

「ということで、三段のトレイにて異なる三品をお出しします。ひと品めはイチゴジャムとクロテッド・クリームを添えたクリームスコーン。ふた品めはティーサンドイッチ。サンドイッチは二種類ありまして……ブリオッシュにカニのサラダをのせたものと、シナモンレーズンパンにチキンサラダとチャツネをのせたものになります。デザートは、焼きたてのひとくちブラウニー、マカロン、トフィークッキーの三つからお好きなものをお選びください」

スザンヌが説明するあいだ、あちこちから感嘆の声があがった。

「本日はお茶も二種類、中国産の紅茶とインド産のおいしいダージリンを用意しました」スザンヌはそこで間をおいた。「では、本とスコーンの会のみなさま……」

それを合図にトニ、ペトラ、ジョーイの三人が、おいしいものをたっぷり盛り合わせた巨大な三段トレイを手に登場した。

「……どうか心ゆくまでお茶会をお楽しみください」スザンヌは締めくくった。

最初、参加者はみな礼儀正しく拍手をした。けれども、各テーブルに三段トレイが置かれ、フロスティングされたスコーンとかわいらしいサンドイッチとデザートが盛りつけられ、そこかしこにエディブルフラワーが飾られているのを目にしたとたん、歓声があがった。スザンヌとトニが湯気のあがるティーポットを手にし、お茶を注いでまわりはじめると、盛大な拍手がわき起こった。

大きな顔をにんまりさせながら一部始終を見ていたペトラは、心のなかで快哉を叫んだ。

「気に入ってもらえたみたいね」数分後、スザンヌはペトラにささやいた。

「そんな言葉じゃ足りないわ」とペトラ。「みんなもう夢中よ」

スザンヌはヴィンテージもののティーポットをふたつ持ち、いちばん近いテーブルに歩み寄った。バラのつぼみが描かれたイギリス製の丸い形のポットには中国産の紅茶が、ウィンザー・サドラーの青い花柄のポットにはダージリン・ティーがたっぷり入っている。

「お茶のおかわりはいかがですか、みなさん」

銀行員のサリー・クレイマーがカップとソーサーを持ちあげた。「ダージリンをもう少しいただくわ」

お茶を注ぐスザンヌにサリーは言った。「こちらはあたしの友だちで、エレインとコニー。ふたりとも本物のお茶会はこれがはじめてなの」

「それはようこそ」スザンヌは歓迎した。

大ぶりのゴールドのフープイヤリングをつけた濃い色の髪のコニーが言った。

「なにもかもすてきです。でも、このクリームスコーンですけど……」彼女は皿にのった食べかけのスコーンを指さした。「クリームという名前がついているのは、クロテッド・クリームが添えてあるからですか？」

「なかなか深い読みだけど、そうじゃないんです。乳脂肪分の高い生クリームが材料に使われていて、それがスコーン全体をしっとりなめらかにする役割を果たしているからなんですよ」

スザンヌはカップにお茶のおかわりを注ぎ、お客とたわいもない話をしながらテーブルをまわった。イベントの成功を確信しながら歩いていると、白髪交じりの女性の手が腕に置かれた。

「スザンヌ、ねえ、あなた大丈夫なの？」

スザンヌはミルドレッド・ロスの鋭い目を見つめた。布地の専門店でパートをしている、あまり気さくとは言えない女性だ。

「ええ、とくに問題はありませんよ」スザンヌは明るく答えた。

「でも、病院で銃撃事件があって……しかも気の毒に、ハロルド・スプーナーさんが無残にも殺されたわけでしょ」ミルドレッドの目は好奇心でらんらんと輝いていた。くわしい話が知りたくて、なにがなんでも聞き出すつもりらしい。「まだ体がぶるぶる震えているんじゃなくて？」

「わたしはそんなに臆病じゃありませんから」スザンヌはそう言うと、最後に残ったお茶を注ぎ、カウンターのなかに引っこんだ。ティーポットに新しいお茶を淹れ、パッチワークのポットウォーマーをかぶせたそのとき……。

ドーン！

突然、雷を思わせる耳をつんざく音――どんな衝撃波音よりも大きかった――が外で鳴り響いた。音はカックルベリー・クラブのすべての壁にぶつかって跳ね返り、頭上の棚に並ぶ磁器のニワトリをかたかた揺らし、店内の客全員が文字どおり、驚きのあまり言葉を失った。がやがやという話し声が一瞬にして怯えたうめき声に変わった。ヒステリックな悲鳴があがり、何人かの絶叫がそれにつづいた。

「銃声だわ！」誰かが叫んだ。「いまのは銃声よ！」

カックルベリー・クラブの外に銃撃犯がいると思ったとたん、スザンヌの体は凍りついた。一瞬、頭の働きが停止し、花柄のティーポットが手から滑り落ちた。ポットは床にぶつかり、いくつもの破片となったが、そのせいでまたも耳障りでぞっとするような音があがる結果となった。

スザンヌは心臓が胸のなかでどくどくいうのを聞きながら、こぼれた熱々のお茶のなかに立ちつくしていた。「いまのはわたしをねらったの？」

サリー・クレイマーの友人のコニーが亡霊のようにそろりと椅子から立ちあがり、テーブルの下に隠れた。ほかの人たちも身をかがめたが、わずかながら度胸のある人もいて、顔をしかめて立ちあがった。

サリーがテーブルをこぶしでとんとん叩いた。「コニーったら、ばかなまねはやめなさい。

本当に銃が見えたの？　誰か、銃が見えた人はいる？」

〝銃〟という言葉を聞きつけたペトラが、直径十二インチの鉄のフライパンを振りまわしながら飛び出してきた。

「誰、犯人は？　みんな無事？　怪我をした人はいる？」ペトラは矢継ぎ早にまくしたてた。大事な店を守るためなら、武器を持って戦うこともいとわないといわんばかりだ。

トニが窓に駆け寄るのと同時に、またもドーンというおそろしい音があがった。

「大丈夫、大丈夫だって！　みんな、落ち着いて！」トニが大声で叫んだ。あせらなくていいからというように両手を動かしている。「古い車がバックファイアを起こしただけだって」

ペトラはフライパンをおろした。「車？」不信感のにじむ、耳障りな声で言った。

「うん」トニはまた窓の外に目をやった。

「おんぼろのマッスルカーに男がふたり乗ってる」トニは目を細くした。「色はあせた赤。昔のマスタングらしいね」

「心臓がとまるかと思ったわよ」ペトラが胸をなでおろした。

「もういなくなった。旅路の果て教会の駐車場に入っていった」トニはお客を振り返り、両手をぱんぱんと叩いた。「お楽しみは終わったよ。残念だったね」

全員があきれ顔で彼女を見つめた。

どうにか衝撃から立ち直ったスザンヌは、にこやかな笑みを浮かべて中央に進み出た。

「いましがたの騒動でひどく驚かれた方がいらしたら、お詫びいたします」彼女は深刻ではない口調を心がけながら言った。「けれども、まだお茶会はつづきます。なにしろこれから、ケーキと紅茶のおかわりを持って、みなさまのテーブルにうかがうんですから。というわけでどうか……ゆったりとくつろいでお楽しみください」

お客たちはうなずき、顔をほころばせ、肩の力を抜いた。ぽつりぽつりと会話が再開され、やがてがやがやとしたにぎやかさが戻った。

「びっくりしたね」カウンターのなかに戻ったスザンヌにトニが声をかけた。「まったくぞっとするったらありゃしない。お客さんは真っ先にテロリストを疑ったらしいよ」

「わたしの頭に真っ先に浮かんだのは銃だったわ」スザンヌは言った。

「でも、とにかくおさまったんだから、元気を出していこう」トニはスザンヌにウインクした。「レモンをあたえられたなら、そいつを誰かの目に搾ってやれって言うじゃん」

「それを言うなら、目に搾るんじゃなくて〝レモネードを作れ〟でしょ」

スザンヌとトニはお茶のおかわりを注ぎ、ペトラが余分に焼いてくれた幸運に感謝しながら、スコーンを配った。クララ・ギルキーが立ちあがって、本とスコーンのお茶会に参加した全員に感謝し、これから〈ニッティング・ネスト〉でオークションが開催されること、いろいろとすてきな品が揃っていることをはずんだ声で告げた。

〈ニッティング・ネスト〉でオークションの品に入札するお客が数人にまで減り、ジョーイが片づけに精を出し、スザンヌが足を休めるときをいまかいまかと待っているところへ、ドゥーギー保安官が入ってきた。

その顔に浮かんだ決然とした表情をひと目見ただけで、スザンヌはたいへんなことが起こったのだと察した。

「どうしたの？」と声をかけた。彼女は使った皿をいっぱいに入れた洗い桶を抱え、カフェの真ん中に立っていた。

保安官はスザンヌに向けて指をくいくいっと曲げ、カウンターに向かった。スザンヌは洗い桶をジョーイにあずけ、保安官のあとを追った。

「どうしたの？」さっきと同じ言葉を繰り返し、保安官の隣のスツールに腰をおろした。

「きっと信じてもらえないだろうがな」保安官は前置きした。

「お願いだから銃撃犯を捕まえたと言って」

「だったらどんなによかったか」

「じゃあ、なにがあったの？」

保安官は盗み聞きを恐れるように、周囲をこそこそうかがった。

「はやく言って。国家機密を他国に渡すわけじゃあるまいし」

「わかった、話すよ」保安官は言った。「ホルト・ワグナーを知ってるか？　カントリー・トレイル・ウェスト沿いで酪農場を経営してるやつだ」

「知ってるけど？」

「そのワグナーがけさ、敷地内にオキシコンチンの瓶が一個、落ちてるのを見つけた」

「まさか！」スザンヌは思わず声が大きくなった。

「その、まさかなんだよ。強盗事件があったばかりってこともあって、ホルトは不審に思ったんだな。法執行センターに駆けこんで、瓶を届けたってわけだ。盗まれた薬の一部じゃないかと思ったらしい」

「実際、そうだったの？」

「いま確認中だ。ドリスコル助手に瓶を持たせて病院に向かわせた。あそこの薬局のものか照合するためにな」

「なんか変ねえ。ワグナーさんは本当に自分の土地で見つけたのよね？　やっぱり犯人はモトクロス用バイクで逃げたのかしら」

「おれのほうは、きょうあんたから聞いた話のほうが気になるな。ほら、病院に行ったときに話してくれただろ？」

「サバイバリストのことね」

保安官はスザンヌのほうに身を乗り出した。「連中の施設とやらは、瓶が見つかった場所からそう離れてないんだ」

「まあ！」スザンヌは体を小さく震わせた。なんだか急に、捜査が現実味を帯びてきたように感じた。これまではどろどろした湿地のなかを、あてもなく歩いているような感じだった。それが一気に加速した。

「もうひとつ思ったんだが」と保安官はつづけた。「銃撃犯……強盗犯……は馬に乗って逃げたのかもしれんな」

二頭の愛馬、モカ・ジェントとグロメットが頭をよぎり、スザンヌの頬がゆるんだ。

「どうかしら。馬に乗って逃走する銃撃犯？　まるで無法者のブッチ・キャシディみたい」

「そうだな。だいいち、馬に乗って逃げたのなら、蹄《ひづめ》の音が聞こえたはずだもんな」

「盗まれた何百という薬のうち、オキシコンチンひと瓶しか取り戻せなかったなんて残念」

「おい」疲れがたまってきているのだろう、保安官は少しむっとした声で言い返した。「それだって大事な手がかりだぞ」

「指紋が採れるものね」

「もう調べた。ひとつもついていなかった」

「ほかにも薬局強盗はあった？」

「例の二件だけだ。ＢＣＡ、ってのは州の犯罪逮捕局のことだが、そこに問い合わせたところ、直近で似たような事件はないと言われた。それどころか、今回の強盗事件は殺人にまで発展したとあって、連中も驚いてるようだった。必要ならば捜査員を派遣するとまで言ってくれたよ」

「州の協力をあおぐつもり？」

「いまのところは考えてない」

「で、このあと捜査をどう進めるの？」

「それをいま考えてるんだよ」

「こうしたらどうかしら……盗まれた薬瓶が見つかって、指紋が採取できたという話をひろめるの」

保安官はスザンヌをじろりとにらんだ。「住民にうそをつけと？」

「罠をしかけると言ってほしいわね。ふたつの事件が解決する日も近いと思わせれば、強盗犯を……殺人犯を追いこめる」

「身を隠してしまうかもしれんぞ」

「たしかに。そのおそれはあるけど」

「あるいは、犯人はなんの行動も起こさないかもしれない。すでに盗んだ薬を売り払って、のんびり金を数えているとも考えられる。おれが思うに、犯人はかなり冷静なプロだ」

「わたしも最初はそう思った」スザンヌは言った。「でも、考えが変わったわ」

「どうしてだ？」

「必要もないのにスプーナーさんを撃ったから。スプーナーさんはホルスターから銃を抜いてもいなかったのに」

「つまり、犯人は過剰反応しすぎて武装強盗だけのつもりが強盗殺人をおかしちまったってわけか」保安官は考え考え言った。「つまり、ずぶの素人ってことになる」

「それでもいずれはプロになるかもしれない」

保安官はかぶりを振った。「そんなことは考えたくもないね」

三十分後、スザンヌとトニは〈ニッティング・ネスト〉のあとかたづけの真っ最中で、すべてをもとの状態にし、小さいながらも居心地のいい毛糸店に戻していた。

トニがモヘアのショールを二枚、壁にピンでとめながら言った。

「ところでさ、保安官の話はなんだったのさ？」

「ドゥーギー保安官？　たいした話じゃなかった」スザンヌは言った。「オキシコンチンがひと瓶、酪農場で見つかったけど、それだけ。手がかりなし、容疑者なし、なんにもなし」

「本当になんにもないって？」

「保安官はそう言ってる」

「けど、あんたのコンピューター並みのおつむは、名前をいくつかはじき出してるんじゃないの？　誰が容疑者として有力だと思ってるのさ？」

「誰にも言わないと約束できる？」スザンヌは訊いた。

トニは口に鍵をかける仕種をした。「絶対に内緒にする」

「エド・ノーターマン、ロバート・ストライカー、バーディ・シモンズ、それと謎のサバイバリストの集団のなかに犯人がいると思ってる」

「サバイバリストについて知りたいなら、スマッキーと話してみたら？」トニは言った。

「スマッキーの存在をすっかり忘れてた。でもたしかにそうね」

「今夜、サムは病院で仕事？」

スザンヌはうなずいた。「なにをたくらんでるの？」

「ふたりでスマッキーに話を聞きにいくのはどうかなと思ってさ」

「一筋縄ではいかないんじゃないかしら」

「なにかわかるかもしれないじゃん」とトニ。

「だったら一か八か、やるしかないわね」

10

〈フーブリーズ〉は中部アメリカによくある郊外型ナイトクラブだ。店は平屋建てで、外壁にはかつてはそれなりの見栄えだった模造木材が使われ、屋根の輪郭に沿って黄色いストリングライトがめぐらされている。紫と赤の派手なネオンをかかげているものの、店名の〈フーブリーズ・ナイトクラブ〉は電球が切れて何カ所か文字が欠けていた。砂利敷きの駐車場には何十台というトラックと四輪駆動車がとまり、騒々しい音楽が夜の闇に流れ出ていた。

「この先、後悔しないことを祈るわ」スザンヌはトニと一緒に入り口をくぐりながら言った。入るとすぐ、節だらけのマツ材を張った壁が目に入り、カジノチケット、Ｔシャツ、宝くじを売るカウンターがあった。店内は煙草の煙、饐《す》えたビール、焼きすぎのチーズバーガー、それにディーゼル燃料のほのかなにおいが立ちこめていた。音楽がひっきりなしにビートを刻んでいる。

「きっと楽しめるって」トニは楽しむ気満々で、ウェーブのかかった自分の髪に赤みがかったブロンドのつけ毛までつけている。おまけにスポーツブラをショッキングピンクのレースのプッシュアップブラに換え、それをカウボーイシャツからちらちらのぞかせていた。

「そうかしら」スザンヌは薄汚れた赤いカーペット、座面も背もたれもひびの入った黒いプラスチックの椅子が置かれたボックス席、年季の入ったL字形のカウンターにちらりと目をやった。カウンターではお客が二列になって、ずらりと並ぶきらきらした酒瓶の上に置かれたテレビでアイスホッケーリーグのプレーオフに見入っている。いちばん奥の小さなステージでは、ヌードダンサーが真っ赤なランジェリー姿で体をくねくねさせている。スピーカーから流れるR・ケリーの「クッキー」が、激しいビートを刻んでいる。反対の隅にはコインで遊ぶゲームマシンが並んでいた。シャッフルボード・ボウリング、ピンボール、映画『ターミネーター4』を再現したシューティングゲーム。

「行くよ」トニがうながした。「さっさとボックス席にすわろう。出かける直前にジュニアに電話して、ここで待ち合わせしたんだ」

スザンヌとトニはむさくるしい（でも、目をらんらんと輝かせているらしき）男性でいっぱいのなかを強引に突き進み、詰め物でぱんぱんのボックス席に滑りこんだ。トニはすぐさまラミネート加工のメニューを手に取り、スザンヌのほうに滑らせた。メニューにはありきたりの揚げ物がずらりと並んでいた。ナマズのフライ、オニオンリングのフライ、鶏のささみのフライ、手羽肉のフライ、チーズカードのフライ。さらに、目新しさをねらってか、ねっとりしたクリームチーズが詰まったハラペーニョのチーズフライもあった。前もって衣をつけ、成形し、冷凍したようなものばかりで、どこのバーにもある料理だ。

「なにがおいしそう？」トニは訊いた。

「そうねえ……」スザンヌは決めかねていた。すでにメニューにざっと目をとおし、とくにおいしそうなものはなさそうだという結論に達していた。「普通のハンバーガーにしておこうかな」ベストな選択であることを祈るしかない。

「あたしはねえ——」トニはそこで言葉を切ると、あわただしく手をあげて大きく振った。「来た来た、ジュニアが来た！」

ジュニアがわが物顔でボックス席までやってきた。今夜はシルバーの鋲を打った黒革のジャケットをはおり、その下には十ポイントの鹿の絵が描かれ、〝でかい鹿が好き〟の文字が入ったぼろぼろのスウェットシャツを着ていた。それにいつもの腰穿きジーンズとバイクブーツで決め、おまけに安物雑貨店で買ったコロンをたっぷりつけていた。

「おふたりさん」ジュニアはしたり顔でうなずいた。「会えてうれしいぜ」

「来てくれてありがと」トニが言った。「頼んだとおり、スマッキーに話をつけてくれた？」

「このおれがおまえをがっかりさせるとでも思ったのか？」ジュニアはにたにた笑いながら訊いた。

「うん」トニとスザンヌが同時に答えた。

ジュニアはむっとなった。「そんなことないだろ。おまえらが必要としてるからって、クリスマスの飾りを用意してやったのは誰だよ？」

「あんた」トニは小声で言った。

「ハロウィン・パーティの飾りつけに使うからって干し草俵をたくさんくすねてきてやった

のは誰だと思ってんだ？」

「あれは盗んだものだったの？」トニが訊いた。

「それに、グルメなディナーで使うから、木でエッフェル塔を作ってくれって、頼んできたよな」

「わかってるわ、ジュニア。これまでもこれからも、あなたの協力にはとてつもなく感謝してる」スザンヌは言った。「で、お友だちのスマッキーは来てるの、来てないの？　どうしても彼と話をしなきゃいけないの」

「スマッキーなら来てるぜ。けど、いまは取りこんでるみたいだ」ジュニアはにやりと笑い、いわくありげに声を落とした。「催し物を観るのに忙しいらしい」

ストリッパーね、とスザンヌはかなりの不快感をおぼえながら、心のなかでつぶやいた。女性が男性を喜ばせる目的で着ているものを脱ぐ場所にお金を落とすなんて、考えるだけでもおぞましい。無理強いされているわけでなくても、それでけっこうなお金を稼いでいるのだとしても、やはり不快きわまりなく感じてしまう。

「おふたりさんは冷たい飲み物でも頼んでこいよ。おれはやつを連れてくるからさ」ジュニアは言った。「そうだ、おれとしてはスパムのフリッターをお勧めするぜ」

「わかった」トニは言った。

スザンヌとトニは瓶のミラー・ライトと、クリンクルカットのフライドポテトつきのハンバーガーを注文した。ビールはキンキンに冷えていたし、ハンバーガーは注文どおりミディアムレアだったから、スザンヌは少しだけこの店を見直した。フライドポテトを一本ケチャップにひたしたとき、ジュニアがスマッキーを連れて戻ってきた。

「さあ、お待ちかねの人物の登場だ」ジュニアは高らかに告げた。手短に紹介し、スマッキーに一緒にすわるよう手振りで指示した。「ほら、そこにすわれ。このふたりがおまえと話したいんだとさ」

スマッキーはスザンヌの隣に腰をおろした。背が低く、血色のいい頬、どうしても思うようにならない茶色の髪、何度か骨折したように見えるごつごつした鼻。着ているものはほかの男性客と似たり寄ったりで、腰穿きジーンズ、格子柄のシャツ、革のジャケット。まったくもって個性的だ。

「会ってくれてありがとう」

スマッキーはスザンヌに手をひらひらさせた。「たいしたこっちゃない。ここはおれの第二のわが家みたいなもんだから」

スザンヌはスマッキーに顔を近づけた。「ジュニアから聞いたけど、郡道七号線沿いに暮らしている、いわゆるサバイバリストたちを知ってるんですって？」

「連中が生粋のサバイバリストかどうか、本当のところは知らないよ」スマッキーは言った。

「けど、陸軍の野戦服だとか、そういうのを着てる」

「何人くらいが生活しているのかしら？」スザンヌは訊いた。

「さあ」

「三、四人？　小隊よりも多い？」トニが訊いた。

「どうかな」

「あの人たちはドラッグに手を染めているの？」スザンヌは訊いた。

「ドラッグを使ってるかって？」スマッキーはふんぞり返り、違法薬物なんて聞いただけでぞっとするというように目を大きく見ひらき、口をあんぐりさせた。どうしようもないほど見えすいた演技だった。スザンヌはあやうく大声で笑いそうになった。「そいつについちゃ、なんにも知らないな」スマッキーは最後にぼそぼそとつけくわえた。

「でもさ、なんか知ってることはあるんだよね？」トニが問いつめた。

スマッキーは、どうしようもないなというように両手をあげた。「何人かと出くわしたことがあるだけだよ。あたらしいキャブレターをつけてもらいに、ジェサップの〈クラウン・サイクル〉って店までおれのファット・ボブで出かけたときに」

「ファット・ボブ？」スザンヌはなんのことかわからず訊き返した。

「こいつのハーレーのことだ」ジュニアが説明した。

「じゃあ、あの人たちもバイクに乗るのね？」スザンヌはスマッキーに訊いた。がぜん興味がわいてきたのだ。

「おれが出くわした連中はなかなかのバイクに乗ってたな」スマッキーは胸を張った。「おれのファット・ボブといい勝負だった」

「その人たちと実際に言葉をかわした？」スザンヌは訊いた。

スマッキーは片方の肩をあげた。「ああ、バイクの話をな。けど、ほんの数分だぜ」

「そう、あなたがあの人たちをよく知っていると聞いたんだけど」スザンヌは言いながらジュニアに目を向け、顔をしかめた。

「いや、そいつはちょっとちがう」スマッキーはステージのほうに目を泳がせた。「おおっと、いま踊ってんのはルシンダじゃないか」

「魅惑のルシンダ」ジュニアも目を皿のようにしてステージに見入った。真っ黒な髪をした肌の黒い女性が、ピンクのボディスーツとヒョウ柄のサイハイブーツ姿で身をくねらせている。「われらがキャットウーマンの登場だよ。ニャーオ」

トニが顔をしかめた。「吐きそうになってきた」

「わかった、どうもありがとう」スザンヌが言うと、男ふたりはステージから一瞬たりとも目を離さずに、ボックス席を出ていった。スザンヌはトニをにらんだ。「なんの収穫もなかった」

トニは肩をすくめた。「ごめん」

「あなたのせいじゃないわ」

「あのスマッキーってやつ、どうしようもないばかだね。ジュニアよりばかだ」

「たしかにとりたてて……役に立ったとは言えないわ」スザンヌはそのくらいにとどめておくことにした。

「あいつが言ってた施設まで行って、ちょっと見てまわろうか？」トニが訊いた。

「今夜の調査はもう充分よ」スザンヌが言ったそのとき、格子柄のシャツ、革のベスト、ストリングタイという恰好の男性がふたりのボックス席に近づいてきた。

「おれと踊らないかい？」格子柄シャツがトニを誘った。

「悪いけど、もう帰るの」スザンヌはトニにかわって答えた。

「もうちょっといてもいいかな」トニは男性にまつげをパチパチしてみせた。そこそこ魅力的な男性にモーションをかけられたら、前向きに検討してもいい、というのがトニの基本姿勢だ。

「だめよ、もう帰るんだから」スザンヌは言った。「こんな時間だし」

「あんた、いったいなんなんだ？　彼女の母ちゃんか？」格子柄シャツが口をゆがめた。

「いいえ、彼女の保護観察官」スザンヌはきっぱりとした口調で言った。

男性はトニを呆然と見つめた。「悪い女ってわけか、え？」彼は彼女に親指を立てた。「やるな、ベイビー」

ふたりが人ごみをかき分け、ようやく〈フーブリーズ・ナイトクラブ〉を脱出したのと入れ違いに、ふたりめのダンサーがステージにあがり、タイガの「ラック・シティ」がスピーカーから大音量で流れ出した。

11

水曜日の朝、スザンヌは接客に追われながらもチーズオムレツ、リンゴとペカンのホットケーキ、朝食用タコス、ハムとアンズジャムをビスケットではさんだサンドイッチをお客に勧めていた。そうやって愛想よくしながらも、頭のなかはフル回転モードで、銃撃と薬局強盗の重要容疑者のリストアップに励んでいた。エド・ノーターマン、バーディ、ロバート・ストライカー、サバイバリストたちを慎重に吟味した。スマッキーもいちおう検討の対象にした。

旅路の果て教会のイーサン・ジェイクス師がふらりと現われ、考えごとは中断を余儀なくされた。いつもはトーストしたイングリッシュマフィンとブラックコーヒーの朝食をとりにひとりで訪れるジェイクス師だけれど、この日はちがっていた。若い男性をふたり連れていた。どちらもはじめて見る顔だ。

どういうこと？　三人が窓近くのテーブルにつくのを見ながら、スザンヌは首をかしげた。ふたりの新顔さんは誰かしら？　親戚の人？　修行中の聖職者？

スザンヌは大急ぎで店を突っ切った。

「スザンヌ」ジェイクス師はスザンヌに気づいて、顔を輝かせた。口調は穏やかながら、いかめしい顔をした若い男性だ。「おはよう。旅路の果て教会のあらたな事業のお祝いにとスコーンとマフィンをいただいたので、きちんとお会いしてそのお礼を伝えにうかがったのです。それで思ったのですが、感謝の気持ちを表わすには、事業を実際にお見せするのがいちばんだと考えたわけです」彼は同じテーブルを囲むふたりの若者をしめした。どちらも、二十歳を超えているようには見えなかった。

「どういうことでしょうか？」話がよくわからなかった。ジェイクス師の言っている事業とはいったいなんのこと？

「このふたりが最初の登録者です」ジェイクス師は誇らしい気持ちを隠しもせずに言った。「紹介しましょう。ビリー・ブライスとローレン・レドリンです」師はいったん言葉を切った。「こちらはスザンヌ・デイツさん。このカックルベリー・クラブを経営している、とても親切な方だ」

「はじめまして」スザンヌはふたりの若者に会釈した。「キンドレッドへようこそ」

若者ふたりはひょいと頭をさげ、消え入りそうな声で〝こんちは〟とつぶやいた。

「さてと、朝ごはんになにをお持ちしましょう？」スザンヌは好奇心がふくらんでくるのを感じながら尋ねた。

「なにがおいしいんですか？」ビリー・ブライスが訊いた。骨が浮くほど痩せていて、体にぴったりしたシャンブレーのワークシャツとスリムジーンズという恰好をしている。ボールベアリングがふたつ並んでいるみたいな灰色の目をして、髪をうしろになでつけている。緊張しているのか、手も足も一瞬たりともじっとしていない。

ローレン・レドリンはそれとは正反対だった。黒い髪の無口な若者は、めったに顔をあげなかった。ベッドから起きたばかりで頭が朦朧《もうろう》としているだけかもしれないけれど。

「ホットケーキはよく出ているし、チーズオムレツ、ターキーのベーコンを添えたフレンチトーストも好きな人が多いわね」スザンヌは言った。「でも、ソーセージ入りスクランブルエッグ、エッグベネディクト、自家製のルバーブジャムを添えた定番のトーストやイングリッシュマフィンもあるわ」

ジェイクス師と短く話し合った末、ふたりはソーセージ入りスクランブルエッグを頼み、ジェイクス師はいつものイングリッシュマフィンとコーヒーを頼んだ。

スザンヌは注文票をペトラに届け、べつのお客が注文したスティッキーロールを運び、注文を受けたテイクアウトをふたつ、箱に詰め、ポットにコーヒーを淹れなおした。ジェイクス師とその連れが注文した料理ができあがると、トニが皿を手に、三人のテーブルに急ぐのをにこにこしながら見守った。完璧だわ。

若者ふたりが朝食を食べ終え、〈ブック・ヌック〉を物色しにいくと、スザンヌはジェイクス師のもとに舞い戻って、旅路の果て教会で始めたという事業は具体的にどんなものかと質問した。

「はじめて薬物犯罪で逮捕された若者を対象にした更生プログラムです」ジェイクス師は人

当たりのいい声で答えた。

「あの……よくわからないのですが」スザンヌは相手の話を聞きまちがえていないか、不安になった。薬物？　薬物がまたもこの界隈で問題になっているの？

ジェイクス師は鷹揚《おうよう》にほほえんだ。「たしかに、みなさんに好意的に迎えられるものでないことは承知しています。ドラッグという言葉を聞けば、多くの人はコカイン依存症、薬物の常用者、売人、無法者――その手のものが頭に浮かぶでしょう。しかし、あの若者たち、さっきのふたりは初犯で、しかも今後はいっさい薬物に手を出さないと真摯に誓っているのです」

「そこまで断定できるものなんでしょうか？」

ジェイクス師は両手を組み合わせた。「ふたりは聖書を学び、祈り、人生を立て直そうと必死につとめています。わたしが考えるに……わたしが思うに……ふたりにはやり直しの機会があたえられるべきですし、必ずや立ち直ることでしょう」

「やり直しの機会、ですか。どういう意味でしょう？」そう尋ねたとたん、答えがスザンヌの頭のなかに石鹸《せっけん》の泡のように浮かんだ。「ちょっと待ってください。あのふたりは懲役刑を受けたんですか？」

「そういうことです」ジェイクス師はしかつめらしく言った。「しかし、刑務所ではなく、矯正施設への収監です。ですから急いで嘆願したのです。郡の矯正施設に収監されたら、あのふたりの若者は更生できないでしょうし、人生を立て直すこともできません。むしろ、それと正反対のことになります。現時点でふたりにもっとも必要なのは、情緒面および精神面での指導なのです」

このなりゆきにスザンヌは気が動転し、大きな不安をおぼえた。

「ハロルド・スプーナーさんが殺され、一軒の薬局が強盗に襲われたことはご存じですよね？」どうしても言わずにはいられなかった。ジェイクス師が気を悪くするかどうかに関係なく、この話をしておくべきだと思ったのだ。

「スザンヌ……」ジェイクス師の声がはっきりと変わった。「ふたりはまだこちらに来たばかりで、右も左もわからない状態です。なので、それらの出来事には一切関与していないと思います……いや、そう断言できます」

「人が銃で撃たれて亡くなったのは、単なる出来事ではありません」スザンヌはきっぱりと言った。「人がひとり死んでいるんですよ。たいへんな事件です」

「ええ、もちろんですとも。しかし、ふたりのことはよくわかっています。信頼できる若者だと誓いますよ」

「でも、事件のときにはこの町にいたんですよね」スザンヌはくいさがった。「銃撃と強盗事件が発生したとき、ふたりは教会の地下に住んでいたんですか？　牧師さまもその場にいたんでしょうか。ふたりの一挙手一投足を見張っていたんでしょうか？」

「若いふたりに息の詰まるような思いをさせるつもりはないんですよ、スザンヌ。信用していますからね」

「つまり、ふたりと一緒ではなかったということですね」

「いま言ったように、ふたりを信用していますので」

スザンヌが厨房でカニのタコスに使うタマネギを刻んでいると、ドリースデン&ドレイパー葬儀場のジョージ・ドレイパーから電話がかかってきた。ドレイパーは、いかにも葬儀場の責任者らしい哀調を帯びた声で、今夜おこなわれるハロルド・スプーナーの通夜にカックルベリー・クラブのほうでケータリングを引き受けてもらえないかと頼んできた。申し訳ない、土壇場での連絡で本当に申し訳ない、と何度も詫び、そんなたいそうなものでなく、コーヒーとクッキー、手でつまめるケーキがあればいいと言った。

スザンヌは送話口を手で覆い、ペトラの判断をあおいだ。

「お金は払ってもらえるの？」ペトラは訊いた。

スザンヌは首をかしげて言った。「いまさらなにを言っているの？」スザンヌは、店の収益を鷹のように鋭い目で見張っていることでつとに知られているのだ。

「材料費が回収できて、わたしたちにいくらかでも臨時ボーナスが入るのならいいわ。それならお手伝いする」

「喜んで承ります」ペトラの言葉を聞いて、スザンヌはドレイパーに告げた。「時間は？はい、わかりました」スザンヌは電話を切った。「たっぷりもうかるというほどじゃないけど、それなりの利益はあがりそうよ」利益をあげることと生計を立てられることとの違いについて、彼女は断固たる意見を持っている。小規模事業者でこの重要な概念をわかっていない人は多い。一部の大企業でも同様だ。

「お金の話で思い出したけど」ペトラが言った。「きのうのお茶会とオークションで、図書館には約千五百ドルも集まったんですって」

「すばらしい」

「またいつかやりましょう」

「それはもう既定路線よ」スザンヌは仕切り窓ごしにガラスのパイケースを見つめた。なかにはピーナツバターのクッキーが十個ほど入っている。「今夜はケータリングをすることになったから、クッキーがもっと必要になるわね」

「それも既定路線ね」ペトラは言った。「このあとチョコチップ・クッキーを焼いて、レモンのバークッキーも焼くわ。どう思う？」

「カロリーがすごく高そう。いい意味で言ったのよ」


カフェに戻ると、スザンヌは言った。「ねえ、トニ。今夜ハロルド・スプーナーさんのお通夜があるんだけど、手伝ってもらえる？　ケータリングを頼まれたの」

「かまわないよ」トニはブラウニーを皿にのせて四等分し、そのひとつを自分の口に入れた。さかんに口をもぐもぐ動かしつつ訊いた。「さっきジェイクス師の連れのふたりをやけににらんでたけど、なんで？」

「初犯者を対象にした薬物更生プログラムのメンバーだから」

トニはブラウニーをごくりとのみこみ、喉に詰まりそうになりながら言った。

「うそ！　あいつらの正体を知ってるよね？」

「どういうこと？」

「古いマスタングを乗りまわしてる迷惑な連中だよ。きのうばかでかい音を出して乗ってたじゃん。で、そいつらが更生プログラムに参加してるって？　郡の矯正施設に収容されそうになったのを」

「ジェイクス師がすべて説明してくださったわ。郡の矯正施設に収容されそうになったのを救い出して、情緒面と精神面での指導をしていくんだって。ふたりのことを全面的に信頼しているとも言ってた」

「ええ、もちろん」

「ジェイクス師はスプーナーが殺されたことも、薬品が盗まれたことも知ってるんだよね？」

「なのに、社会のはみ出し者を教会に住まわせてるって？」

「そうみたい」

トニはつっかえつっかえ言った。「けど、あいつらは……あいつらが……スプーナーを撃って薬を奪った犯人かもしれないじゃん。だってさ、あたしたちはふたりのことをなんにも知らなくて、ある日突然、あいつらがこの町に現われ、やがて……」

「町全体が悲劇のどん底に突き落とされる」スザンヌは締めくくった。

「おまけに容疑者はほかにも大勢いる」トニは言った。「考えてもみなよ。運搬をになってるトラック運転手たち、ゾンビとの戦争にそなえるサバイバリスト集団……」

「それに、生まれついての殺人者かもしれない病院の雑用係もいるわ。おまけに、麻薬を使用した過去を持つふたりが、お隣の教会に住んでいる」

「ほかに誰か忘れてるかな？」トニが訊いた。

「スマッキーは？　バーディは？　きのうの夜、スマッキーは無関係をよそおっていたけど、サバイバリスト集団と親密かもしれない。それにバーディがノーターマンと親しいこともわかってる」

「でも、犯人は背が高かったって言ってたじゃん。スマッキーはホビット並みに小柄だし、バーディもそうとう背が低いよ」

「たしかにそうだけど、共犯ってことも考えられるじゃない。スマッキーがサバイバリストの友だちと強盗を計画したとか。あるいはバーディがノーターマンの協力者だとか」

「ますます謎めいてきたね」トニは言った。

「おかげで頭が痛くなってきちゃった」スザンヌは言った。「これ以上事件のことを考えたら、脳を移植するはめになりそう」

「それじゃ完全にＳＦの世界だよ」トニは言った。「いずれ、現実になるかもしれないけどさ」

「たしかに、まだまだ先だわね」

12

ランチタイムのあいだ、チキンとチーズのホットサンド、ペカンとチキンのサラダ、マッシュルームとチーズのひとり用ピザを運びながら、スザンヌとトニはこそこそ会話をつづけていた。

「更生プログラムを受けてるうちのひとりが、更生されたくないのかもしれないよね」

スザンヌもトニに同感だった。「そんな人が、突然、お人よしばかりの田舎町に連れてこられたら、てっとりばやく薬物強盗でもやってやろうと思ってもおかしくないわよね。やってみたら、簡単に逃げられたものだから——気の毒なハロルドを撃ってしまったけど——次の日にもまた強盗に入ったのかも。そして、住民は右往左往する結果となった」

「それとおんなじ筋書きがあたしの頭のなかをぐるぐるしてた」トニは言った。「で、もうひとつ思いついたんだ。その無法者は強盗を実行に移す前に、地元のミリタリーショップまで出かけ、つやつやの黒いつなぎ服を買ったんじゃないかなって」

スザンヌは目を丸くした。「冴えてるわ、トニ。ミリタリーショップを調べなきゃ！」

「ああいう男っぽい店、好きなんだ。あたしも一緒に行く」

ペトラができあがったペカンとチキンのサラダを仕切り窓ごしに滑らせた。

「あなたたち、今度はなにをたくらんでるの?」

「なんでもない」トニはとぼけた声を出したものの、うしろめたそうな表情だった。

「そう……ならいいけど」ペトラは言った。「でも、今夜のお通夜にはちゃんと来て、手伝ってちょうだいよ。いい?」

「必ず行くわ」スザンヌは約束した。


二時をまわるとランチタイムも終わり、ペトラは本腰を入れてお菓子作りに励んでいた。くるみを刻み、レモンの皮をすりおろし、小麦粉と卵を混ぜ合わせ、オーブンを予熱した。スザンヌはカフェに通じるスイングドアをあけたままにし、午後のお客に目を配りつつ、トニ、ペトラを交えた三人で土曜の夜にはじめて開催するグルメなディナーのメニューについて話し合った。ペトラがフランスのブラスリー風のメニューと、〝プティ・パリ〟というイベント名を提案し、スザンヌは諸手《もろて》をあげて賛成した。

「役立たず《オウフ》を出すの?」トニが訊いた。

「ちがうわよ」ペトラは噴き出した。「オウフじゃなくてウッフ。フランス語で卵の意味。ウッフ料理はエッグ・シューターにするつもり」

トニは鼻にしわを寄せ、指を口に向け、吐くまねをした。

「あなたの考えてるようなものじゃないわ」ペトラはむっとした顔になった。

「あたしがなにを考えてると思ってんの？」トニは訊き、ペトラに答える間をあたえずにつづけた。「ハニー、あたしだってエッグ・シューターくらい知ってるよ。ウイスキーが入ったグラスに生卵を割り入れるんだよね。前にバーでバーテンダーが作るのを見たことあるもん。めっちゃまずそうだった」

「それはダービーフィズ」スザンヌは言った。「エッグ・シューターはディナーで出す予定のアミューズブーシュ、つまり前菜の一種で、とってもおしゃれなデビルドエッグのこと。マヨネーズのかわりにクレームフレーシュを使い、上にトウガラシのピクルスを散らし、最後にキャビアを飾るのよ」

「魚の卵？　ますます、まずそう」

ペトラはトニに向かって指を振ってみせた。「また吐くまねをしたら承知しないわよ」

トニは顔を盛大にしかめるだけでがまんした。

「アヒルの手羽のオレンジ風味、つづいてシャンパンのヴィネグレットソースであえたグリーンサラダ」ペトラは言った。

「いいわね」とスザンヌ。

「メインディッシュはなんにするの？」トニが訊いた。「超特別なやつだよね？」

スザンヌは、主導権を握っているペトラを横目でちらりと見た。「ペトラ？」

「小さめのフィレ・ミニヨンにしようかしらね。と言っても、焼き網で焼いていい感じに焦がしたフィレ・ミニヨンよ」

「ひと工夫したいわね」スザンヌは言った。

「だったらなにかソースを用意しましょう。つけ合わせはポムフリットで決まりね」

「フランス風のしゃれた芋料理のことだね」トニが言った。

「デザートは桃とアーモンドのタルトにするって前に言ってたけど？」スザンヌは訊いた。

「そうしましょう」ペトラが言い、トニも賛成というようにうなずいた。

「じゃあ、決まり」スザンヌが宣言した。「ペトラは材料をリストアップして発注して。トニ、あなたはバド・ノルデンに電話して彼が持ってる特大サイズのグリルを借りられるか訊いてちょうだい。わたしは店内の飾りつけとワインを考える」

「思うんだけどさ、さっきのメニューだと、箱入りのワインカクテルなんか出せないよね？」トニが言った。

「上等なワインじゃなきゃだめ」ペトラは言いながら、クッキー生地を並べた天板二枚をオーブンに入れた。

「トニ、土曜のディナーのチケットはどのくらい売れてるの？」スザンヌは訊いた。

「ほとんど全部」トニはボウルに指を滑らせ、わずかに残ったクッキー生地をこそげ取った。

「たしか残りはあと……ええっと、三枚……だったかな」彼女は指をなめ、目を細めた。「ちがう、あと四枚だ」

「つまり、ほぼ完売ね」スザンヌがいきおいよく立ちあがると、裏口のドアを激しくノックする音がした。「いったい誰……？」ドアをあけると、驚いたことに、旅路の果て教会の男性ふたりがドアの前に立っていた。

「おたくの手伝いをするようジェイクス師に言われたんですけど」ビリー・ブライスが言った。その手には、マチェーテのような、刃が長くて湾曲したナイフが握られている。

マチェーテに動揺したスザンヌは言葉がまともに出てこず、かすれ声でどうにかこうにか尋ねた。「手伝いというと?」不良少年というにはやや歳のいきすぎたふたりをカックルベリー・クラブに近づけるのはためらわれる。

「やぶの草刈りをしてこいってことです」ビリーが答えた。「ほら、裏の林にクロウメモドキが密生してるじゃないですか。それと、野生のブドウの蔓《つる》ものびてるし。このままほっといたら、木にからみついて枝に栄養がいかなくなっちまう」

「春の大掃除ってことです」レドリンが横から口を出した。「人の役にたつことをして、コミュニティのために働くのもおれたちが受けてるプログラムの一環なんで」その顔からは、やる気というものがあまり感じられなかった。

スザンヌはふたりのうしろに目をやった。たしかに、奥の農場とを隔てる林にはやぶが生い茂っている。林の向こうの農場はスザンヌのもので、デュカヴニーという名の生産者に貸しているのだ。そこに愛馬をあずけている。モカ・ジェントとラバのグロメット。

「話はわかった」この若者ふたりに働いてもらっても、とくに害はないだろう。「お願いするわ」

「了解、奥さん《マアム》」レドリンはすばやく敬礼した。

「奥さんって呼ばれちゃった」ドアを閉めながら、スザンヌはペトラに訴えた。「あの子たち、わたしを奥さんって呼んだの。年寄りだと思われたわ」

「ひよっ子という歳でもないでしょ」

「わかってる。だけど……」

「自分が恵まれていることに感謝しなさい、スザンヌ。だって、年下の男性と婚約しているのよ」ペトラはゆっくりとウインクした。「おまけに仕事にも恵まれているじゃないの」

スザンヌはお茶とスコーンを求めて訪れた数人の接客を終え、〈ブック・ヌック〉で午前中に届いた段ボール箱ふたつの梱包を解いた。ひとつの箱には地元在住のロマンス小説家カーメン・コープランドの新作、『めくるめく逢瀬』がびっしり詰まっている。もうひとつの箱には子ども向けの本がいろいろと入っていた。

スザンヌはこのあと入荷する予定の本をパソコンで確認し、ロマンス小説と子ども向けの本を箱から出して棚に並べた。それが終わると開梱専用のナイフを手にして段ボールをつぶした。それを持ってカフェを抜け、厨房に入った。

「ごみを外に出すけど」スザンヌはペトラに声をかけた。「ほかに出すものはある？　明日が収集日よ」

「そこにある袋だけでいいわ」ペトラはぱんぱんに詰まった黒いビニール袋を顎でしめした。すでにひねって口を閉じてある。

「わかった」

スザンヌは段ボールとごみ袋を外に出し、ごみ箱まで運んだ。すべてごみ箱に入れると、しばらく太陽の光を浴びながら外の空気を楽しんだ。気温は十五度を超え、コマドリの卵のような真っ青な空にふんわりとした雲がいくつか浮いている。寒く厳しい冬が終わりに近づき、ようやく春がやってきた。なんていい気持ちなんだろう。裏のトレリスを這うバラはすでに緑色の小さなつぼみをつけ、裏の駐車場近くの芝生も緑がいい感じに濃さを増している。ずっと掛け声倒れに終わっていたハーブガーデンを、今年こそは実現したい。バジル、ディル、フェンネル、チャイブ。どれも卵料理にぴったり合う。スザンヌは芝生に足をおろし、ささやかなポプラの木立を通りすぎた。ハーブガーデンはあのあたりまで……。

「おれたちをスパイしにきたんですか？」すぐ近くで声がした。

振り返ると、目の前にビリー・ブライスの顔があった。灰色の目で射貫くようにスザンヌを見つめながら、顔にうっすら笑みを浮かべている……あれは、あざけりの笑み？

「そんなんじゃないの」スザンヌはごみ箱があるほうに向かって無造作に手をひらひらさせた。「ごみを出してきたところ」

「ビールが出てこないとは、気がきかないな」ビリーは言いながらにじり寄った。「キンキンに冷えた喉ごしのいい飲み物があれば最高なんですがね」

スザンヌは彼の言葉を無視して言った。「作業の進み具合はどう？」

「なかなか大変です」

「ジェイクス師は次々と仕事を言いつける人みたいね」

「あなたはとてもすてきな人だな」

スザンヌは会話の流れが気に入らなかった。「ジェイクス師はきっと、あなたの仕事ぶりについて問い合わせてくると思うの」と落ち着きはらった口調で言った。「あまり悪い評価をつけるのは気が進まないわ」そう言うとドアに向かいかけたが、ビリーは猫並みのすばやさで行く手をさえぎった。

「おっと、そういうのはやめておきましょうよ」ビリーは人当たりのいい口調で言った。

「お互い、知り合って間もないことだし」

「だから……」スザンヌは言いかけたけれど、そのときジミー・ジョン・フロイドの白い小型トラックが駐車場に入ってきた。ふう。午後の配達のおかげで助かった。

フロイドがトラックからいきおいよく降りて向かってくると、ビリーは怖い顔でにらみつけた。

「スザンヌ、ちょうどあんたを探してたんだ」フロイドはそこで足をとめ、スザンヌが不安そうな表情を浮かべ、ビリーがうろたえているのに気づいた。「なにかあったのかい？」彼は背筋をぴんとのばし、しっかりした足取りでスザンヌに近づいた。

ビリーは鶏小屋を出ていくイタチのように、こそこそとその場をあとにした。

「フロイドさん、ありがとう。さっきの人は……」彼女はかぶりを振り、それは言わないでおこうと決めた。「また会えてうれしいわ」

「ついさっきペトラから電話があってね。緊急に注文したいものがあるって話だったから」フロイドは言った。「農産物とか食料品にかぎるけど」

「近々開催するフランス料理のディナーに必要なものがあるの。とにかくなかに入って。くわしいことはペトラから聞いて」

スザンヌは先に立って裏口をくぐり、ディナーのことでもう少しフロイドとおしゃべりをしたのち、ペトラに引き継いだ。カフェに戻ってみると、ほっとしたことにお客はひとりもいなかった。

トニが押しぼうきで床のごみを掃いていた。「外のふたりはちゃんと働いてた？　からまり合ったクロウメモドキをきれいに刈ってくれてる？」

「いちおう、ちゃんとやってるみたいだった」

「そりゃよかった。あのくらいせっせと働くのは、あいつらにとっていいことだよ」

「これからもジェイクス師がどんどん用を言いつけてくれることを祈るわ」

スザンヌは〈ブック・ヌック〉に入って編み物の本を四冊手に取り、それをディスプレイ用のテーブルに並べた。次に〈ニッティング・ネスト〉に入って編み棒と毛糸のかせを十個ほどと編みかけのスカーフを集め、それを全部持って〈ブック・ヌック〉に戻った。編み物とキルト作りの本がいくつか売れ、さらには地元の女性たちが編み物を始めてくれればいいなという願いをこめ、しゃれたディスプレイを完成させた。なにしろペトラは編み物教室で教えるのが大好きなのだ。

二十分後、〈ブック・ヌック〉から引きあげてきたときには、フロイドはすでに帰ったあとで、ペトラはプラスチック容器にデザートを詰め、トニは食器洗い機をまわしていた。

西部戦線に異状なしってところね。

スザンヌが自分用にコーヒーを注いでいると――高ぶった気持ちを静めるものがほしくなったのだ――ドゥーギー保安官がふらりと入ってきた。べつのカップにコーヒーを注ぎ、カウンターにすわった保安官の前に置いた。

「捜査の状況はどう？　進展はあった？」

保安官は帽子を脱いだ。「そうでもない。いくつかの手がかりを調べてるところだ」

スザンヌはカウンターに身を乗り出し、保安官を正面から見すえた。「どんな手がかり？」

「卵とチーズの新しい納入業者から……」

「ジミー・ジョン・フロイドね？」

保安官はうなずいた。

「彼なら、ついさっき来てたけど。彼がどうかしたの？」

「たまたま知ったんだが、ブルーエイド薬局が強盗に襲われたとき、やつはちょうどジェサップにある〈リリー・アンズ・カフェ〉に配達をしてるところだったそうだ。それで、ウインドウにスモークフィルムを貼った灰色のピックアップトラックが猛スピードで町から出ていくのを目撃したそうだ」

「灰色のピックアップトラック。それってたしかなの？　バイクじゃなく？」犯人はあの晩、病院から逃走する際、バイク、それも音の静かなものを使ったという考えが、日増しに強くなっている。もしかして……ペダル付きバイクとか？

「昼すぎにフロイドから話を聞いたが、たしかにピックアップトラックだったと言っていた。だが、やけにびくびくした様子だったな。仕返しを恐れているのかもしれん」

「無理もないわ」スザンヌも、犯人の悪意のこもった目つきにはいまも一抹の不安を感じている。「それでもいい手がかりであることに変わりないわ、でしょ？　自動車のデータベースを利用して、灰色のトラックを所有している人を捜せばいいんだもの」

「このあたりに灰色のトラックが何台あるか知ってるか？」

「たくさんあるの？」

「山ほどな。なぜかわからんが、黒と灰色はデトロイトから出荷されてくるなかでもダントツの人気を誇っているらしい」保安官は〝デトロイト〟を昔のモータウンの歌手みたいに〝ディートロイト〟と発音した。

「それ以外にも手がかりはあるの？」

「まあな。ブルーエイド薬局の薬剤師でデニー・スチューダーってのがいて、そいつが……しまった」保安官は言葉を切り、首を振った。「ちょっとしゃべりすぎちまった」

「ううん、そんなことない。先をつづけて」

「……ええっと、スチューダーは銃を持った男にこづきまわされ、こてんぱんにやっつけてやるぞと脅されたんだが、その際、男の手首にタトゥーがあるのがちらりと見えたそうだ」

「どんなだったの？　そのタトゥーだけど」

「それがなんともおかしな話でな。スチューダーの話では、化学式みたいだったそうだ。やつは薬学士のみならず、臨床化学の修士号も持ってるんだが、化学式はコカインのものだったらしい」

「なんですって？」

保安官はシャツのポケットからオレンジ色の小さならせん綴じのノートを出し、めくっていってメモのところをひらいた。$C_{17}H_{21}NO_4$。

「それがコカインの化学式？」スザンヌは訊いた。

「そうだ。おれもインターネットで調べた。最近では売るほうも買うほうも、ドラッグのタトゥーを彫ってるらしい」

「とてもおかしな話に聞こえると思うけど、いま、麻薬使用の過去がある人が裏で作業をしているの」

「はあ？」保安官の手が痙攣《けいれん》でもしたみたいにびくっと動き、コーヒーがカウンターにこぼれた。彼は立ちあがった。「本当か？　からかってるんじゃないだろうな？」

スザンヌは保安官に向けて人差し指をくいっと曲げた。「裏に行って、自分の目でたしかめてみるといいわ」

スザンヌは制服にどっしりした警官の靴という恰好の保安官を従え、スイングドアを抜けて厨房に入った。レモンのバークッキーを真四角に切り分けていたペトラが顔をあげた。

「なんにも悪いことなんかしてないわよ。もしかして、わたしがこしらえたレモンのバークッキーをせびりにきたの？」

「ちょっと通らせてもらうだけ」スザンヌは言った。「すぐにいなくなるから」

保安官は愛想よくペトラに会釈した。「しかし、ここはいいにおいだな」

「でしょ？　今夜のお通夜にチョコチップ・クッキーとレモンのバークッキーを出すの。あなたも行くの？　あなたみたいに警察の仕事をしている人は、祈りの場に身を置いて心を休ませるべきだわ」

「やることリストに入れておくよ」保安官は足を早めた。


「ほら、あそこ」

スザンヌは指先で裏の窓を軽く叩いた。

保安官は男性ふたりに目をこらした。「で、あいつらは麻薬をやってたというんだな」

「そう言ってるのはジェイクス師よ。裁判所の指示で郡の矯正施設に収容されるところを、ジェイクス師が手を差しのべたんですって。彼らを立ち直らせてみせると言ってた」喉が締めつけられるように感じ、声が裏返った。

保安官はスザンヌを見つめた。「しかし、ジェイクス師の話を信じていないわけか」

「ふたりがちゃんと更生すればいいとは思ってる。そうは言っても……」裏で作業に励んでいるふたりに、またも目が吸い寄せられた。ビリーは手にしたナイフでクロウメモドキを切り払っている。そうとう真剣な顔つきで。一方、レドリンはねじれた枝を大きな束にまとめていた。

「ふむ」保安官はその光景をぼんやりながめた。

「ちょっと行って、手首を見せろと言うわけにはいかないの？」

「そのやり方はルールからはずれている」

「あなたがルールどおりに物事を進めたことなんてある？」

「スザンヌ、おれをけしかけないでくれ。それと後生だから、あんたがふたりのところまで行って、袖をまくれと指示するようなまねもやめてくれよな」

「そんなことしないわ」それどころか、安全な距離を保つつもりだもの。

保安官はまだふたりをじっと見ている。

「頭をかいてるわね」スザンヌは気がついた。「つまり、あのふたりのことも疑っているの？」

「そうじゃない。頭がかゆいだけだ」

「認めたらどう？　麻薬使用の過去があるふたりがやってきた田舎町で、一件の殺人事件と二件の薬品強奪事件が発生したなんて、偶然にもほどがあるって」

「しかもおれは、偶然なんてものをあまり信じちゃいない」

「どう思う？　あのふたりのどちらかがわたしたちの犯人かしら？」

「い、いや、おれの犯人だよ。ああ、ありうる。だが、怯えた隣人が根拠もなく疑ってるってだけじゃ動けん」保安官はスザンヌを見てせつなそうにほほえんだ。「あんたのことだぞ。怯えた隣人ってのは」

スザンヌはまだ窓の外に目をこらしていた。「ドラッグ」とつぶやく。

「いまじゃそんなものはどこにでもある」と保安官。「バー、クラブ、ボウリング場、学校だって例外じゃない」

「わたしが教師だった頃はなかったのに」

「いまは昔とはちがう。いろんなことが乱暴で卑劣で、より……まともじゃなくなっている」

スザンヌはため息をついた。「考えるだけで気が滅入ってくる」

13

スザンヌとトニの車はスパークス・ロードをひた走り、最近建設されたキンドレッドの工業団地を通りすぎた。

「いまのが、例のいかしたロバート・ストライカーが借りる予定のところ?」トニが訊いた。

「もう借りてるみたいよ」スザンヌは〝ストライカー運輸〟と書かれた間に合わせの横断幕を指さした。ストライカーは三台分のトラックベイを含む、直線距離にして八十ヤードの倉庫を借りているらしい。隣にはトランクルーム、印刷業者、鉄の回収をおこなっているくず鉄置き場、さらにはケンワースとピータービルトのトラックがエアブレーキの音をさせながら出入りしているトラックターミナルが並んでいる。

〈スタン軍曹の軍放出品店〉はさらにその隣の建物だった。

「着いたよ」トニは言いながら車を駐車場に入れた。

軽量コンクリートブロックでできた、見栄えの悪いビルの一角にあるその店の看板は、赤と白と青を使って〈スタン軍曹の軍放出品店〉とでかでかと書かれていた。下には小さな文字で、第二次世界大戦、朝鮮、ベトナム、イラク、とある。

「戦争の名前があれ以上増えないでほしいわ」店内に入りながらスザンヌはつぶやいた。

まぶしいくらいの蛍光灯が、迷彩柄の緑色の制服、カーキ色の背囊《はいのう》、ごついキャンバス地のバッグなどが山と積まれたテーブルを照らしていた。砂漠用の迷彩服やテント、折りたたみ式のシャベル、水筒、コンバットブーツなどが並ぶテーブルもあった。

「ここに来れば自前の軍隊に必要な装備が全部揃うね」トニが茶化した。

「なにをお探しですか、ご婦人方？」ガラストップのカウンターにいた男性が声をかけた。引き締まった体つきで姿勢がよく、着ている紺色のTシャツには〝自由の地、勇者の祖国〟の文字が躍っている。迷彩柄のズボンの裾は、編み上げブーツにきちんとたくしこんであった。

スザンヌはカウンターに歩み寄った。「スタン軍曹はどうしたんですか？」去年、殺人事件の凶器を調べているときに、トニとここを訪れたことがある。

「スタンは引退したよ。アイダホに移住したんだ。サバイバリスト連中と行動をともにするつもりなんじゃないかな」

〝サバイバリスト〟という言葉にスザンヌは眉をあげ、トニに目を向けた。

「で、おたくは？」トニが訊いた。

「わたしはフィッツジェラルド大佐だ。友だちからはフィッツ大佐と呼ばれている。この店は経営者があたらしくなった」そこで彼は満足そうにほほえんだ。「それがわたしだ」

「おもての看板はあたらしくするの？」トニが訊いた。

「近々取りかかる予定だ。ところで、耳より情報としてお伝えするが、当店は今週、MREがお買い得だ」大佐はそつなくセールストークに入った。

トニが飛びついた。

「MR……？」

「携行食のことだ」フィッツ大佐が説明した。「長期保存が可能で栄養面も考えられた、軍で実際に使われている食品だ。いま在庫があるのは牛肉のパティ、バーベキューソース味の細切り牛肉、ぶつ切りの鶏肉、メープルソーセージ。どれも二〇二六年までもつ」

「そんなに長くもつの？」スザンヌは驚いて訊いた。

「なにしろアメリカ合衆国陸軍のものだからね。連中はすぐれた立案者というだけでなく、抜け目のないリスみたいなものでね。のちのちのことを考え、ためこむ習性があるんだよ。万が一……」大佐は唐突に言葉を切り、両手をもみ合わせた。「さてと、なにをお探しかな？」

「えっと、あの……」スザンヌはうっかりして、もっともらしい作り話を考えるのを忘れていた。

幸いにもトニが助け船を出してくれた。

「あたしの亭主が来週誕生日でさ、ハンティングナイフをプレゼントしようと思いついたんだ」

「ご主人はどんな狩猟をされるのかな？」

トニは狩猟にはあまりくわしくなかったことに気づき、顔をしかめた。あまりくわしくない、どころか、なんにも知らないにひとしかった。

「ええっと、えへへ、そう言われてみれば、うちの亭主は……わ、罠をやってるんだった」トニはおろおろして言った。「そうそう、そうだった。腐ったにおいのする一週間前のハンバーガーを餌にちっちゃな檻《おり》を仕掛けて、野生のミンクをつかまえるんだ。そいつをジェサップのハイニ・モーロックに売るってわけ」彼女はおずおずとスザンヌの顔色をうかがった。

「ほら、ハイニはちゃんとしたミンクの飼育場をやってるけど、そっちは養殖されたミンクだからさ。野生のミンクとちがって」

「飼育場から逃げたミンクじゃなければ、だけどね」スザンヌはぎこちない会話をなんとかしようと、横から口を出した。

「その場合、放し飼いの養殖ミンクってことになるね」とトニ。

フィッツ大佐の目から生気が失せはじめた。「で、お探しのナイフだが」

「ああ、そうそう」スザンヌとトニの声が重なった。

「どのようなものを?」

「でっかいやつ」とトニ。

「ではこちらへ」

大佐の案内で、ふたりは陳列されたジャケット、ウェビングベルト、破砕防止加工が施された軍用サングラス、軍用腕時計の前を通りすぎた。使い古されたロシアの軍服がかかったラックまである。大佐はガラスケースの扉をスライドさせてあけ、なかに手を入れてギザギザの刃とゴム引きの握りのハンティングナイフを取り出した。

「これがうちにあるなかで最高級品だ」フィッツ大佐は言った。「グリズリーナイフ」

「いいね」トニは言った。

「刃には高炭素ステンレス鋼が使われている」フィッツ大佐の口の両端がぴくぴく動いた。

「だから切れ味が悪くなるということがない」

「よくできてるわね」とスザンヌも調子を合わせる。

「どうぞ」フィッツ大佐はナイフをトニに差し出した。「持ってごらんなさい。感触をたしかめるといい」

トニが持った感触をたしかめるあいだ、スザンヌは店内を見てまわり、ジャンプスーツばかりのラックがあるのを見つけた。

「ジャンプスーツも扱っているの？」すぐ目の前にあるのに、そう尋ねた。

「おたくもご主人のプレゼントを探しているのかい？」フィッツ大佐は訊いた。不審に思っている様子はなく、むしろ、観念して頭のおかしな女性ふたりの相手をしている感じだ。

「ええ、まあ」スザンヌはあいまいに言った。「ダークな色のものはある？　黒とか。ここにあるのはどれもオリーブ色よね」

「そこにあるだけだ。そいつは飛行服だよ」

「どれもやけに小さいわ」

「ああ、そうなんだ、このごろじゃ、小柄なパイロットが多くてね。そのほうが上官に好まれるんだよ。トムキャットやF‐16戦闘機に技術者や火器を多く積みこめるから」

「なるほどね」スザンヌは言った。

店を出たとたん、トニはおでこをぴしゃりと叩いた。

「さっきのあたし、ばかなことをべらべらしゃべってるみたいに聞こえた？」

「わたしよりもましよ」スザンヌは励ました。

「説得力なさすぎだったね。ミンクなんか持ち出しちゃって」

「お店の人は話に乗ってきたようだったけど」

「おかげでハンティングナイフを買わされちゃった。これってなにに使えばいいんだろうね。ジャガイモの皮むき？　枝を削る？」トニはバッグに手を入れた。「おまけとして、迷彩柄のビックのライターまでくれたよ。煙草なんか吸わないのに」

「ずいぶん取り乱してるわね。いったん、気持ちをリセットしたほうがいいわ。今夜はお通夜なんだから。とても厳粛な場なのよ」

「うへえ。葬儀場なんか行きたくない。死んだ人の厚化粧の顔なんか見てもおもしろくないよ」

「たしかに、生きていたときとは似ても似つかないものね」

「だいたいにしてさ、通夜ってもの自体がいやなんだ。すわってるだけで、死んだ人とちゃんとした形で会えるわけじゃないし。要するに時間の無駄ってこと」

「トニ、やっぱりいったんリセットしなきゃだめよ」

14

ドリースデン&ドレイパー葬儀場はこの町でもっとも風情のある建物とは言えない。むしろ、小塔、頂部飾り、安っぽい灰色の塗装、黒く塗った裏窓(そこは防腐処理をおこなう部屋になっている)のせいで、全体的に不気味な雰囲気がただよい、俗に言う幽霊屋敷を思わせる。

けれどもスザンヌ、トニ、ペトラの三人がいまいるのは、まさにその場所だった。永眠室A——ジョージ・ドレイパーは霊安室をそう呼んでいる——であわただしく動きまわり、通夜に訪れる弔問客のためにコーヒーとクッキーを大急ぎで並べていた。

そう、今夜は通夜だ。そしてここで主役としてもっとも存在感を放っているのが、亡くなったハロルド・スプーナーだ。いま彼は部屋の奥で永遠の眠りについている。JCペニーのチャコールグレイの三つ揃いスーツでめかしこんだ遺体は、ウォルナットと真鍮《しんちゅう》を使った最高級とおぼしき棺におさめられている。ジョージ・ドレイパーがキャメロット・モデルと呼んだ棺だ。

「お通夜にはどのくらい来るのかな?」トニが訊いた。

「大勢よ」ペトラはプラスチックの保存容器のふたをあけ、持参したシルバーのトレイにレモンのバークッキーとチョコチップ・クッキーを慎重な手つきで並べた。「これで足りない場合にそなえて、冷凍庫からピーナツバターのクッキーを七十個出しておいたの。もう解凍できてるはずよ」

スザンヌの思ったとおり、ペトラはいつだって準備を怠らない。MREが特売中なのを教えてあげたほうがいいかもしれない。

「ハロルド・スプーナーさんはとてもみんなに好かれていたようね」

「ええ、そうなの」スザンヌは言った。「警備員の仕事にくわえ、病院は彼を親善大使のような存在と見ていたそうよ」

トニが棺に目をやり、体を小さく震わせた。「やっぱり薄気味悪いな」

永眠室は暗くひんやりしていて、背の高い白いキャンドルと小さな赤い常灯明がまたたき、壁で影が躍っている。ずらりと並んだ黒い折りたたみ椅子はやせ細ったカラスのようだ。

「怖がらなくていいから」スザンヌがなだめた。「あと数分もすれば、弔問客が大勢……」

「うっそ」トニがひそめた声で言った。パニックを起こしたのか、驚いたのか、目を大きくひらいて部屋の奥を見つめている。「いま入ってきたの、スプーナーの奥さんじゃないかな。それに子どもたちもいる。といっても、もういい大人だけど」彼女は胸の前で腕を組み、両肩をきつく抱いた。

「奥さんの名前はグロリアよ」ペトラはかぶりを振った。「でも、お子さんのことはなにも知らないわ」

「わたしたちもあそこでお祈りを捧げましょう」スザンヌはトニを誘った。「そしてご冥福を祈るの。さあ、勇気を出して、人が大勢来るまえに」

トニは肩をすぼめた。「やらなきゃだめ?」

「そうよ」

スザンヌとトニはそろそろと棺の前まで行って足をとめた。トニは両手で顔を覆っていたが、最後の最後で指をひろげ、遺体をのぞきこんだ。

「それじゃホラー映画を観てるみたいじゃない」スザンヌはたしなめた。「怖くて縮みあがってるくせして、なにがどうなってるのか気になってしょうがないって感じ」

「化粧はどう?　痛々しい感じ?」

「ううん、眠っているようにしか見えない」

「そうは言うけどさ、普通の人は三つ揃いのスーツで居眠りなんかしないもんだよ」

「それはそうだけど」

スザンヌとトニはささやかな祈りの言葉をつぶやいたのち、棺のまわりにきれいに並べられたたくさんの花束をしみじみとながめた。

「きれいだね」トニは言って鼻にしわを寄せた。「けど、ユリがめちゃくちゃ多いよ。なんでだろう?」

「伝統かしら?」

トニはそそくさとその場をあとにし、スザンヌはスプーナーの未亡人と子どもたちに挨拶しようと向きを変えた。

スザンヌが名乗ると、スプーナーの未亡人はその肩にそっと手を置いた。「ミセス・デイツ？ いらしていただき、ありがとうございます」ふわふわの白髪と悲しそうな目をした、ものやわらかな話し方をする女性だった。持っているなかでいちばん上等な黒いワンピースを着てきたのだろう。小さなハート形のロケットを首からさげていた。

「心からお悔やみ申しあげます、ミセス・スプーナー」

「グロリアです。どうかグロリアとお呼びください」

「グロリア」

グロリア・スプーナーは探るような目でスザンヌを見つめた。「ドゥーギー保安官から一目置かれているとか？」

「それほどでもありません」

「噂はいろいろと聞いているわ。頭が切れて、分別のある人だそうね」そこでグロリアはスザンヌの手を握った。

「それはどうでしょうか」スザンヌはこの会話が予想したとおりの展開にならないよう祈りながら言った。

グロリアはスザンヌの手をつかみ、ぐっと力をこめた。

「あなたのことをキンドレッド版ミス・マープルと言う人もいるわ」

スザンヌはなんと言っていいかわからなかった。「そんなことは……」

「助けてほしいの。お願い」グロリアの口から言葉がほとばしり出た。「ハロルドが撃たれたとき、その場にいたんでしょう？　一部始終を見ていたんでしょう？」

「ええ、たしかに」

「つまりあなたは目撃者よね。犯人を見たんでしょう？」

「でも、見たといっても……」

「お願い」グロリアは引きさがらなかった。「ぜひとも力を貸してほしいの。なんとしても犯人に……法の裁きを受けさせたいの」

「わかります」スザンヌは言った。

「そこに横たわっているいとしいハロルドの姿を見てやって。わたしたち、三十七年にわたって幸せな結婚生活を送ってきたのよ」

スザンヌは真鍮のキャメロット・モデルの棺に横たわるハロルド・スプーナーをじっと見つめたのち、ドアのほうに目を向けた。弔問客が大勢入ってくるのが見えた。足をひどく引きずりながら入ってくるジニー・ハリスの姿もある。ひどい話だわ、とスザンヌは心のなかでつぶやいた。ハロルドとジニーを撃った犯人は、ふたりの命以上のものを粉々にした。

スザンヌは未亡人に向きなおった。「はっきりとお約束はできないけど、とりあえずやってみます。できるかぎりのことをします」

グロリアの目に涙が光った。「ありがとう」

スザンヌは椅子の列のあいだを進み、ジニー・ハリスが腰をおろしている場所まで行った。

「ジニー」スザンヌは隣に腰をおろしながら声をかけた。

ジニーはせつなそうにほほえむと、身を乗り出してスザンヌを力強く抱きしめた。

「会えてよかった。あなたがいると、ついさっき聞いたの」

「具合はどう？」スザンヌは訊いた。

「見てのとおり、退院したわ。でも、いまも肩が死ぬほど痛くて。肩の上で太鼓を叩かれてるみたいに、ずきんずきんうずくの」

「大変ね」

「でも、そのうち治るわ、きっと」ジニーは言葉を切った。「さっき、グロリア・スプーナーと話してたみたいだけど」

スザンヌはうなずいた。「お悔やみを言っていたの」

「力を貸してほしいと言われたんじゃない？」

「グロリアは……ええと……実はそうなの」うそをつく理由はどこにもない。

「そう。わたしと同じね」

「どの程度できるかはわからないとミセス・スプーナーには言ったけど」

「いいのよ、それで。わたしはあなたを買ってるの。あなたが水面下でいろいろ調べてくれているのも、最善をつくしているのもわかってる」

ふたりはしばらく、弔問客が入ってくるのをながめていた。キンドレッドの住民全員が通夜に訪れたかのようだった。

「ずいぶん大勢来るのね」スザンヌはつぶやいた。

「病院の関係者が多いわ。明日の午前中におこなわれるお葬式には、もっと大勢来るはずよ」

「バーディも来てる」入ってくるときのおずおずとした様子と、怯えたような目つきが気になった。

「バーディもかわいそうに。ショックがまったく癒えてないのね」

ペトラが必死の形相で手招きしているのが見え、スザンヌはジニーにまたねと告げ、食べ物が並ぶテーブルまで急ぎ足で戻った。

「あなたも手伝って」ペトラはうろたえながら小声で言った。「手が足りないの。コーヒーはトニががんばってくれてるけど、もっとてきぱきやらないと。かなり大勢集まってきてるから」

「心配しないで。給仕はわたしが引き継ぐ」

「わかった。そうそう、テーブルの下のプラスチック容器に予備のクッキーが入ってる」

「了解。あなたはちょっと抜けて、お祈りのグループのところに行ってきたら？　あとはわたしが引き受ける」

ペトラはその言葉に従った。

スザンヌは〈キンドレッド・ベーカリー〉のジェニーとビルのプロブスト夫妻、〈ルート66ヘアサロン〉のブレットとグレッグ、膨大な数の病院関係者、それに町議会議員のほぼ全員にクッキーを出した。ドゥーギー保安官と部下ふたりまでもが来ていた。

スザンヌはシルバーのトングを手にじっと待った。「なににする、保安官？　レモンのバークッキー、チョコチップ・クッキー、それともピーナツバターのクッキーにする？」

「まだ夕めしを食ってないから、それぞれひとつずつもらおうか」

「了解」

十分後、ジミー・ジョン・フロイドがスザンヌにほほえみかけ、レモンのバークッキーをものほしそうに見つめた。

「はい、どうぞ」スザンヌは小さなピンク色の紙皿にバークッキーをのせた。あたりを見まわした。弔問客のほとんどは席につき、お祈りをする順番を待っている。トニはコーヒーメーカーのバルブをいじっている。スザンヌはせっかくだから、フロイドから少し話を聞いてみることにした。

「ブルーエイド薬局が強盗に襲われた直後、灰色のピックアップトラックが町からものすごいスピードで出ていくのを目撃したんですってね」

フロイドは少し怯えた様子でスザンヌに目を向けた。「そうだよ。ドゥーギー保安官にすべて話してある。もっとも、おれが思い出せる範囲でだけど」

「運転してた人の顔をちらりとでも見なかった？」

フロイドは首を横に振った。「残念だけど」

「ナンバープレートは？」

「見てない」フロイドは自分がしくじった、あるいはほんのわずかの手間でみんなの役にたてたとわかっているらしく、心苦しく思っているようだ。「残念だけど、ガキが暴走運転してる程度にしか思わなくてね。また強盗事件があったなんて知らなかった。せめて……」彼はため息をつき、また首を振った。

「気に病まないで」スザンヌはなぐさめた。「トラックの件を覚えていてくれただけでも手がかりとして充分なんだから。あなたは精一杯のことをしたのよ」

あたりがしんと静まり返り、ストレイト師が現われ、祈りましょうと全員に告げた。師は聖書を何節か読み、主の祈りを唱和するよう言い、全員で「主はわたしの牧者」を歌うよう求めた。

スザンヌは感動した。町全体が悲しみによってひとつに結ばれたかのように、祈りの言葉と歌が心を穏やかに癒やしていく。歌声はしだいに大きくなって、部屋全体を包みこんだ。

主はわたしの魂を生き返らせます。

主よ、感謝します。

最後の音が消えると、弔問客はしばらくすわったままもぞもぞ動いていたが、やがて出口に向かいはじめた。

やれやれ、とスザンヌは心のなかでつぶやいた。これで片づけをして家に帰れる。

けれども、ひとつだけ残ったレモンのバークッキーをプラスチック容器に移していると、保安官に容疑者の可能性が高いと目されている病院職員のエド・ノーターマンが近づいてきた。

スザンヌはノーターマンに目をやった。目を少し細めて見れば、まともそうに見えるかも。見えないかもしれないけど。

「あんたがスザンヌか？　ちょっと話せるか？」

スザンヌは愛想よくほほえんだ。「ええ」

「ふたりきりで」

「いいわよ」たちまちスザンヌは気分がふさいだ。

ノーターマンの先導で、飾られた花が小さな袋小路をなしている場所までついていった。その間、ずっとスザンヌは胸のうちでつぶやいていた。ちょっと待って。いったいどういうこと？

ほかの人から充分遠ざかると、ノーターマンはスザンヌを怖い目でにらみ、いきなり本題に入った。

「あんた、おれを犯人扱いしてるのか？」険のある乱暴な口調で尋ねてきた。

ノーターマンの猛烈な敵意と怒りに不意を突かれ、スザンヌは真っ先に頭に浮かんだ行動を取った。うそをついたのだ。

「そんなことしてないわ」

「だったらどうして、きのうドゥーギー保安官と病院のカフェテリアをぶらぶらしてた? その場にいた全員をじろじろ見てたじゃないか。とくにおれを」

なにか言い訳を考えなくては。それもいますぐ。

「ジニー・ハリスのお見舞いに寄ったら、たまたまドゥーギー保安官に会って、一緒におひるを食べただけ」

「そんな話、誰が信じる?」ノーターマンの顔がますます赤らみ、いつ何時、毛細血管が破裂してもおかしくない状態になった。

今度はスザンヌの頭から湯気があがった。「いったいなにが言いたいの?」

「急に誰もかれもが、おれをエボラ出血熱の感染者みたいに扱いはじめたんだ。職場の連中がわざとらしくよけていきやがる。おれなんかいないみたいな態度だ。そりゃあ、腹もたつってもんだ」ノーターマンの声は怒りで震えていた。

「それは考えすぎじゃないかしら」スザンヌは普通に言ったつもりだったが、意地悪な言い方になってしまった。

「あるいは、本当に疑われているのかもな」

「だったら、そういうことはドゥーギー保安官に話したらどう?」

「わかってるさ。そうするつもりだ。けど、見世物小屋の怪物でも見るような目でじろじろ見てたのはあんただ」

「そんなつもりはなかったのよ」

それでもノーターマンはスザンヌをなじるのをやめなかった。

「まるで魔女狩りだ。やってもないことで非難されるなんてな」

「じゃあ、こうしましょう。あなたのことはそっとしておくと約束する。でも、ひとつだけ質問に答えて」

「なんだ？」

「バイクを持ってる？」

ノーターマンは一瞬きょとんとした。それから怖い顔で答えた。

「ああ、持ってる。それがどうした？」

「それだけわかればいいの」

スザンヌはくるりと向きを変え、その場をあとにした。

15

「じゃあ、ノーターマンってやつにすごまれたわけ？」トニが訊いた。

残ったものを積みこもうと、ふたりで暗いなか、スザンヌの車のそばに立っているときだった。

「とても怒っていたけど、怯えてもいたわ」スザンヌは言った。

「容疑者にされると思ったのかな」

「実際に容疑者だもの」

「保安官にしつこくつきまとわれたら、あたしだって心配で心配で眠れなくなっちゃうよ」

トニはスザンヌの愛車トヨタのハッチバックをあけ、プラスチック容器を三個、押し入れた。

「これでよし、と」手を払い、あたりを見まわした。真っ暗な夜で、木々がひんやりした風を受けて揺れている。このブロックにとまっている車はほかに一台もない。「すっかり暗くなっちゃったね。おかげで気味が悪いよ。頭のおかしな殺人犯がそこらへんをうろうろしてると思うと、あたし……」

シュッ。シュッ。

人だかわからないけれど、鈍く響く音が聞こえてきた。

トニがはっと身をこわばらせた。「あの変な音はなんだろ？」

スザンヌは首をかしげ、じっと聞き耳をたてた。また聞こえた。シュッ、シュッ、シュッと立てつづけに。今度はだんだん近づいてくる。

「わからない」スザンヌは言った。「なんとなくだけど……はばたきの音に似てる気がする」

「巨大コウモリとか？」トニは肩をすぼめ、夜空に目をこらした。「ああ、もうやだ。さっさと車に乗ってドアを全部ロックしよう」トニは助手席側のドアに駆け寄り、取っ手をつかんで引きあけた。そのとき……。

シュッ、シュッ。シュシュッ。

音はさっきよりも大きく、すぐそばまで迫っていた。

くるりと向きを変えたスザンヌの目に、まぶしく光るLEDライトが一対、ぐんぐん近づいてくるのが見え、思わず凍りついた。ライトは赤、青、黄色に変化した。それが何度も繰り返される。ありえないとわかっていながら、スザンヌはUFOの可能性をまず考えた。すぐに、思考がいくらかまともになり、ノーターマンがバイクに乗って近づいてくる可能性を考えた。大声で助けを求めようとしたそのとき、息を切らした男性が走り過ぎていった。かなりのスピードで、時計に何度も目をやるばかりで、スザンヌたちのほうには一度も目を向けなかった。

スザンヌは安堵のため息を洩らし、運転席にへたりこんだ。

「ジョギング中の人だった。最近はやりの夜光ベストを着てたのね。安全確保のために」

「あたしたちも安全を確保してくれるものが必要だね。いまの人、誰だかわかった？」

スザンヌは首を横に振った。「ううん。でも、ノーターマンさんと似た体格だったのはたしかね。背が高くて、ひょろひょろっとしてて。それに、はずむような足どりも……」

「決まりだ」トニがぴしゃりと言った。「犯人はノーターマン。あいつにつきまとって、しつこく質問すれば簡単に口を割るよ、きっと」

「そんな先走らないで。スマッキーから教わったサバイバリスト集団はどう？　彼らがよからぬことをたくらんでいる可能性はないの？　森の奥で自給自足の生活をしているのよ。なにを隠してるんだと思う？」

トニは肩をすくめた。「わかんないよ。彼らがトラックを強奪した犯人かもしれない。あるいは、薬品を盗んで、人を撃ち殺した犯人かもしれない。過激な革命を起こすなら、まずはお金だもんね。そうじゃなければ、バイクを乗りまわしてる暴走集団かもしれない。何人かがハーレーに乗ってるのはたしかだし」

「スマッキーに聞いた話だけじゃ不充分だわ」

「なにを考えてるのさ？　施設まで行って、自分の目でたしかめるつもり？　徹底的に調べるの？」

スザンヌはしばらく考えこんだ。「うーん……まあ……そうね。ちょっと行って、ぐるっと見てまわるくらいはいいかも。そのくらいならどうってことないし」

二十マイルほど進んだところで。まばゆいネオンが輝く〈シューティング・スター・カジノ〉と満車状態の駐車場の前を通りすぎた。そこまではアスファルトで舗装された四車線道路で、維持管理も行き届いていた。そこから数マイルほど行くとポープ郡に入り、道は狭くてひびだらけの二車線道路に変わった。

「こんな田舎まで来るとさ」トニがスザンヌに言った。「なにもかもがわびしく見えるね」

「しかも、家もあまりないし」一マイル進むごとに遠くの窓の明かりが見える――ファームハウスかしら？――ものの、すぐにまた夜の闇にのみこまれてしまう。左に目をやると、はるか遠くで電波塔の赤い光がまたたいていた。「少なくとも電波塔はあるわ」

「『宇宙戦争』に出てきた三本脚の歩行機械を思い出しちゃうな。サバイバリスト連中がこんな山奥のなんにもないところに住んでるとは思わなかったよ。へたしたら、死ぬまで道に迷っちゃいそうじゃん」

「そうならないことを祈りましょう」

道はくねくねとした下りに転じ、目の前に森が迫ってきた。道はさらにくだり、ごつごつした谷間を縫うように進んだ。そこを抜けると、森はみるみるうちに深くなり、オークの木がつくるトンネルのなかを走っているように感じられた。このまま行ったら、もっとさびしくなるのかしら？　スザンヌはヘッドライトを上向きにしようと手をのばしたけれど、すでに上向きになっていた。

「なに、あれ？」カーブをまわりこんだとき、トニが金切り声をあげた。「恐ろしげな顔が見える……ガーゴイルにそっくりだ！」

スザンヌは速度をゆるめて徐行した。崩れかけた石像が道路のきわに立っている。「標識だわ。なにかの……」

ヘッドライトのなかに、弓なりに曲がった妙な石がいくつも浮かびあがった。

「墓地だわ」スザンヌは驚いて言った。「あそこの石は墓標よ。墓碑がいくつか……それに、あなたがガーゴイルだと思ったあの石は、ひざまずいて泣いている天使の像だわ」

「たしかに、とても悲しそうに見えるね」

「この山と同じくらい古いもので、雪、みぞれ、風、雨に何十年もさらされてきているのよ」

「郵便配達人と同じだ」トニはサイドウインドウの向こうに目をこらした。「うわあ、荒れ放題だ」

「たしかに、少し手を入れてあげないとだめね」

車はのろのろと進み、トニは目を大きくひらいて外の景色に見入っていた。

「ある程度時間がたつと、墓地は幽霊と精霊の王国になるんだよ。知ってる？」

「そんなの、本当は信じてないくせに」

「信じてるって。それに……ちょい待ち。スピードを落として。郵便受けが見えた気がする」

「え？」スザンヌはアクセルから足を離した。

「そうそう。そのままバックして」

スザンヌは車をとめ、ギアをバックに入れた。

「うん、そのへん。イバラに埋もれてるのが見える？　絶対に郵便受けだよ」

「よく見つけたわね。木の表札があるわ。なんて書いてあるのかしら……」スザンヌはそう言って、目をこらした。「守護者の基地だって」

「サバイバリストのことだ！」トニが叫んだ。「ここが連中のアジトなんだ。ほら、奥に道がつづいてる」

「そうとうの悪路だけど」スザンヌは言いながら、牛道が二本平行に並んでいるとしか思えない、未舗装の私道に車を進めた。

「とにかく調べてみよう」

車は大きく揺れながら、両側にホワイトオーク、ポプラ、クロウメモドキの木が並ぶわだちだらけの道を進んだのち、かなり急な長い坂をくねくねとのぼった。

「ずいぶんとでこぼこしてるね」木がすぐそばまで迫っている。葉の落ちた枝が車体をこすって、鋭い鉤爪《かぎづめ》でひっかいたみたいな音をたてる。

幅の狭い木の橋が見えてきたので、スザンヌはさらに速度を落とした。

「これを渡るのは骨が折れそう」

トニがウインドウをおろしたので、逆巻く川の音が聞こえてきた。

「音の感じからするとかなり深いし、流れが速そうだね。慎重に頼むよ」

スザンヌはそろそろと車を前進させたが、すぐに急ブレーキを踏んだ。

「どうかした？」とトニ。

「あそこを見て。橋に隙間ができてる」

「やばっ！」

スザンヌはギアをパーキングに入れて車を降り、橋の手前まで歩いた。板が一枚だけなくなっているようだ。それをべつにすれば、渡るぶんには支障がない。車に戻り、運転席に乗りこんだ。

「六インチ程度の板が一枚なくなってるだけだった。この車のタイヤなら乗り越えられるわ」

「本当？」

「なんなら、ここから歩く？」スザンヌが訊くと同時に、大粒の雨がフロントガラスに落ちはじめた。

トニはシートにもたれた。「髪の毛を濡らしたくないから、やめておく」

「そう、じゃあ、行くわよ」

車は木の板をぎしぎしいわせながら橋を渡った。トニはその間ずっと息をこらしていた。さらに四分の一マイルほど進み、前方にうっすら明かりが見えたところで、スザンヌは車をとめた。「ここからは歩いたほうがよさそう。その元気はある？」

「まあね」

最初の二十ヤードほどはやわらかくてぐしょぐしょだった地面が、しだいにねばつく泥に変わった。雨はあいかわらず降りつづいている。

「んもう、最悪」トニはぼやいた。足をとめ、ブーツについた泥を落とそうと、木に寄りかかったものの、近くでフクロウがホーと鳴いたので、あやうくバランスを崩しそうになった。

「いまの聞こえた？」トニはスザンヌを追いかけながら訊いた。「あたしたち、包囲されちゃってるよ。サバイバリストが森のそこらじゅうに散らばって、互いに合図し合ってる」

「そんなことないわよ」とスザンヌ。丘をのぼりきると、ひとかたまりの建物が見えてきた。

「もう夜だからみんなベッドにもぐりこんでいるはずよ」

たしかに、そのようだった。

スザンヌとトニはまわりに注意を払いつつ、樹皮がはがれかけた木材でできたレールフェンス伝いに進んだ。ふたりがいま歩いているのは、かつてはリンゴ園だったとおぼしき場所で、どの木もくねって、ごつごつとしたこぶだらけになっている。膝まである雑草をかき分けながら、ささやかな集落に近づいていった。崩れかかった古い納屋、やや小さめの建物が二棟、つくりかけのログハウス、アメリカ風ゴシック様式で建てられた古いファームハウスが一棟。ファームハウスは修復すれば魅力いっぱいの建物なのだろうが、木材は老朽化で白茶け、屋根はところどころたわみ、ポーチは傾いている。なんの手も入れられていないのが建物全体から伝わってくる。窓もドアも水平なものはひとつとしてなく、そのせいで全体が傾いて見えた。

スザンヌとトニがその古いファームハウスをうかがっていると、夜空に稲光がひらめき、そのなかに建物全体が浮かびあがった。昔の、ウィリアム・キャッスル監督の映画にあった幽霊屋敷のオープニングシーンそっくりだった。画面を血がしたたり落ちれば完璧だ。トニはスザンヌの腕をつかんだ。「もう、このくらいにしておこうよ」雨足がいっそう強くなってきていた。

「あと数分だけ」スザンヌは小声で言った。「もう少し……近くまで行ってみたいの。勇気を出して」

「もう勇気なんか、これっぽっちも残ってないって」トニは言った。「だいいち、サバイバリストにつかまったらどうすんのさ？ 洗脳されて、パティ・ハースト（一九七四年、十九歳のときに左翼過激派に拉致され、その後、犯人グループとともに銀行を襲撃。一年半後に逮捕され、裁判では洗脳説を主張した）みたいに銀行強盗をさせられちゃうかもしれないじゃん」

「そんなことにはならないってば」スザンヌはトニの腕をつかむと、踏み固められた芝生を突っ切って、ファームハウスの崩れかけたポーチにあがった。トニは怖じ気づいているようだけれど、スザンヌの好奇心はめらめらと燃えあがっている。抑えようとしても抑えきれない。好奇心という遺伝子が脳に埋めこまれているのだ。

　ふたりは足を忍ばせ、壊れていたり腐っていたりする場所を踏んだり踏み抜いたりしないよう注意しながらポーチを進んだ。汚れた窓からうっすらと光が洩れているのが見え、そこで足をとめた。スザンヌは窓からなかをのぞいたけれど、なにも見えなかった。ブラインドがしっかりおろしてあった。

古いブランコの前を通りすぎ、足音をひそめて隣の窓に歩み寄った。スザンヌがなかをのぞこうと身を乗り出したそのとき、トニが腐った板に足をのせた。ぎしぎしというきしみ音があがり、つづいてばりっという音とともに床が抜け、トニの片脚がぐちゃぐちゃしたもののなかに膝まで沈んだ。

「助けて！」トニが情けない声をあげた。「助けてよ」

スザンヌがトニの手をつかんで引っぱりあげようとしたそのとき、玄関のドアが大きな音とともにあき、長四角の光がポーチに落ちた。

「誰だ？」横柄な男の声が訊いた。「誰に言われて来た？」

あまりに奇妙な質問に不意を突かれながら、スザンヌは大急ぎでトニを引っぱりあげ、ふたりそろって向きを変えると、ポーチから飛びおりた。

戸口の男はまだふたりに向かってわめき、こぶしを振りあげている。しわくちゃのカーキ色のTシャツから太鼓腹をのぞかせ、ずり落ちそうな迷彩柄のズボンをひっきりなしに引きあげている。スザンヌの目にその姿は、長期間のつらい捕虜生活ののち解放された戦争捕虜のように映った。

「聞こえてるんだろ？　おまえら、ここでなにをしてる？」男がふたたび大声で怒鳴った。

男はズボンのウエストバンドをつかんだ恰好で、スザンヌたちを追って走りはじめた。トニは男のしつこさにあきれた。バッグから花火をふたつ出してビックのライターで火をつけ、おそろしい形相の男に向けて投げつけた。

花火はぱちぱちと音をたてて燃え、無数の怒れる昆虫のような火花をあたりにまき散らした。その直後、どーんという炸裂音とともに、硫黄とぺらぺらの赤い紙切れが噴きあがった。

スザンヌたちを追いかけてきた男はすぐさま地面に伏せ、両手で頭を覆った。

「やめろ!」と嗚咽《おえつ》交じりに叫んだ。「やめろ、やめてくれ!」

トニはあまりのことに驚き、一歩うしろにさがった。「ったく、そんなに大騒ぎしなくたっていいじゃん。どこにでもある黒猫印の爆竹なんだから」

スザンヌはあきれてあいた口がふさがらなかった。「死ぬほど怖がらせちゃったみたい」

男はあいかわらず取り乱したように叫んだりうめいたりしている。その哀れをもよおす声で、ほかのサバイバリストたちも目を覚ましたらしい。ファームハウスの二階と近くのログハウスで明かりが次々につきはじめた。

「さっさとここを離れよう」トニが大声で言った。「第三次世界大戦を引き起こしたなんて言われる前に」

そこへ突然、納屋から白髪の年配の男が飛び出してきた。スザンヌたちに手を振りながらなにか叫んでいるけれど、スザンヌとトニはすでにその声が届かないところにいて、丘に向かっていた。

それでも老人はあきらめなかった。脚が悪いのか、少しぎくしゃくした動きで走り、近くにとまっていたジープに乗りこんだ。エンジンをかけ、ヘッドライトをつけた。

「うそでしょ!」ジープのエンジンがかかるのが聞こえ、スザンヌは叫んだ。「追いかけてくる」

ふたりは丘を駆けのぼり、ぬかるみを飛び越え、スザンヌの車にいきおいよく乗りこんだ。スザンヌは息を切らし、死ぬほど怯えながらイグニッションをまわした。乱暴に方向転換し、落ち葉と泥をまき散らしながら発進した。うしろのジープのヘッドライトが、バックミラーいっぱいに映った。

「もっと速く!」トニが叫んだ。「追っ手がすぐうしろに迫ってる」

スザンヌはスピードをあげた。大きくえぐれたわだちにハンドルを取られながらも、ヘッドライトを追い越さんばかりのいきおいで森のなかを疾走した。シャーシがはずれませんようにと祈る。前方に橋が見えてくると叫んだ。「しっかりつかまって!」車は猛烈ないきおいで渡った。

トニは両目を手で覆いながらわめいた。

「あの車、まだうしろにいる? まだ追ってきてる?」

スザンヌはさらにエンジンを噴かし、最後の丘を一直線にくだった。前方に舗装道路が見えたところで、タイヤのグリップをめいっぱいきかせながら大きくカーブした。よかった、しっかりした地面があるところに戻ってこられて。

「はやく、はやく」トニがせっついた。

車はうしろを左右に振りながら細いハイウェイでスピードをあげた。速度計の針が時速五十マイル、六十マイル、やがて七十マイルとあがっていく。

「ぶつけないように気をつけなよ」トニが注意した。「それと、頼むから映画の『テルマ&ルイーズ』みたいなことはやめてよね」

ようやくうしろを見て追ってくるヘッドライトがないのを確認すると、トニは額の汗をぬぐうまねをした。「ふう。さんざん揺すぶられたけど、無事に逃げられた。ところであのおかしな連中はなんだったんだろうね？　あいつ、なんでちゃちな爆竹くらいであんなに怯えたのかな。だって、去年の独立記念日の売れ残りみたいなものなんだよ」

「ジープで追いかけてきた白髪のおじいさんも」スザンヌはしだいに速度を落としながら言った。「『トランザム7000』っていう映画から飛び出してきたみたいだった」

「じゃなかったら『爆発！デューク』だね」とトニ。「あんなに昂奮するなんて予想もしなかったよ」

「もっとも、わたしたちがあの人たちの土地に勝手に入ったのは事実よ」ヒーターのスイッチを入れると、心地よい温風がふたりを包みこんだ。

トニは肩をすくめた。「ちょっと足を踏み入れたくらいで、なんなのさ？　軽い罪にしかならないじゃん」頭が冷えてきたのだろう、シートに背中をあずけた。そのとき、彼女の携帯電話が鳴った。

「まさか、さっき頭のおかしな連中に番号を知られたわけじゃないよね」トニは電話を高くかかげて振った。「万が一ってことがあるから、スピーカーモードにするよ、いい？」

「ええ」

「もしもし？」トニは緊張した声で電話に出た。

「トニ？　ロバートソン保安官助手だ。いま、いつもの通信係の代理で法執行センターに詰めていて……」

トニは全身の力を抜いた。「今夜はどんな調子、ラルフ？」

ロバートソン保安官助手の声が突然、真剣なものに変わった。

「トニ、いますぐ来てくれ。ジュニアが大変なことになってる」

「今度はなにをやらかしたのさ？　許可なくカワカマスを釣ってるところを捕まったとか？じゃなかったら、〈シュミッツ・バー〉でカウンターに乗っかってストリップを披露したとか？」

「トニ、ちがうんだ」ロバートソンは声を張りあげた。「誰だかわからないが……何者かがジュニアを叩きのめしたんだ！」

16

前にも見た展開だった。病院まで車を飛ばし、救急治療室の外にとめ、あたふたと駆けこんだ。

「あいつはどこ?」トニはドアを突っ切って受付の女性に近づくなり大声で訊いた。「ジュニアはどこにいるの?」

スザンヌはトニの肩に手を置いた。「落ち着いて。ここにいるのなら、ジュニアはおそらく無事よ。いまは治療を受けているはず」いつもはジュニアのばかなふるまいをぼやいているトニだが、いまは不安と恐怖で半狂乱になっていた。

「すみません」受付の女性が言った。「患者さんのお名前をもう一度おっしゃっていただけますか?」

「ジュニアだってば!」トニは声を張りあげた。

「ジュニア・ギャレットです」スザンヌがもう少し穏やかに言った。「救急車でここに搬送されたと聞きました」

受付の女性はキーをいくつか叩き、パソコンの画面に見入った。

「ああ、ありました。暴行事件の被害者の方ですね。ギャレットさんはいま三番の診察室で当院の医師が治療にあたっています。このあと、レントゲンを撮る予定になっていますね」

「骨折したの？」トニが涙声で訊いた。

「それを確認するんです」受付の女性は言った。

「治療にあたっているお医者さまはどなたなんでしょう？」スザンヌは訊いた。サムは呼び出されていないはずだけれど、いちおう確認しておきたかった。

「レイノルズ先生です。当院で研修中の」

「研修中？」トニが聞き返した。「ってことは、正式なお医者さんじゃないってこと？」

「正式なお医者さまよ」スザンヌは言った。

「ねえ、ジュニアに会わせてくれない？」トニはせがんだ。「ちょっと顔を見るだけでもいいから」

「もう少しお待ちください」受付女性はなだめるように言った。取り乱した家族に対応した経験があるのだろう。

ふたりは待合室で待った。トニはそわそわと落ち着かず、スザンヌはしきりにあたりに目をやった。日曜の夜にまき散らしたチリコンカンはとっくの昔に拭き取られていたが、長椅子がべつのものに替わっているのに目がとまった。緑色の合成皮革の長椅子になっていた。汚れても簡単に洗い流せるようにだろう。

「なにも知らされないまま待ってるだけなんて、頭がどうにかなりそうだよ」トニはそわそわと体を動かし、《ホスピタル・トゥデイ》誌を手に取ってぱらぱらめくり、すぐにわきに放った。それから立ちあがり、檻に入れられた動物みたいに、小さい円を描くように歩きはじめた。

「もうすぐ会わせてもらえるわよ」スザンヌは声をかけた。

トニは椅子にふたたび腰をおろした。「まったくさんざんな夜になったよね。気の滅入りそうな通夜に立ち会ったかと思えば、元軍人集団の施設に忍びこんだら、これがとんだ臆病者だとわかったし。この国がまた戦争をすることになったらどうなるんだろうね。そして今度はこれだよ。本当なら家でポップコーンを食べながら『魅惑の島』っていうリアリティー番組の再放送を見てるはずだったのに」

「元気を出して」スザンヌは意識してあかるい声を出した。「あなたは刺激が大好きだと思ってたけど？　それが生きがいなんじゃなかった？」

「うん、時と場合によるけど。たとえば……手に汗握るカーチェイスなんかは最高だね」

三十分後、許可がおりてジュニアに面会できることになった。すでに彼は上の階の病室に移されていたので、スザンヌたちはエレベーターに乗って三階で降り、あたりをきょろきょろ見まわした。ナースステーションには誰の姿もなく、ふたりは三一〇号室を目指し、しんとした薄暗い廊下を進んだ。

「ちょっとくらい電気がついてたっていいんじゃない？」トニがスザンヌに言った。

「静かに。もう遅いもの。患者さんはみんな寝ている時間よ。それに……あった、ジュニアの病室はここだわ」なかから声が聞こえたので――テレビかしら?――軽くドアをノックした。

かたや、トニはメタルキャップブーツでドアを蹴りあけ、飛びこんだ。

ジュニアはベッドの上で体を起こして、ふかふかの白い枕六個を背中にあてがい、缶入りのセブンアップをストローを使って飲んでいた。テレビでは古いジェームズ・ボンドの映画をやっている。ウルスラ・アンドレスが魅惑的な水の精のように、海からあがってくるところだった。

「はあ?」ジュニアはふたりに気づいた。頭に白い包帯を巻いているせいで、くつろいでいるアラブの高官を思わせる。

「ジュニア!」トニは叫ぶなりベッドわきに駆け寄った。「いったいなにをしたのさ? なにを考えてたのさ? もう死ぬほど心配したんだよ!」

ジュニアはまんざらでもなさそうな顔になった。「心配してくれたのか?」

「あたりまえじゃないか」トニはそう言ったものの、この場でひっぱたいてやりたそうな顔をしていた。

「ふたりとも心配したのよ」スザンヌも言った。

「頭がぐるぐる巻きで、おむつをのっけてるようにしか見えないね」トニは言った。「そんなに痛い?」

「まあ、脳震盪《のうしんとう》とかは起こしてないらしい。けど、医者によれば、何カ所か打ったんだとさ。切り傷と擦り傷もあるって話だ」

「縫ったの？」トニが訊いた。

ジュニアは親指と人差し指を近づけた。「ほんの三、四針のかすり傷さ。麻酔で意識がなかったから、針が入ったのも感じなかったよ」

トニは手をこぶしに握ってジュニアの顔の前で振ってみせた。「あたしもこのげんこつで意識を失わせてやりたいよ。あんたって人は、いつもいつも面倒なことに首を突っこんで」

ジュニアはさっと身を引いた。「ちょい待ち、ベイビー。落ち着けって。どこも骨が折れてないのはいい知らせだろ？　おもな臓器も無事だしな」

「それよか脳を移植したほうがいいんじゃない？」とトニ。

「ジュニア、いったい全体なにがあったの？」スザンヌは訊いた。「どういういきさつで袋叩きにされたの？　どうして袋叩きにされたの？」

「話せば長いぜ」

「時間ならたっぷりあるよ」トニはジュニアのベッドのわきにあった椅子に腰かけ、バッグを床に置いて彼をじっと見つめた。

「つまりだな、ひとりでスニッカーズをむしゃむしゃやりながらマーベルのコミックを読んでたら、ふと思い出したんだよ。おまえらにこないだ話した、長距離トラックの運転手のことを。大半の連中は大のスピード狂だって言ったろ。で、薬が盗まれた話を思い出した。そういうわけで、あたらしい流通会社があるオフィスパークまでひとっ走りしようかと……」

「ストライカー運輸のこと？」スザンヌは訊いた。

「それだ。それでちょっと調べてまわったんだよ。こっそりと。たとえて言うなら……」ジュニアはテレビ画面に目をやった。「ジェームズ・ボンドみたいにさ。世界を股にかける二枚目スパイってやつだ」

「けど、あそこは警備が厳重なはずだよ」とトニ。「防犯カメラがあるだろうに」

「そこまでは頭がまわらなくてさ」ジュニアは無念そうな口ぶりで言った。「けど、おまえの言うとおりだ。防犯カメラで見られてたんだな。忍び足で二、三分歩いただけで、いかにも屈強そうな、ばかでかい男がふたり、猛スピードで飛び出してきて、こぶしを振りまわしながらやいのやいの言いはじめた。こっちの言い分も聞かずに」

「事前にそこまで考えなかったの？」トニが怒鳴った。「入っちゃいけない場所をこそこそ調べてまわったら、こてんぱんにやられるのがあたりまえじゃん」

ジュニアは面目なさそうに身をよじった。「おまえも知ってのとおり、おれはいくら殴られても、くじけない男だからさ」

「ばかを言うんじゃないよ！　こてんぱんにやられたくせに」

トニの声があまりにけたたましかったのだろう、看護師がドアから顔を出した。

「大丈夫ですか？」

「なんでもない」トニがふてくされた声で答えた。

「ちょっと話を整理させて」スザンヌは割って入った。「あなたはストライカー運輸の倉庫の周辺をこっそり調べてたのね？」

「ああ。入れるところはないかと思ってな……そしたら男ふたりが飛び出してきて、おれは殴られ、棒で叩かれ、罵詈雑言を浴びせられたってわけだ。どうにかこうにかその場を逃げ出し、よろける足でちょっと先の〈ピクシー・クイック〉まで行き、夜間の支配人に緊急通報してもらったってわけだ。なにしろナイフで刺された豚みたいに血がだらだら流れてたんでね」ジュニアは顔の片側に手をやった。「やべえ、口のなかが痛くなってきた。歯を折られたかもしれねえな」

「そのくらい、たいしたことないじゃん」とトニ。

「ああ、そうだな。おまえらに頼まれてた木のエッフェル塔、完成しないかもな」

ドアを軽くノックする音がして、トニが大声で応じた。「なんの用？」

女性がなかをのぞいた。「お邪魔でしょうか？」

「へ？」

「入院手続きを担当しているミセス・ミケルソンといいます。ギャレットさんの書類作成にあたって、少々問題がありまして」

ミセス・ミケルソンはおずおずとぎこちなくほほえんだ。ぽっちゃりした小柄な女性で、紫色の花柄のワンピースを着ていた。パイ皿くらい大きな眼鏡をかけ、クリップボードを手にしている。一日じゅう大忙しだったのか、顔が疲れていた。

「ギャレットさんは緊急搬送されたため、救急救命室の者も健康保険についてくわしくお尋ねすることができなかったようです。けれども、細かいところまできちんとするのがわたしの仕事でして」ミセス・ミケルソンはひとつ大きくうなずいた。「きちんとお支払いいただけるようにすることが」

「どうぞお入りください」スザンヌは声をかけた。

「ありがとうございます」ミセス・ミケルソンが歩み寄ると、ジュニアはベッドの制御装置をあれこれいじりはじめた。ボタンを押すと、ベッドの頭部分が持ちあがり、べつのボタンを押すと、脚側が持ちあがってベッドがアコーディオンのように折りたたまれそうになった。

「見ろよ。人間タコスだ」

トニはジュニアの肩をばしんと叩いた。「ちゃんと話を聞きな」

「たしか前にもお目にかかってますね」ミセス・ミケルソンはジュニアに言った。それから落ち着かない様子で咳払いをした。「あのときは、たしか脚の骨を折ったと記憶していますが」

ジュニアは自分の脚をさすりはじめた。

「嵐が近づくと、いまだに調子が悪くてね。テレビで天気予報ができそうだよ」

「朝ごはんのメニューすら予測できないくせして」トニが小声でつぶやいた。

「お邪魔なのは重々承知しております」ミセス・ミケルソンは言った。「しかも夜も遅い時間ですし。とにかく、いま健康保険証はお持ちでしょうか？」

ジュニアはミセス・ミケルソンのほうに首をかしげた。「保険証？　あったりまえだろ」彼はトニを手招きした。「悪いが、おれのジーンズの尻ポケットから財布を取ってくれないか？」

トニは近くの戸棚からジュニアのジーンズを引っぱり出し、ポケットを探った。

「はいよ」と言いながら、茶色いストラップがついた黒い合成皮革の財布を差し出した。

ジュニアは何十枚というカード、期限切れの富くじ、クーポンをかき分けるようにして財布のなかを探った。ときどき、なにか取り出しては、しげしげとながめ、うれしそうな声を出した。

「どう？」スザンヌは訊いた。「手伝いましょうか？」

「大丈夫だって。いま一生懸命探してるから。よし、こいつだ」彼はカードをミセス・ミケルソンに渡した。

「あの……。これは〈グリーズ・ピット〉のオイル交換六ドル引きのクーポン券ですが」

「悪い」ジュニアは言った。「こっちならどうだ」

ミセス・ミケルソンは渡された二枚めのカードを調べたのち首を振った。「お得意さま向けのポイントカードで、ええっと、ワールド・オブ・ウォークラフトとかいうゲームのものですね。残念ながらこれではありません」

「お手上げだな。〈グランピーズ・サルーン〉のミートラッフル引換券を受け取ってくれるならべつだけど。もしかしたら、うまいポルケッタ（イタリア風ローストポーク）がひとつあたるかもしれないぜ」

「あのですね」ミセス・ミケルソンはたしなめた。「そもそも健康保険証をお持ちなんですか？」

ジュニアはトニに目をやった。「どうなんだ？」

トニは首を横に振った。

ジュニアはまたセブンアップをがぶ飲みし、盛大にげっぷをした。「おえぇぇぇ」

けっきょく、トニが自分のマスターカードで百七十五ドルを支払い、自宅アパートの住所をジュニアの居住地として記載した。

「けど、あくまで見るに見かねてのことだからね」ミセス・ミケルソンが病室からいなくなると、トニは釘を刺した。「よりを戻せるなんて甘いことを考えるんじゃないよ」

「おれのほうはなんとしてもよりを戻したいけどな」ジュニアはトニの手をつかみ、引き寄せようとした。「なんなら、ひと晩、ここに泊まってもいいんだぜ。そこにあるプラスチックのソファをひろげればとベッドになることだしな」彼はすばやくウインクした。「じゃなかったら、おれのベッドに飛びこんでくれてもいいぜ、スイートケーキ」

トニは首を左右に振った。「お断り」それからスザンヌに向きなおった。「そのへんに『サルでもわかる離婚手続き』の本はない？　いますぐ必要なんだけど」

スザンヌはトニをアパートの前で降ろし、自宅に向かった。葉が落ちはじめたカエデ、オーク、ハコヤナギを横目で見ながら、くねくねした道を走る途中、なぜジュニアが暴行を受けたのかを考えていた。

ストライカー運輸を探っていたのだとしたら、殴った男たちはストライカー運輸の従業員と考えていい。でも、なぜジュニアに殴る蹴るの暴行をくわえたのか。なにをそんなに隠すことがあるんだろう？　なにかうしろ暗いことでもしているの？　それとも、トラック強奪事件が起こっているせいで、必要以上に神経質になっているだけ？

自宅のドライブウェイに車を入れ、二階の寝室の明かりが灯っているのを見たとたん、安堵の気持ちが押し寄せた。

やっと帰ってこれた。

なかに入り、上着をかけると、膝をついて犬たちにただいまの挨拶をし、びしょびしょのキスを十回以上浴びせられた。

「おいで。サムを探しにいきましょう」

サムはベッドに寝転がって本を読んでいた。バクスターもスクラッフもスザンヌが居場所を確保するより先に、すばやくベッドに乗っかった。

「おりなさい、ふたりとも」スザンヌは手をぱんぱんと叩いて命令した。「あなたたちにはとっても高価な犬用ベッドがあるでしょ。一度くらい使ってちょうだいよ」犬たちがしぶしぶながら場所をあけ、スザンヌはベッドに倒れこんで、サムの隣に横たわった。

サムは彼女の肩を抱き寄せながら、腕時計に目をやった。「ずいぶん遅かったね。お通夜がそうとう長引いたようだね」

スザンヌはうなずいた。「大勢の人が参列したわ。それこそ、町じゅうの人が。そのあと、ジュニアが緊急搬送されてトニのところに連絡がきたの。それで様子を……見にいかなきゃいけなくなって」とりあえず、サバイバリストの施設で大失態をおかしたことは、これ幸いと言わずにおいた。TMI、つまり情報が多くなりすぎ《トゥ・マッチ・インフォメーション》る。それも、就寝時間ともなればなおさら。

「ジュニアがどうかしたのかい？」

「こてんぱんにやられたの」

サムはまったく動じなかった。「またかい？　今度のほうがひどい感じ？」

「そうでもない」

「いまジュニアはどこに？」

「病院でひと晩過ごしてる」スザンヌはそこで言葉を切った。「ジュニアがなぜ殴られたのか、その理由を訊かないの？　殴られたときの状況を？」

サムは首を横に振った。「うん。いまはとにかく、残りの二ページを読み終えて、きみと布団にもぐりこみたい」

「きょう最高の申し出だわ」スザンヌはため息をつき、ベッドを出た。「二分だけ待って。二分で戻ってくる」

「ぼくが本を読んでることは忘れていいよ」サムは本をわきに置いた。「それと、がんばって二分を一分に縮めてほしいな」

17

ハロルド・スプーナーの葬儀が第一メソディスト教会でおこなわれた日は朝からどんより曇っていた。

「うっとうしい天気だね」ペトラとスザンヌとともに教会に入っていき、うしろのほうの椅子に腰をおろしながらトニが言った。

「でも、教会のなかはとてもすてきだわ」ペトラが小声で言った。飾り気のない木の祭壇でキャンドルが淡い光を放ち、キリストの生涯の各場面が美しいステンドグラスに描かれ、上に目をやれば、何十年にもわたってオルガンを弾いてきた八十代の小柄なアグネス・ベネットが、「輝く日を仰ぐとき」を奏でている。

「この様子だと、立ち見が出るかも」弔問客が次々と入ってきて会衆席を埋めるのを見ながら、スザンヌはトニに耳打ちした。「町じゅうの人が来てるみたいなんだもの」

「犯人も来てるかな?」トニも小声で訊いた。

トニのその言葉でスザンヌはぎくりとし、もう一度あたりを見まわした。今度はさっきとはちがい、探るような目つきになった。「ひょっとしたらね。犯人が被害者の葬儀に顔を出した場合にそなえ、警察が目を光らせていることがあるのは知ってるわ」

「テレビはよくそういうのをやってるよね」トニが言った。「けど、現実にはどうなのかな？」

教会は弔問客でますますふくれあがっていた。スザンヌたちの前もうしろも、すでにぎっしり埋まっていて、案内係がふたり、後方に折りたたみ椅子を三列分足そうと奮闘中だ。たしかに大入り満員だ。

「きょうはジュニアと話した？」スザンヌはトニに訊いた。

「ここに来るまえ、ちょっと電話で話したけど」

「どんな様子だった？」

トニは目をぐるりとまわした。「少しよくなってた。だけど、回復するまであたしのところに泊まらせてくれって、子犬みたいに泣きつかれて困ったよ」

「そうしてあげるの？」

「はっきり言って、トラバサミに頭を突っこむほうがずっとまし」

ペトラが祈禱書《きとう》から顔をあげ、頭を小さく振った。信心深いペトラにとって、スザンヌとトニの会話は聞くに堪えないものだったのだろう。

しょうがない。それでも、すでにスザンヌの好奇心には火がつき、燃えあがる一方だった。

犯人は本当に現われるかしら？　ここにいる誰かなの？　キンドレッド在住で、昼は穏やかな物腰の銀行員か学校の先生として働き、夜になると凶悪な強盗殺人犯に豹変しているの？

そこまで考えて思い出した――ブルーエイド薬局が襲撃されたのは真っ昼間だったことを。だとすると、犯人は非常勤の銀行員か学校の先生かもしれない。あるいは、薬品ばかりをねらう本物の凶悪犯なのかも。そうでないとは言いきれない。

スザンヌは椅子の上でもぞもぞ動き、さらに目をこらして弔問客をうかがった。三列前方に目を向けたとき、エド・ノーターマンがいるのに気がついた。日曜の礼拝用とおぼしき、やけにてかてかした青いスーツ姿で、むっつりと落ち着かない様子でもぞもぞ体を動かしている。

その一列前にバーディ・シモンズの姿も見える。バーディの具合はどうなんだろう。見たところ、いまにも倒れそうだし、びくびくしているように見える。神経過敏と言ってもいいだろう。けれども、あれだけひどく殴られたのだから、ちょっとした音や影に怯えて身をすくめるのもしかたがない気がする。

ジニー・ハリスをはじめとする病院関係者は左前方にすわっていた。けっこうな人数が哀悼の意を表わすため集まっている。ノーターマンはなぜほかの人と一緒じゃないの？　病院関係者から好ましくない人物と見なされているとか？　それなら昨夜、スザンヌにひどく腹をたてたのも無理はない。けれどもスザンヌは、彼の言葉を真に受けていいものか、判断がついていなかった。でもいまは……額面どおりに受け取っている。もう一度、ノーターマンを見つめた。病院関係者のなかに彼を犯人と見なす人がいるのなら、それなりの根拠があるんだろう。なにしろ、煙が立つところには必ず火があるのだから。

うしろのほうでがちゃがちゃいう音が聞こえ、つづいて車輪がきしむ甲高い音が聞こえた。棺が到着したのだ。

オルガンの演奏がまた始まり——行進しながら歌う聖歌を思わせる曲だった——足を引きずる音と会衆席がきしむ音が聞こえ、教会にいた全員が起立した。

葬儀場の責任者のジョージ・ドレイパーの姿がスザンヌの目に飛びこんだ。地味な黒い葬儀用のスーツに身を包んでいる。両手を大きく動かしながら通路をうしろ向きに歩く姿が、飛行機をゲートへと誘導する地上要員そっくりだ。ただし、彼がやっているのは棺の移動の采配だった。

そのとき、とてもゆっくりと棺が登場し、するすると通路を進みはじめた。白バラとカスミ草でできた大きな花束が上に置かれている。花束の下に白い封筒がたくしこまれ、繊細な書体で〝ハロルド〟と書かれていた。

見覚えのない男性四人——きっと親族だろう——が棺を運ぶ役をになっていた。棺のすぐあとをついてくるのは、未亡人になりたてのグロリア・スプーナーと、成人したふたりの子どもだ。

運ばれてくる棺に全員の目が吸い寄せられるなか、スザンヌはわずかに顔の向きを変えた。ドゥーギー保安官が最後の最後でわきの扉からこっそり入ってくるのが見えた。

お悔やみを言うためかしら？　スザンヌは首をひねった。それとも、犯人をちらりとでも見ようと思ってのこと？

前方ではストレイト師が聖書台の両端をつかみ、棺の到着を待っていた。銀白色の髪に温厚そうな雰囲気をまとった、気品ある人物だ。何度か向きを調整したのち棺がようやく定位置におさまると、親族の四人はそれぞれ席につき、弔問客も腰をおろし、祈りの言葉が始まった。

式の途中、スプーナーの娘が祭壇にあがり、涙を誘う感動的な弔辞を述べた。病院長がそれにつづいた。彼はスプーナーの気さくで熱心な人柄をほめた。この不幸な出来事に決着をつけるべく、病院側は捜査機関への協力を惜しまないと述べた。

その発言にトニがスザンヌのほうを向いてささやいた。「不幸な出来事だってさ。役人とか政治家ってはっきりものを言わないよね。殺人とかドラッグ目当ての強盗とか流血の襲撃とかさ。いつだって不幸な出来事って言い方で片づけるんだ。まったくもう」

そのあといくつか祈りの言葉があり、最後にハロルド・スプーナーの十三歳の孫娘がもじもじと前に進み出て、祖父を送る曲をバイオリンで演奏しはじめた。「シェナンドー」という曲だった。一度聴いたら忘れられない美しい旋律が立ちのぼり、そぼ降る雨のように参列者に降りそそいだ。スザンヌの頭のなかを歌詞が流れていく。

おお、シェナンドー川、あなたの流れる音が聴きたい
われわれは背を向け、遠くまで行かねばならない
広大なるミズーリ川を渡って

少女の演奏が終わる頃には、目に涙を浮かべていない者はひとりもいなくなっていた。

葬儀が終わると、参列者は全員、教会の外に出て、階段あるいは幅のひろい歩道にひしめいていた。挨拶を交わし、グロリア・スプーナーにお悔やみの言葉をかけ、なかには大急ぎで仕事に戻る人もいた。

ジニー・ハリスがスザンヌに気づいて手を振り、声をかけようと急ぎ足でやってきた。

「スザンヌ」ジニーはせつなそうにほほえんだ。「会えるんじゃないかと思ってた」

「具合はどう、ジニー?」包帯はしていないし、顔色ももとに戻りはじめている。

ジニーは怪我をした肩に無意識に手をやった。「一日ごとによくなってきてる」彼女はそこで声をひそめた。「あなたのほうは?」

カックルベリー・クラブの景気を訊かれたわけではない。調査の状況を尋ねているのだ。

スザンヌがおこなっているはずの隠密調査の状況を。

「容疑者は何人か浮かんでる。証拠はあまりないけど」

「でも、あきらめたりしないわよね? これだけの人が……」ジニーは周囲の人だかりをしめした。「わたしたち全員……みんなハロルドの冥福を祈るしかできないんだもの」

スザンヌの頭に、旅路の果て教会から来ているふたりの若者、サバイバリストたち、ロバート・ストライカー、エド・ノーターマンが次々と浮かんだ。どの人もなにか秘密を抱えているように見えるし、どの人も少々あやしく、うさんくさく見える。

「もちろん。やめるつもりはないわ。少なくとも、当分は」

「ドゥーギー保安官はあなたが調べているのを知ってるの?」

「わたしが保安官を特定の方向に導いても、保安官は驚かないでしょうね」

「そう。ありがとう、スザンヌ」ジニーは教会を振り返った。「ハロルドが殺され、わたしが撃たれ、おまけにジェサップの薬局に強盗が入るなんて……本当におそろしいことだわ」

「ええ、本当に」スザンヌは指を一本立てた。「ジニー、ちょっと失礼してもいい? あそこにいるバーディと、ちょっと話がしたいの」

「もちろんよ。彼女も少しはよくなったのかしら」ジニーはそう言ってわきにどいた。「事件のショックがかなり残っているらしいの」

バーディはうっすらさびの浮いたフォード・フィエスタに向かって、道路の真ん中を歩いていた。

「バーディ」スザンヌは声をかけた。追いつこうと歩く速度をはやめたせいで、息が少しあがっていた。「ゆうべはお話しするチャンスがなくて……」

「ごめんなさい、スザンヌ。急いで家に帰らないといけないの」バーディは自分の車に向かいながら言った。たどり着くと、取っ手に手をかけ、不承不承振り向いた。「邪険にするつもりはないけど……」

「もちろん、わかってる」

「……でも、夫が待ってるから」

見るとバーディは木の葉のように震えていた。精神的ショックを受けると人はこうなるものなの？　これから一生、びくびくしながら暮らすことになるの？　これが心的外傷後スト《PTS》レス障害《D》？　あるいは、それとはべつのもの？

「ごめんなさい、バーディ。ただ、どうしているか確認したかっただけなの」スザンヌは言った。

「どうにか耐えてるわ」バーディは唇をすぼめた。「あのおそろしい夜のことをなんとか葬り去ろうとがんばってる。本当よ」

「そう、わかった。お時間を取らせてごめんなさいね」

バーディのうしろに目をやると、ドゥーギー保安官がエド・ノーターマンと話しているのが見えた。しゃべっているのはほとんど保安官で、ずいぶんと激した様子だ。ノーターマンはけわしい顔でにらみ返し、さかんに首を横に振っている。

「じゃあね、スザンヌ」バーディは言うと車に乗りこんだ。

スザンヌは一歩さがり、小さく手を振った。けれども、どこか釈然としないものを感じていた。バーディはスザンヌを必死に避けているように見えたけど、単なる勘違いかしら？

その疑問についてじっくり考える時間はなかった。ドゥーギー保安官がノーターマンとの話を急に切りあげ、スザンヌがいるほうに向かって大股で決然と歩き出したからだ。向かう先はえび茶と薄茶色のツートンカラーのパトカーだ。

「保安官！」スザンヌは大声で呼びとめた。

保安官は一瞬迷ったのち振り返り、仕方なしにほほえんだ。

「あとちょっとで無事に逃げられたんだがな」

「話があるの」スザンヌはかまわず言った。

「やっぱり、思ったとおりだ」

スザンヌは精一杯、深刻な表情を浮かべた。「昨夜、ジュニアがこてんぱんにやられたのは知ってるわよね？」

保安官はかすかにうなずいた。「ああ、その話なら聞いている」

スザンヌは両腕を大きくひろげた。「で？ なにもしないつもり？」

「どうかな。なにしろ、ジュニアが不法侵入という法に触れる行為をしたのが原因だからな」

「でも、袋叩きにされたのよ。ロバート・ストライカーさんのところの従業員に」

「それについてはまだなんとも言えん。暗かったから、加害者は誰であってもおかしくない。あの界隈をオフィスパークなどともてはやしたところで、かなり危険な地域であることに変わりはないしな。一ブロック先には質屋があり、それにくわえて酒屋もあるし、おんぼろ車ばかりを扱っている中古車ディーラーだって何軒もある。〈ステンキーズ・バー〉まであるんだぞ」保安官はかぶりを振った。「あの店ではやばいことがおこなわれていると、もっぱらの噂だ」

なにも引き出せそうにないので、スザンヌは話題を変えることにした。

「捜査の進み具合はどう？」

「どの捜査だ？」

「両方とも。全部」

「見つかったボタンを片っ端から押してるところだ」保安官はスザンヌの肩の向こう、教会の外にまだたむろしている人だかりに目をやった。「追っている線はいくつかある」

「たとえば？」

「あんたには関係のないことだ。すでにいろいろしゃべりすぎた」

「でも、もしも……」

そのとき、すさまじい爆音が響き、スザンヌは言いかけたことをのみこんだ。

十台以上のバイクが儀仗隊よろしく、ジョージ・ドレイパーの黒塗りの霊柩車の前に並んだ。バイクにまたがった男たちのなかには数人、黒革のバイクジャケットを着ている者がおり、陸軍もどきの恰好をしている者もいた。全員が自分のバイクの前にアメリカの国旗をつけている。

「スプーナーは退役軍人でな」保安官は喉の奥から絞り出すようなエンジン音に負けまいと声を張りあげた。「ベトナム戦争末期に従軍した。サイゴン（現ホーチミン）が陥落したときは、まだかなり若かった」

「知らなかった」スザンヌは言った。

「小耳にはさんだんだが、あの連中は墓地までスプーナーの棺に付き添うそうだ」

無言の命令がくだされたのか、バイクが一斉に動きはじめた。スザンヌと保安官はわきによけてバイクを通した。

スザンヌは爆音をあげて走り去る男たちをじっくり観察した。全員が陸軍の恰好をしている——サバイバリストの施設にいる人たちかしら？

そのとき、見覚えのある顔が見えた。スマッキーだ！〈フーブリーズ・ナイトクラブ〉で会った、ジュニアの友だち。

スザンヌは目を疑い、スマッキーはスパイまがいのことをしているんだろうかといぶかった。〈フーブリーズ・ナイトクラブ〉でスザンヌとトニに話をしたあと、その足でサバイバリストのもとを訪ね、スザンヌのことをすべて報告したんだろうか？　ささやかなカフェを営む頭のおかしな女性について、連中に報告したんだろうか？　彼女が知恵を振りしぼって、強盗殺人事件を解決しようとしているというようなことを。そのあと全員でビールの栓を抜き、大笑いしたんだろうか？

でも、スザンヌをさんざん笑い物にしておきながら、昨夜はどうして、ちゃちな爆竹ごときにあんなにびくびくしたんだろう？

18

「やることがいっぱいだわ」ペトラが言った。「そろそろ、お客さまが入り口のドアを叩きはじめる時間よ」彼女は料理人の白いエプロンのひもを腰に巻き、しっかりと結んだ。それから業務用オーブンのスイッチを入れ、温度を百七十五度にセットした。

スザンヌ、ペトラ、トニが卵を割り、野菜を刻み、あらかじめさいの目に切った鶏肉を出したりしながら、カックルベリー・クラブの店内をせわしなく動きまわりはじめたときには、時計はすでに十時半をまわっていた。時間が時間なので、ペトラはブランチにもランチにもなるメニューを考案した。きょうの場合、チキンのハッシュ、ピーマンの肉詰め、ミニサイズのピザ、鳥の巣、デザートのシナモンケーキだ。

「鳥の巣ってどんなもの？」トニがペトラに訊いた。

「皮がぱりぱりの小さめの手作りパンをくり貫いて、そこに落とし卵とチーズと野菜を詰めた料理よ」

「あんただけやけに忙しそうだね。なにか手伝おうか？」

「あと一時間、待ってくれる？」

「ごめん、それは誰に頼んでも無理」

「だったらシナモンケーキを保冷ボックスから出して切り分けて」

「大きめに切る？」

「それ以外のサイズがあるの？」

「ピーマンを洗って種を取ったわ」スザンヌは言った。「具を詰めはじめていい？」

「ううん、それはわたしがやる」ペトラが申し出た。「あなたはお皿を何枚か並べて」

ペトラはレンズ豆のスープにコショウをたっぷり振った。

「スザンヌ、今夜は編み物教室があるけど、忘れてない？」

「もちろん。わたしも残ってお手伝いするわね」

「助かるわ」ペトラはすでにくたびれ果てているように見えた。

スザンヌは急ぎ足でカフェに出て、札を〝準備中〟から〝営業中〟に変え、朝配達された《ビューグル》紙を手に取った。

「あたしも残りたいところなんだけどな」トニがペトラに声をかけた。「ジュニアの様子を見にいかなくていいのなら」

「やんちゃ坊主の具合はどう？」ペトラは訊いた。けさ、葬儀の直前に、スザンヌとトニとで、ジュニアが殴る蹴るの暴行を受け、病院にかつぎこまれたことを話しておいたのだ。

「ジュニアと電話で話したらさ、まだ痛みはあるけどきのうよりはましだって言ってた。ねえ、ちょっと」トニはスザンヌが新聞を手に厨房に戻ってくるなり声をかけた。「《ビューグル》が来てたんだね。なんかおもしろい記事はのってる？　例の殺人事件とか、強盗事件とか」

　スザンヌは両方の眉をあげると、新聞を寄せ木のテーブルに、一面を下にして置いた。

「知るわけないでしょ」

「そんな怖い顔しなくたっていいじゃん」トニはなだめるような声を出した。新聞を手に取ってひろげ、小さく口笛を吹いた。

「どうかした？」ペトラが訊いた。

「見出しをごらんよ。〝凶悪な殺人事件と二件の強盗事件が発生！〟だってさ。しかも、ばかでかい字で一面にでーんと書いてある。そのうえ、導入部も盛りに盛ってるし。〝ハロルド・スプーナーさんを殺害し、ジニー・ハリスさんに怪我を負わせたのち、覆面の銃撃犯は病院から逃走し、一部始終を目撃したカックルベリー・クラブのオーナーであるスザンヌ・デイツさんによれば、跡形もなく消えてしまったとのことです。デイツさんに怪我はなかったもよう〟だって」トニは新聞をおろした。「スザンヌ、あんた有名人だよ！　いい宣伝になったね」トニは手の甲で新聞を叩いた。「一面で大々的に取りあげられるなんてさ」

「やだ、おそろしい」ペトラが言った。

「待って、ここからもっとおもしろくなるんだから」トニはまた、紙面に顔をくっつけた。

「悪くなる一方だと思うけど」とスザンヌ。

「まだ数段落残ってるんだ」トニが言った。「最後まで読もうか？」

けれどもペトラはもう聞く気が失せていた。「トニ、数分後には、おなかをすかせた集団に食べるものを出さなきゃいけないの。お願いだからその新聞を片づけて、保冷庫からガーリックブレッドを出してアルミホイルに包んでちょうだい」

「わかった、わかった。いまやる」トニは言ったものの、その前に大事件を報じる記事のつづきにちゃっかり目をとおした。

ペトラが予想したとおり、ほどなくお客が入りはじめた。全員がおなかをすかせ、大半が好奇心をあらわにしていた。きょうの葬儀に参列したか、葬儀があったと聞いたか、あるいは《ビューグル》紙の生々しい記事を読んだかしたのだろう。と同時に、誰もが目に見えて不安を感じていた。なにしろまだ、犯人が逮捕されていないのだ。

スザンヌは注文を取り、それを大急ぎでペトラに伝える一方、あくまで〝ノー・コメント〟の姿勢をつらぬいた。たいていの場合、その方針はうまくいった。チキンのハッシュとピーマンの肉詰めはきょうの目玉になった。ミニサイズのピザはそれほどでもなかった。

「お客さんはもっと刺激がほしいんだよ、きっと」注文の品を受け取り厨房に駆けこんできたトニがペトラに言った。「ニンニク、ハラペーニョ、赤唐辛子のフレークを足してごらん。唇ひりひりの激辛ピザなんて名前にしてさ」

ペトラは鼻にしわを寄せた。「そうかしら」

スザンヌが顔をのぞかせた。「ピーマンの肉詰めはあといくつ残ってる?」

「あんまりないわ」ペトラは言った。「何人前必要なの?」

「三人前の注文が入ってる」

「三人分はあるわ。でも、三人分しかない。それを出したら品切れよ」

スザンヌがあいたテーブルを拭いていると、ロバート・ストライカーがふらりと入ってきた。あいかわらずスマートな装いだ。スタイリッシュなスーツはブランドものだろう。絶対に、お手頃価格の量販店で買ったものではない。

スザンヌはすばやくトニを見やり、口の動きで尋ねた。

「あなたが相手をする? それともわたし?」

「あたしが行く」トニも口の動きだけで答えた。「あのすかした野郎の相手はまかせて」

トニはシャツのボタンを上までとめてあるのを確認してからストライカーに近づき、あいているテーブルを指さした。顔は完全に無表情で、ロボットのように事務的な態度だった。

ストライカーは気を引くようでいて、わずかにいぶかしそうな笑みをトニに向けた。

「わたしの考えすぎかもしれないが、きょうは少しよそよそしいね」

「考えすぎだよ」

「で、きょうのお勧めはなにかな?」ストライカーはテーブルにつくなり尋ねた。

「黒板には書いてないけど、本日のスペシャルメニューがあるよ」

「ほう?」

「カックルベリー・クラブ・クレンズっていうんだ。バターで焼いたパティを三枚はさんだバーガーで、分厚いベーコンが六枚のってる。つけ合わせはチーズカードにハラペーニョのフライ、それとピコ・デ・ガヨ」

ストライカーの目がけわしくなった。「本気かい？　まさか心臓発作か消化不良を起こさせようっていうんじゃないだろうね？　あるいはその両方を？」

「とんでもない」トニは言った。

ストライカーはけっきょくチキンのハッシュを注文し、できあがると、今度はスザンヌがコーヒーとともに運んだ。

「お待たせしました」

ストライカーは運ばれてきたチキンのハッシュをじっと見つめ、つづいてスザンヌを見つめた。「愛想のいい人がひとりはいてくれて安心しましたよ。もうひとりのウェイトレス――ええと、トニといったかな？――がやけにおっかなかったものでね。きょうはもう少しいい関係になれるかと期待していたのに」

スザンヌは待ってましたとばかりに、その会話に飛びついた。「トニはいまひどく動揺してるんです。別居中のご主人が昨夜、ひどく殴られたらしくて」

「本当に？」

「しかも驚いたことに、殴られた場所がおたくの倉庫の近くらしいんです」

ストライカーは首を横に振った。「たしかにあのあたりは物騒ですからね。大怪我をしたのでなければいいんだが」

「昨夜、不審者を見たと従業員の方から報告を受けてませんか？　あるいは、なんの理由もなく、やせっぽちの小柄な男性を殴ったと言った人は？」

ストライカーの右目の横の筋肉がぴくぴく動いた。「そういう話はなにも聞いてませんね。マンケート市の近くでまたトラックが強奪された話はありましたが。でも、いちおう従業員に訊いてみましょう」

スザンヌは足早に厨房に引っこみ、ペトラに向かって言った。

「あの人、絶対に知ってるわ」

「誰が？　知ってるってなんのこと？」わきをすり抜けたスザンヌにペトラが訊いた。

「ジュニアの件よ。ストライカーさんがジュニアを殴ったんだわ。本人じゃなければ、従業員が」スザンヌは歯を食いしばり、頭を振った。「ああ、もう、腹がたったらないわ」大股で裏口のドアに近づき、乱暴にあけた。どうしても外の新鮮な空気が吸いたくなったのだ。

「流通会社の人たちがなにか隠してると思ってるの？」ペトラはスザンヌに声をかけた。

「それとも、銃撃事件と強盗にかかわっていると？」

うしろでペトラの声がしていたけれど、かすかに聞こえる程度だった。というのも、べつのものに気を取られていたからだ。茎の長い赤いバラが一輪、階段のいちばん上に置いてあった。その下にスザンヌの名を記した白い封筒が敷かれている。かがんで、バラと封筒をおそるおそる拾いあげた。バラの香りを嗅ぎ――かぐわしい香りがした――封筒をあけた。なにも入っていなかった。

変ね。

スザンヌは厨房に戻ってドアを閉めた。「ペトラ、誰か配達に来た？　じゃなかったら、裏をうろうろしてる人を見かけなかった？」

「いいえ。どうして？」

スザンヌは赤いバラをかかげた。

「あら、きれい。サムから？」

「ちがうと思う」

ペトラは目を輝かせた。「あなたに隠れたファンがいるのね」

あるいは、わたしをからかうために、こんな手のこんだことをしているのかも。

バラを置いていったのは隣のビリー・ブライスではないかという気がした。だから、これっぽちもときめかなかった。

アフタヌーン・ティーの時間になると、店内はインド産ダージリンとスリランカ産の芳醇な紅茶の香りに満ちていた。ペトラはココナッツとチェリーのスコーンを焼き、バターを塗ったパンで薄切りのキュウリをはさんだ昔ながらのサンドイッチにくわえ、チキンサラダのティーサンドイッチもこしらえていた。

スザンヌがサラ・ジェンキンズとふたりの連れにお茶を注いでいると、ドゥーギー保安官が入ってきた。赤らんだ顔、薄い口ひげ、短く刈った白髪のいかめしそうな男性を連れている。

いかにも軍人らしい歩き方だ。気になるわ。

保安官は不機嫌そうなまなざしをスザンヌに向け、それからトニに視線を移した。片手をあげ、ふたりを手招きした。

「え、あたしたち？」トニが言った。

「なんなの？」スザンヌが小走りに近づいた。「どうかした？」

「われわれ四人だけで話せる場所はあるか？」スコーン、ブラウニー、グレーズがけドーナツがたっぷりあるカフェにいるのに、保安官はいつもの何倍もいかめしい顔だった。

「〈ニッティング・ネスト〉に行きましょう」スザンヌは言った。すばやく周囲を見まわし、数分なら席をはずしても大丈夫と判断した。それからトニ、保安官、いかめしい顔の男性を引き連れて移動し、全員が入ったところでドアを閉めた。

保安官が単刀直入に切り出した。

「率直に言ってくれ」保安官は連れの男性に言った。「ここにいるふたりが、昨夜、おたくの敷地に侵入した、頭のいかれた女たちか？」

「たしかにこのふたりだ」男性はためらうことなく言った。

トニは長く引きのばした声を発した。「はあああ？」

「そんな面食らった顔をしなくてもいいぞ、ふたりとも」保安官は言った。「こちらは退役軍人のアラン・ウィンストン大佐だ」

「そう」スザンヌはみぞおちにずしんと重いものを感じ、このあとの展開をはっきりと悟った。

「こちらの情に厚い大佐は、心的外傷後ストレス障害を抱えた退役軍人を社会復帰させるための施設を当地で運営している」

「うっそ」トニはそばの椅子に力なくすわりこんだ。

「なのにあんたらときたら、昨夜、銃だかなんだかをぶっぱなし……」

「爆竹よ」スザンヌは訂正した。

「あんたらふたりがなにも考えずに爆竹を投げこんだせいで……ウィンストン大佐の施設に入居している数人が、何カ月か治療をやりなおすことになった可能性がある」保安官はさらに強調するように、人差し指を突き出した。

「てっきり、頭のおかしなサバイバリストだと思ったんだよ」トニが弁解した。

保安官は肉づきのいい腰に手をあてた。「いったいどこでそんな情報を仕入れたんだ?」

スザンヌはジュニア経由で知ったスマッキーからだと答えようと思ったものの、説得力がないと判断した。そこで、こう説明した。「その人たちがハロルド・スプーナーさんを殺害し、薬局に強盗に入った犯人だという仮説のもとで、いろいろ動いていたの。不審に思ってもしかたないでしょ。森の奥でひっそりと暮らし、周囲の人と距離をおいているんだもの」

「彼らがなにをしているのか、わたしから説明しよう」ウィンストン大佐が口をひらいた。全身から怒りが伝わってくる。「彼らは回復につとめているのだ。祖国に果敢につくした彼らがどれだけ苦しんでいるか、おふたりにはわかるかね？」

スザンヌもトニも黙っていた。

「教えてあげよう」ウィンストン大佐はつづけた。「彼らは戦闘を目の当たりにし、苦難に耐えたのだ。祖国のために、きみたちのような国民のために、みずから進んでそのような状況に身を投じたのだから、心穏やかに回復につとめる権利くらいあると思うが」ウィンストン大佐はいらだちもあらわに、スザンヌを、つづいてトニを見やった。「不安感、フラッシュバック現象、悪夢に常にさらされ、どうということもないもの、たとえば大きな音などに過剰反応しながら生きていかねばならないとしたら、きみたちはどう思う？」

「自分たちのやったことがわかったか？」保安官が横から口をはさんだ。「情報をろくに集めもせず、見切り発車で行動したせいだ。短絡的にもほどがある。だから捜査はおれにまかせておけと言っているだろうが」

「そうは言うけど」スザンヌは反論を始めた。「わたしたちだって追いかけられたのよ。本当に怖かったんだから」声にいらだちをにじませた。

ウィンストン大佐は首を横に振った。「ジープに乗っていたのはテッドだ。われわれに対しても、なにかにつけてかっとすることがあってね。だが、きみたちが危害をくわえられる心配はなかったんだ。テッドは敷地の外には絶対に出ない」

「わかってもらえたよな？」保安官はスザンヌとトニに言った。「今後、爆竹を持って施設に近づくようなまねはしないということでいいな？　それならば、大佐は訴えないと言ってくれている」

「わかった」スザンヌは認めた。

「オッケー」とトニ。

ふたりは保安官と大佐が店を出ていくのを見送った。スザンヌはトニに向きなおった。

「今回はやりすぎだったわね」

トニは肩をすくめた。「うん、たしかに。それにしても、元軍人かあ。武器で応戦されなくてよかったよ」

「まったくだわ」

スザンヌは店内をざっと見まわし、用のあるお客はいないか、お茶のおかわりを頼もうとしているお客はいないか確認した。

「で、きょうは早めに帰るの？」

トニはうなずいた。「急いで帰るよ。ジュニアを見舞って、きょうはなにをやらかしたか確認しないと」

「幸運を祈るわ」

19

お客のいなくなったカックルベリー・クラブは、窓から射しこむ夕方近くの陽の光にあふれていた。ペトラが〈ニッティング・ネスト〉でちょこまか動きまわって、かせ巻きの毛糸を並べている。正面のドアがノックされ、スザンヌは応対に出た。訪ねてきたのは意外な人物だった。

「カーメン」スザンヌはドアを引きあけた。〝準備中〟の札がかかっているけれど、そのくらいでカーメンが引き返すはずもない。

地元在住のロマンス小説家で、超がつくほど不愉快な存在でもあるカーメン・コープランドが、十億ワットのまばゆい笑みを浮かべた。「ちょっと近くまで来たものだから、ふとひらめいたの。カックルベリー・クラブに顔を出して、新刊の『めくるめく逢瀬』に全部サインしたらすてきじゃないかって」彼女は黒曜石のように目をきらきらさせてつづけた。「もちろん、発注してあるんでしょうね？」

「二十四冊」

「言ってくれればいつでもわたしのほうで増やしてあげられるわ」カーメンは言うと、高さ四インチのピンヒールの音も高らかに、スザンヌのあとをついて〈ブック・ヌック〉に向かった。

「そう言ってもらえると安心だわ」スザンヌはため息をつきそうになるのをこらえながら言った。

カーメンはカウンターにグッチのバッグを放り、ディオールの新作にちがいないヒョウ柄のコートを脱ぐと、鋭いまなざしをスザンヌに向けた。漆黒の髪にハート形の顔、魅力的なボディラインの持ち主だけれど、横柄な性格がせっかくの美しさを台なしにしている。カーメンは王宮のらっぱ吹きが彼女の到着を宣言し、深紅のカーペットが繰り出されるのを待つ裕福な公爵夫人という雰囲気を放っている。あいにく、カックルベリー・クラブには深紅のカーペットはない。ペトラが手作りしたカラフルなラグマットで妥協してくれればべつだけど。

「カーメン」スザンヌは、ここはなにがなんでも愛想のいい態度をつらぬこうと決め、もう一度声をかけた。「会えて本当にうれしいわ」

カーメンは本を何冊か手に取ると、モンブランの万年筆を出して、装飾的な筆記体でサインしはじめた。「在庫すべてにサインしていくわ。いわば無観客サイン会ね。このほうが、あらためて来店して、読者と交流なんかしなくてすむもの」

デザイナーズブランドの服を買うお金を出してくれるお財布程度にしか読者のことを見ていないのね、とスザンヌは心のなかでつぶやいた。けれども、反論するのはやめておいた。

そんなことをしてなんになるの？　カーメンが態度をあらためるはずがない。
「わかった。わたしは〝著者直筆サイン入り〟のステッカーを貼るわ」
「お願いね。でも、題名を隠さないでちょうだいよ。わたしの名前と写真も」
カーメンはサインを終えると、店内を見てまわり、ほかのロマンス小説家の本を出しては
ぶつぶつひとりごとを言いながら配置を換えた。腰をかがめ、顔をくもらせて本を一冊手に
取った。
「どういうこと？」血のように赤い爪で本の表紙を叩いた。「わたしの『魅力的な信頼』を
こんなところに置いちゃだめじゃない」
そうは言うけど、それは四年も前に出た本だし、いまも置いてあるだけで感謝してくれな
いと、とスザンヌは心のなかで反論した。
カーメンは自著の表紙が見えるよう並べ替えながら、調子はずれの鼻歌を歌っては、ひと
りごとをつぶやいた。「表紙を見せなきゃだめでしょ。わたしの本はいつでも表紙が見える
ように並べてくれないと」
「ずいぶんとご機嫌なのね」スザンヌは声をかけた。なにか言って、勝手に本を並べ替える
のをやめさせたかったのだ。
カーメンは鼻歌をやめ、少し見下すようなまなざしでスザンヌをにらんだ。
「知りたいなら教えてあげるけど、いまつき合ってる人がいるの。そんじょそこらの人とは
くらべものにならないような人なのよ」

スザンヌは正攻法でいくことにした。

「まあ、うらやましいわ、カーメン。わたしの知ってる人？」

カーメンは高慢ちきな態度を崩さなかった。

「たぶん知らないんじゃないかしら。最近こっちに来たばかりだけど、じきに傑出した実業家として一目おかれるようになる人よ。ロバート・ストライカーというんだけど」

「あら、その人ならお会いしたわ」

カーメンは気分を害したように片方の眉をあげた。

「あの人と会ったですって？　本当なの？　どういういきさつだったのか聞かせてもらっても？」カーメンは猜疑心もあらわに訊いた。

「何日か前、モブリー町長に連れられてランチにいらしたの」

それを聞いて、カーメンはあからさまに胸をなでおろした。「なんだ、仕事で会ったの」

「そのあと、きょう、またいらしたわ」

「モブリー町長とでしょ？」カーメンは即座に尋ねた。

「ううん、おひとりで」

「つまり、ペトラの料理がそうとう気に入ったってことね」カーメンは歯を食いしばりながら言った。コートをはおり、そそくさと出ていった。

スザンヌが〈ブック・ヌック〉で本の並べ替えを終えると、ペトラがひょっこり入ってきた。

「ねえ、スザンヌ。スプーナーさんの墓前での式に出席しなかったこと、いまとても後悔しているの」

「しょうがないじゃない。大急ぎで戻ってお店をあけなくちゃいけなかったんだもの」

「ええ、わかってる。それでも後悔してるのよ。だから、スターブライト生花店に電話して、お墓に供える花束を配達してもらったの。いま厨房に置いてあるわ。でも……」

「でも……？」ペトラはとても大事なことを言おうとしているにちがいない。

「でも、今夜の編み物教室の準備を考えると頭がどうにかなりそうで」

「つまりわたしに……」

ペトラは身をくねらせていた。「お花を墓地まで届けてもらえる？　ハロルド・スプーナーさんのお墓に供えてほしいの。やってもらえる？」

スザンヌは窓の外に目をやった。あたりは暗くなりはじめ、墓地はおそらく薄気味悪いだろう。けれども、ペトラのすがるような表情を見たら、とてもじゃないけど断るなんてできない。

「いいわよ、引き受ける」スザンヌは言った。「あなたは編み物教室の準備に専念してて。わたしも食べるものの準備には間に合うよう戻ってくる」

「スザンヌ、あなたは天使よ」

スザンヌが運転するトヨタ車が岩だらけの狭い道路をエンジンを噴かしぎみにのぼっていくと、メモリアル墓地の黒い錬鉄の門が通せんぼするように見えてきた。

「あれだわ」と声に出して言った。「まっすぐ前方《テッド・アヘッド》」言った瞬間、死んだ《デッド》という言葉に背筋が寒くなった。少し前、この墓地で開設百五十周年記念の式典が開催され、キャンドルライト・ツアーがとんでもないことになったのを思い出したのだ。

きょうはそんなことにはならないから、とスザンヌは自分に言い聞かせた。

彼女の役目は、すばやくなかに入って、すばやく出ることだ。というのも……そう、時間がないから。それに、後部座席に置いた花のむせかえるような香りが気にさわりはじめていた。ちょっと嫌気が差してきていたし、葬儀場のにおいにあまりに似ているからでもあった。

墓地のなかでももっとも古い区画、入植者や南北戦争を戦った人たちが静かな眠りについている場所を、砂利を踏みながら走りすぎた。ここに生えているのは成長の早いオークやヒロハハコヤナギで、幌《ほろ》馬車が大草原を抜けビッグ・ウッズと呼ばれる大きな森に入っていった時代からぐんぐん育ってきた。それらの木の下に、風雨にさらされもろくなって崩れかけた古い墓石が並んでいる。

「花束はどこに置けばいいのかしら」スザンヌはひとりごとを言った。スプーナーの墓の場所を知っているのか、ペトラに訊くのを忘れてしまった。しかたない、ここは出たとこ勝負でいくしかない。真っ暗で、おまけにあたりには人っ子ひとりいないけれど。墓掘り人すら見当たらないけれど。

だめでしょ、と自分を叱った。ばかみたいにびくつくんじゃないの。

手がかり、あるいは目印になるものがないかと、サイドウインドウごしに目をこらしながら運転した。しばらくして、そろそろと車をとめた。五十ヤードほど先だろうか、芝に覆われた斜面をくだったところに、華奢なポール四本に張られた黒い日よけがはためいている。

あれだわ、きっと。けさ、墓前のミサをおこなった場所は。

車をとめ、花束を手にすると、芝生を突っ切りはじめた。地面は少しぐしょぐしょしているし、近くの木立を風が吹き抜けるたび、もの悲しい音がする。

人のうなり声じゃないわよね？　まさか。しっかりしなさい、まったく。

あらたに掘られた――そしてあらたに土をかぶせられた――場所にそろそろと近づいていくと、灰色大理石の質素な墓石が見えた。ハロルド・スプーナーの名前、生年月日、そして死亡した日付が石に刻まれている。スザンヌは力なく首を振った。すでにグロリアの名も墓石に刻まれているのを見て、胸が張り裂けそうになった。記されているのは生年月日だけで、死亡の日付のところは空白になっている。

空欄が埋まる日まで、墓石はここにずっと置かれたままだなんてつらすぎる。

墓石の隣に花束を置き、手短に祈りの言葉をとなえ、急ぎ足で車に戻った。

真っ暗ななか、スザンヌは狭い通路を引き返しはじめた。ヘッドライトをつけ、しばらく走ったところで一台の車があとをついてきているのに気がついた。

変ね。墓地を見てまわったときにはほかに車なんかなかったのに。

とはいえ、夜遅く墓参りに来てべつの区画から帰ってきただけかもしれない。あるいは、仕事を終えた墓地の管理人が自宅に向かっているだけかも。

坂をくだり、シンダーブロックの基礎が途中までつくられたものの建設計画が中断されて荒れ果ててしまった土地の前を過ぎ、左折してグローヴ・ストリートに入った。うしろの車も同じように曲がった。

スザンヌは眉根を寄せた。二ブロック進んですばやく右にハンドルを切りながらバックミラーをのぞくと、うしろの車も同じように曲がってきた。アドレナリンが心臓に届いたのがわかる。けれどもすぐに思い直した。ううん、そんなの過剰反応よ、きっと。

もう一度、適当なところで曲がると、そこは古くからある住宅――チューダー様式やコロニアル様式の大邸宅ばかりだ――が並ぶ地区で、蛇行した小川に沿って道路がゆるやかにカーブしている。サイドミラーに目をやった瞬間、スザンヌは心底震えあがった。

さっきの車がまだついてきてる！

ブルーエイド薬局の強盗現場から猛スピードで逃走するのを目撃されたという車だろうか？

ありうるわ。

わたしが調査しているのを知って追いかけてきているの？

考えられないわけじゃない。そうだとしたら、かなりまずい。

スザンヌはアクセルを強く踏みこんだ。制限速度が時速二十マイルであることをしめす標識、自分の子どもがここに住んでいると思って運転するよう呼びかける広告、近隣警戒活動実施中の看板を完全に無視して。

右に左に折れ、カーブをまわり、何度となくサイドミラーに目をやる。うしろの車も必死でついてくる。スザンヌは追っ手から片時も目を離すことなく、急ハンドルを切り、もとき た道に戻った。ようやく充分離したところで、横滑りしながら角を曲がり、細い路地を猛然と走った。ヘッドライトを消して、黒いSUV車の隣に隠れるようにとめた。これであのピックアップトラックをまけたのならいいんだけど、と祈るような気持ちだった。

ふう。

無事にまけたらしい。

スザンヌはなごやかな雰囲気が漂うカックルベリー・クラブに駆けこみ、ドアを乱暴に閉めた。

ペトラが色とりどりの毛糸の入ったバスケットから顔をあげた。「どうだった？」

「ちゃんと置いてきたから安心して」スザンヌはあとを追ってきたピックアップトラックのことはペトラには話さずにいようと決めていた。よけいに心配させるだけだ。

「どうもありがとう」ペトラは自分の胸に手を置いた。「これで安心だわ」

「よかった」スザンヌはまだ少し、気持ちが高ぶっていた。「もうクッキーは焼けたのね。わたしはサンドイッチを作ればいい？」

「ええ、お願い」

スザンヌは深々と息を吸いこんだ。「今夜はなにを編むの？」

ペトラはかせ巻きの毛糸をひとつ取って、スザンヌに渡した。

「バナナでできたこの糸でメソジスト教会に寄付するポットカバーを編むの。教会は募金活動の一環として、それを売るのよ」

スザンヌは糸をさわってみた。光沢があってすべすべしている。「本当なの？　これがバナナの繊維でできてるの？」

「繊維はまず、バナナの木の幹から採取されるの。特殊な工程をへてやわらかくすると、シルクによく似た手触りになるのよ。やわらかくて強度にすぐれ、おまけにとても環境にやさしいの」

「いわば編み物のグリーン・ニュー・ディールね」スザンヌは感心した。

「そういうこと。それから来週は……これがまたわくわくする内容なんだけど……ピンクのスリッパ・プロジェクトに取りかかるの」

「かわいらしい名前ね。でも、具体的にはどんなものなの？」

「ミラミアというブランドのメリノウールを使って、ジェサップにある保護施設に身を寄せている女性と子どもたちのために、ニットのスリッパを編むのよ」

「そんな話を聞いたら、わたしもいつか編み物を習わなくちゃいけなくなるじゃない」スザンヌは言った。

ペトラは《ニッティング・プリティ》誌に手をやった。「あら、ものの十五分で必要なことをすべて教えてあげられるわよ」

「それはどうかしら」ポケットのなかでスザンヌの携帯電話が振動した。「ちょっと失礼」

電話を出してみると、かけてきたのはジニー・ハリスだった。

ハロルド・スプーナー殺害事件をはやく解決してほしいと、せっつこうというのかしら？そうでないといいけれど。

「こんばんは、ジニー」

「スザンヌ、ねえ聞いた？」ジニーのうわずった声が耳に飛びこんだ。「ドゥーギー保安官が事件を解決したみたい！」

「ええっ？　どういうこと？」スザンヌはうろたえると同時にキツネにつままれた気分だった。保安官はほんの二時間ばかり前に店に顔を出したけれど、あのときはなにも言っていなかった。

ジニーがつづけた。「噂によると、ついさっき、バーディ・シモンズが逮捕されたんですって！」

20

「ジニー、うそでしょ！　そんなはずないわ！」

たしかにバーディを容疑者候補と考えたこともあったけれど、根拠のない推測にすぎなかったし、容疑者リストの最上位からは、はるかに遠い位置にいた。

「なんでも、ロバートソン保安官助手がけさ、バーディの家のごみ箱をのぞいたら……」

「ごみ箱をのぞいた？」

「押収したのかもしれないけど。実際にどんな手順を踏んだかはどうでもいいの。とにかく、皮下注射用の注射針と薬の空箱が見つかったんですって」

「なんと言ったらいいのか……」スザンヌは頭がくらくらしてきた。そんな簡単に解決するものなの？　そういうこともあるんだろう。「バーディはいまどこに？」

「法執行センター。そこの留置場に留置されてる」

「もう……もう言葉もないわ」スザンヌは呆然としていた。

「でも、これでよかったのよ。そう思わない？　だって、おかげでおそろしい悪夢を見ずにすむんだもの」

「そうかもしれないわね。たしかに」

とは言うものの、バーディがハロルド・スプーナーを撃った犯人でないと、スザンヌはよく知っている。たしかに、強盗に関与している可能性はわずかながらあるものの、殺人犯なんてありえない。それでも、彼女がいくらかでも積極的な役割を演じていたのなら、共犯ということになる。

「これで今夜からぐっすり眠れそう」ジニーはつづけた。「撃たれたときのことがフラッシュバックしたり、悪夢を見たりで、目が覚めたら汗びっしょりなんてのはもううんざり。バーディが共犯者の名前を白状すればそれでおしまい。一件落着だわ」

「そうかもね」スザンヌはもう何度めになるかわからないけれど、そうつぶやいた。

スザンヌが当惑した顔で携帯電話をじっと見つめているところへ、ペトラがキルト用の布の束をふたつ持って〈ニッティング・ネスト〉から出てきた。

「ねえ、あなたはどっちが好み？　赤とピンクの花柄？　それとも少し現代風の青と緑の花柄？」

「ええと……なあに？」スザンヌはぼんやりと訊き返した。

ペトラは額にしわを寄せた。「もしもし、スザンヌ？　ちょっと頭がお留守になってるわよ。大丈夫？」

「ええ。ううん、大丈夫じゃなさそう」

「どうかした? なんの電話だったの?」

「保安官がいまさっきバーディ・シモンズを逮捕したって」スザンヌはさっき知ったばかりのことを伝えた。「留置場に入れたそうよ」

「なんですって?」ペトラはしばらく打ちのめされたような顔をしていたが、やがて大きく息を吸った。「で、どういういきさつでそんなことになったの?」

「ジニー・ハリスの話によれば、ロバートソン保安官助手がバーディの家のごみ箱から注射針と薬の空箱を見つけたんですって」

ペトラは目を丸くし、手で口を覆った。「まあ、なんてこと！　そんなの、とてもじゃないけど信じられない」

「お願いだからこの話は誰にも言わないで。いい？　あなたの胸におさめておいて」

「もちろん、わかってる。でも、スザンヌ、そんなのありえない。バーディは罪をおかすような人じゃないわ。教会にまじめに通う、信心深い人なんだから」ペトラはしばらくひとりなにやらつぶやいていた。「で、どうするの？」

「まずはドゥーギー保安官に電話をかける。なんだかあやしい感じがするの」

「そう。ぜひそうして、スザンヌ」突然、ペトラはいまにも泣きそうな顔になった。「主よ、慈悲をお恵みください。次はどのような不意打ちが待っているのでしょう？　疫病でしょうか？　カエルが空から降ってくるのでしょうか？」

法執行センターに電話すると、夜間の通信係、ウィルバー・フレンチが応答した。あまりよく知らないけれど、長身でやせ形、人なつこい笑顔とバーコードヘアの男性だ。

「カックルベリー・クラブのスザンヌ・デイツですが」スザンヌはフレンチに言った。「ドゥーギー保安官はいるかしら？　どうしても話したいことがあるの」

「申し訳ない」フレンチは言った。「保安官はもう退庁しました」

「自宅に帰ったの？」

「それはなんとも」

「ロバートソン保安官助手はいる？」連絡すべき第二候補が彼だった。

「パトロールに出ています。ついさっき、ハイウェイ二二号線でちょっとした衝突事故があったと無線で伝えたから、しばらくはそっちにかかりきりになるかと」

「実はね」スザンヌは切り出した。「どうしても、バーディ・シモンズと話がしたいの。彼女にこの電話をつないでもらえないかしら？　手短にすますと約束するから」

「申し訳ないが、それは無理ですよ。ミセス・シモンズは勾留中なんですから。相手が保釈保証人か弁護士でなければ被疑者を留置場から出す行為は固く禁じられています」

「わたしのほうから出向いたら――？」

けれどもフレンチはあわててさえぎった。「絶対にだめです。そもそも……」彼はそこで決まり悪そうな声になった。「わたしにはその権限がありませんし」

「そう……わかった」

スザンヌはふてくされて電話を切り、保安官の自宅の番号にかけた。呼び出し音が十回以上鳴ったのち、ぶっきらぼうな声が留守番電話から聞こえた。「不在。そっちの番号を残せ」それで終わりだった。

スザンヌはすっかり意気消沈して、電話を切った。

「だめだった?」ペトラが訊いた。色彩豊かなスラブヤーンをバスケットに詰めながら、近くにひかえていたのだ。

「全然だめ」スザンヌはいらだち、少し不機嫌になって答えた。バーディに関する報告書が読みたかった——ううん、読む必要があった。それに、墓地からつけてきたピックアップラックのことを保安官に話しておきたかったのに。

「あとでまたかけるんでしょう?」

スザンヌはうなずいた。「そのつもり」

二十分後、ペトラの編み物仲間が次々と入ってきた。十人以上もの女性が、色とりどりの毛糸やいろいろなサイズの編み針でぱんぱんになった編み物用バッグを手にしている。

それを合図にスザンヌは厨房に引っこんだ。あわただしく手を動かして、スライスしたパンを並べ、それぞれにバターを塗り、異なる具をたっぷりのせた。今夜の具はチキンサラダ、山羊のチーズとペストソース、上にスライスしたキュウリをのせたスモークサーモンの三種類。それぞれパンではさみ、耳を切り落とし、一部は対角線で切って四分の一の三角形にし、残りは縦にまっすぐ切ってフィンガーサンドイッチにした。それらすべてを三段のトレイに並べ、白い磁器の大皿にチョコチップ・クッキーとピーナツバター・クッキーをのせた。最後に、ペトラが焼いた小さなモカケーキの上から粉砂糖を振りかけ、八角形のシルバーのトレイにきれいに並べた。

全部をカフェに運び、大きなテーブルに置いた。それからカウンターに入り、ポット一杯分のコーヒーと、ポット二杯分のアールグレイ・ティーを淹れた。

スザンヌがさりげなく合図すると、ペトラと編み物仲間は編み針を動かす手をとめ、軽食休憩に出てきた。

「手を貸してくれて本当にありがとう」編み物仲間がうれしそうに食べ物に手をのばすのを見ながら、ペトラはスザンヌに小声で言った。

「なんてことないわ」

「保安官とは連絡が取れた？」

「まだ。家に帰ったらサムに話してみる。鋭い意見をもらえるかもしれないし」

「いい考えだわ。残ったものを少し、持って帰ってあげたら？」

〈ニッティング・ネスト〉ではまだ笑い声が絶えず、楽しい時間がつづいていたが、スザンヌはサムが待つ自宅に戻った。玄関のドアをあけたとたん、バクスターが足もとに鼻をすり寄せ、片耳を脚にこすりつけた。負けてはならじとスクラッフがぴょんぴょん飛び跳ね、スザンヌの関心を自分に向けようとした。二匹ともスザンヌが帰ってきたのを喜んでいるのはたしかだけれど、ペストソースで味つけしたチキンの香りにより魅力を感じているのはまちがいない。

さらにサムも出迎えの輪にくわわり、身を乗り出してキスをすると、スザンヌが手にしている白いベーカリーボックスをものほしそうに見つめた。

「うーん、バジルの香りがする。ニンニクも入っているのかな？」

スザンヌは中身はペストソースで味つけしたチキンよと言おうとしたが、まったくべつの言葉が口を突いて出た。

「バーディ・シモンズが逮捕されたの。信じられる？」

サムは目を丸くした。「看護師のバーディかい？　強盗事件で殴られた彼女？」

「そう、その人」

「いったいどういうことなんだ？」

「保安官の部下のひとりがバーディの自宅のごみ箱を調べたら、皮下注射用の針と薬の空箱が見つかったみたい」

「それが病院から盗まれたものだと？」

「そうらしいわ」スザンヌはキッチンに入り、食器棚から大皿を一枚出し、持ち帰ったサンドイッチの半分を盛りつけた。

サムは朝食用カウンターについて、サンドイッチをひとつ取った。「きみは食べないの？」

「もう食べたの。全部あなたが食べて」

「ありがとう。でも……そうとうショックを受けているみたいだね」

「ええ。だって、まったく筋がとおらないんだもの」

サムは考えごとをしているように顔をしかめた。それから首を横に振った。

「ええっと……それについて筋のとおる説明ができるかもしれない」

スザンヌはそのひとことに飛びついた。

「どういうこと？　バーディが犯人だと思ってるの？　銃撃犯に協力した内部の人間だと？」

サムはサンドイッチをもぐもぐやった。

「ちがうよ。そんなことはこれっぽちも思ってない」

「だったらどうして、そんな答えになってない答えでわたしを不安にさせるの？」

「それはつまり……実を言うと、バーディのご主人のカールは糖尿病でね。毎日インシュリンの注射を打っているんだ」

「本当なの？」

スザンヌの頭にぴんとくるものがあった。いまとても大事な情報を伝えられた気がする。

ただそれが、どうつながるのかわからない。

サムのほうに顔をぐっと近づけた。

「もっとくわしく聞かせて」

サムは首を振った。「それはできない。そもそも、カール・シモンズの病歴はいっさい話せないことになっているんだ。きみもよく知ってると思うけど、患者のカルテはすべて、医師と患者のあいだの守秘義務により守られている。以上」サムは〝議論は終わりだ〟というようにゆっくりと胸の前で腕を組んだ。彼がそんなことをするのは、いままで見たことがない。

スザンヌは無垢な驚きの表情をサムに向けた。

「つまり、いまの情報を利用してはいけないということ？」

「そういうつもりで言ったんだけどな」

スザンヌはしどろもどろになりながら言った。

「でも……でも、バーディはあやまって逮捕されたかもしれないのよ！」

「その可能性が高いことはわかるが、ぼくにはどうにもできないし、ご主人との守秘義務を無視するわけにはいかないよ」

「そんなうるさいことを言わないで、血の通った人間として考えてくれたっていいじゃない。保安官に話さなきゃ」

サムはしばらく考えこんだ。「場合によってはね」

「場合によっては、じゃないでしょ。いますぐ電話する」スザンヌは自分の携帯電話を手にし、いくつかボタンを押した。呼び出し音が鳴るのを聞きながら言った。「あなたから話したほうがいいと思うの。わたしが話すよりもずっと……本当らしく聞こえるでしょうし」

けれども保安官はまだ帰宅していなかった。しかも、法執行センターにかけても、さっきと同じやりとりになった。

「つかまらないのかい？」サムは訊いた。

「ええ」

「サンドイッチをつまめば、気分がよくなるんじゃないかな」

「ううん、無理。あなたが全部食べちゃって。わたしはこれから……」スザンヌは言葉を切った。なにをするつもりでいたんだっけ？「手に負えない二匹を連れ出して、新鮮な空気のなかでちょっと運動させてくる」

「うん、わかった。ほんの五分前、バクスターとスクラッフがまた裏庭に穴を掘ってしまったんだよ」彼は意味深な表情で言った。

「それも確認する。可能なら埋め戻しておくわ」

「頼んだよ。ホリネズミの大群に侵略されたみたいなありさまなんだ」

スザンヌはキッチンのドアをあけてわきにのき、二匹がものすごいいきおいで走りすぎていくのを見送った。ロープでできた犬用のおもちゃを二個、カウンターから取って、愛犬たちのあとを追った。

たちまち二匹は遊んでほしくてスザンヌのまわりをまわりはじめた。おもちゃを芝生に投げてやると、バクスターもスクラッフもそこに向かって突進した。バクスターは自分のおもちゃをスザンヌに届け、スクラッフは口にくわえてぶんぶん振りまわしたものの、すぐにほったらかしてべつの場所の探索を始めた。このところのマイブームである穴掘り作業のほうに興味があるらしい。

スザンヌは湿った芝生に立って、月を見あげた。低く垂れこめる雲に銀色の影が落ちている。夜の美しさに酔い、肩の力を抜こうとした。バクスターがそばを通りすぎようとしたので、ふかふかした毛むくじゃらの背中をそっとなでてやった。

残念ながら、心はちっとも落ち着かなかった。あいかわらず頭のなかはぐちゃぐちゃで、気分はますます沈むばかりだ。ハロルド・スプーナーを殺した犯人はいまも捕まっていないし、バーディは今夜ひと晩、留置場で過ごさなくてはならない。バーディの夫に関するサムの話が本当なら――本当に決まっているけど――バーディは事件とまったく無関係ということになる。

実際にはサバイバリストでなかったサバイバリストの人たちは、すでに完全に無関係と判明している。じゃあ、残っているのは誰？

ジェイクス師が連れてきた例のむさくるしい麻薬使用の前科があるふたりは、教会の地下で暮らしている。彼らが関与しているとも考えられる。それと、ジュニアをぼこぼこにした連中の雇い主であるロバート・ストライカーも、完全に容疑が晴れたとは言えない。

でも、ドラッグのために人を殺すほど切羽詰まっているのはいったい誰？　正解したら百万ドルの賞金がもらえるほどむずかしい質問だ。

そんなことをあれこれ考えながら、ひんやりとした夜の空気のなかで震えていると、雲が切れた。思わず北斗七星と、お決まりの北極星はどこかと目をこらした。いま流星群が見えたらいいのに——幸運の前触れだから。けれども、まだ何カ月も先のことだ。

21

スザンヌは夢を見ていた。ふわふわ、ぬくぬくとした楽しい夢ではなかった。むしろ怖い夢だった。なにかを見つけようとしていたはずなのに、展開がどんどん変わって、突然、おそろしい危険から逃げていた。そこから夢はさらに変わり、スザンヌは顔のない男ともみ合っていた。手錠をかけられ、深くて暗い穴蔵に引きずりこまれそうになっていた。

そこでスザンヌは浅い眠りから一気に目覚めた。そういうわけで金曜の朝の五時に起き出し、ウォークインクロゼットのなかで音をたてないようにして着替え、一階におりてコーヒーを淹れた。キッチンにすわり、コーヒーをゆっくり飲みながら一週間の出来事を一から振り返り、夜が明けるのを待った。お供をしているつもりなのだろう、バクスターが白いものが交じりはじめたマズルを膝にのせていた。

ついに太陽が地平線をオレンジ色に染め、あと五分か十分でサムが起きてくる時間になった。スザンヌはバナナのマフィンとオレンジジュースを用意し、『不思議の国のアリス』をまねて〝わたしを食べて、わたしを飲んで〟とメモを残した。そこで勇気を奮い起こし、法執行センターに向けて出発した。

きれいに磨きあげられたリノリウムの床に靴音を響かせ長い廊下を歩きながらも、これは一か八かの賭けだとわかっていた。カラフルな壁のポスターがドラッグの恐ろしさを訴え、焚き火をするときは充分に注意するよう呼びかけ、知らない人には用心するよう学童に言い聞かせている。本当にそのとおりだ。

「ドゥーギー保安官はまだ出勤していません」スザンヌが保安官事務所のドアをくぐるなり、ロバートソン保安官助手が言った。ロバートソン助手は受付にすわってグラノラバーの包装をはがしていた。

「朝食にそんなものを食べてるの？」スザンヌは訊いた。

ロバートソン助手は肩をすくめた。やせぎすの若者で、歳は二十六くらいだろうか、きまじめな顔つきで淡いブルーの瞳に薄茶色の髪をしている。

「ボール紙みたいな味ですけどね」彼は言った。

「ペトラお手製のペカン入りスティッキーロールを箱いっぱい持ってきてあげればよかった」

「え、本当ですか？」ロバートソン助手の目がたちまち輝いた。「持ってきてくれればよかったのに」

「バーディに会わせてもらえる？」スザンヌは訊いた。

「それは、ええっと……どうかな」

「ここに入れられているんでしょう？　逃げないように」

「ええ、まあ」ロバートソン助手はためらいがちに言った。

「だったら、ぜひ会わせて」スザンヌは余裕たっぷりにほほえんだ。

ロバートソン助手はあきらかに葛藤していた。「でも、あなたは弁護士じゃありませんよね」

「弁護士以上の存在よ」とスザンヌ。「友だちだもの」

さらに一分ほど説得しなくてはならなかったが、ロバートソン助手はけっきょくスザンヌを従え、分厚いドアを抜け、短い廊下を進み、質素ながらびっくりするほどきれいな留置場のドアをあけた。

バーディはベッドにすわって、壁にもたれていた。やけに小さく、怯えて見える。まるで、ソヴィエト時代の収容所で天命を待つ反体制主義者のようだ。

「バーディ」スザンヌが声をかけると、うしろで扉ががしゃんという耳障りな音をたてて閉まった。

スザンヌを見やったバーディの頬を、涙がひと粒伝い落ちた。「ハイ」と小声で言った。

「もう、弁護士さんとは話した？」

バーディは首を振って否定した。青いシャツと薄茶色のスラックスという恰好で、テニスシューズはひもがなかった。

「呼ぶ予定はあるの？」

その問いに対し、バーディは肩をすくめただけだった。

「隣にすわっても？」

バーディはほんの数インチだけ横にずれた。

スザンヌは腰をおろしてバーディの手を握った。怖くて不安なのが痛いほど伝わってくるので、できるだけおだやかで落ち着いた声を出した。

「ゆうべ、サムからちょっとした情報を教えてもらったわ」

バーディはスザンヌの顔をじっと見つめた。「ヘイズレット先生のこと？」

「ええ。たぶん知っていると思うけど、わたしと彼は婚約しているの。つまり、とても親しい間柄なのはわかるわね？」

バーディはうなずいた。

「とにかく、あなたのご主人のカールが糖尿病だとサムから聞いたわ」

「たしかにカールは糖尿病を患ってる」バーディはロボットかと思うほど感情のこもらない声で言った。

「ええ。つまり、毎日、インシュリン注射をしなくちゃいけない」

バーディは、このあとなにを言われるのかわかっているという顔でスザンヌを見つめた。

「カールが毎日インシュリンを打てるようにするために、たいへんな苦労をしているのは想像がつく」スザンヌは言った。「だから気持ちはわかるの。チャンスが転がりこんでくれば、魔が差して……」

「どうしてわかったの？」バーディは言葉をひとつひとつ絞り出すようにして訊いた。

「いまわかったのよ」

バーディがうつむいたとたん、涙が滝のように流れ出した。スザンヌはバッグに手を入れ、ティッシュをつかんでバーディに差し出した。ようやくバーディの涙がとまった。

「強盗に入られて殴られた直後のことよ。薬の箱やら瓶やらが床にちらばっていたの。大半はひどく破損してたから、なくなっても誰も気にしないと思った。誰も必要としないだろうって」

「盗んだのはどのくらい？」スザンヌは訊いた。

バーディはまばたきをした。「六箱？」

「それは質問してるの？　それとも答えてるの？」

「答えてるのよ。よくないことなのはわかってた。でも、万にひとつもない絶好の……機会だったから」バーディは恥ずかしさのあまり、少しうなだれた。「強盗事件のおかげで、わたしのささやかな犯罪はうまいことごまかせた。よくないのはわかってた。盗んでしまった自分が情けなかった。カールは毎日インシュリンを注射しなくちゃいけないけど……インシュリンってものすごく高いのよ。なんとかがんばってるけど、なにもかもが高すぎて。そんなとき……手の届くところにインシュリンがあっただけなの」

「ドゥーギー保安官にはいまの話を全然しなかったの？」

バーディはまたうなだれた。「あまりにみっともなくて。それに、薬を盗ったことを……盗んだことをみんなに知られたら……もうどこにも雇ってもらえなくなる。この先一生。そうなったら、どこに住めばいいの？　カールはどうなるの？　だめ。だったら口を閉じて、刑務所に行くほうを選ぶ」

「ねえ、バーディ、あのときは犯人に拘束され、その結果、あやまちをおかしてしまったのよね。でも、やり直すすべは必ずある」スザンヌはバーディの腕を軽く叩いた。「この件についてはわたしからドゥーギー保安官にうまく伝えるから、あなたは落ち着いて、自分のあやまちを見つめ直して」

「わたしのためにそこまでしてくれるの？」バーディはたちまち顔を輝かせ、涙を拭った。

「もちろんよ」

受付エリアに戻ると、しばらく前に出勤した保安官が待ちかまえていた。胸の前で腕をきつく組み、肉づきのいい顔は雷雲そのものだ。怒りで顔をまだらに染め、口を真一文字に結んでいる様子から、いつ両耳から蒸気が噴き出してもおかしくない。

「わたしとあなたとで話す必要があるわ」スザンヌは声がうわずりそうになるのをこらえながら言った。

「そうじゃないだろう。話をしなきゃならんのはあんただ」保安官は不機嫌な声を出した。腕をおろしたものの、両手はまだ強く握り合わせている。襲いかかろうとするハイイログマそっくりだ。「ずいぶんと大胆にやらかしてくれたな……いくつの法律と手順を破ったことやら。そういうわけで、スザンヌ、きちんと説明してもらおう」

「そのつもりよ」

保安官はくるりと向きを変え、縮こまっているロバートソン保安官助手を指さした。

「それと、そこの役立たず、あとでこってり油を絞ってやるからな」

ロバートソン助手は耳まで真っ赤になり、保安官が手をのばしてきて虫けらみたいにひっぱたかれるとばかりに首をすくめた。

「あなたのオフィスに行きましょう」スザンヌは冷静で余裕綽々《しやくしやく》な態度を崩すまいとふんばった。

保安官は先に足音も荒くオフィスに入り、スザンヌを待ってから乱暴に足でドアを閉めた。

ばたん！

ドアは閉まったあともがたがた揺れた。表彰状が入っているプラスチックの額が壁からはずれ、床に落ちた。

保安官は一顧だにしなかった。

デスクをまわりこんで巨体を椅子に荒々しく沈め、ふんぞり返った。

「さて、いったい全体どういうことだ？　法執行センターに乗りこんできて、おれの部下をうまいこと言いくるめ、収監者と話をするとは何事だ！」

「バーディには酌量すべき事情があるの」

保安官は背中を起こし、床に足をついた。「その言い方は気に入らないな」

「バーディは本当になにも話さなかったの？」

「おれが家を訪ねていったとき、彼女はひとこともしゃべらなかった。インシュリンを盗んだのかと尋ねたら、そうだというようにうなずいただけだ。おれはそれを自白と解釈した」

「そう。だったら、わたしからいくつか説明させて」

保安官は人差し指をくるくるまわした。「手短に頼む」

スザンヌはすべてをできるかぎり簡潔かつ率直に説明した。強盗に襲われたとき、バーディは身もすくむような恐怖に襲われていたこと、薬が床一面にちらばったこと、一瞬の気の迷いだったと本人も認めていること、夫のカールが切実に医療を必要としていること。

「なんだって？」保安官はつぶやいた。「はあ？」彼はスザンヌの話を聞きながら身を乗り出し、デスクに両肘をついた。「カールが糖尿病だと？」肉厚の指でまばらな髪をすいた。スザンヌの話が終わる頃には、保安官の態度は目に見えてやわらいでいた。二本の指で自分の顔に触れながら言った。「なんだってバーディは自分でその話をしなかったんだ？」スザンヌの説明にショックを受けた以上に、バーディがみずから釈明しなかったことに心から驚いていた。

「自分のしたことを恥じていたからよ」スザンヌは言った。「やってはいけないことだとわかっていて、自分のやったことの結果に死ぬほど怯えていたの。いまは窃盗の罪で有罪判決を受け、刑務所に送られると思ってる」

保安官はいきなり立ちあがった。「いや、それはない！　みんなが思っているのとはちがい、おれは鬼でもないし、血も涙もない冷血漢でもない。連行したときは、バーディの置かれた状況についてなにひとつ知らなかった」

「わかった。じゃあ、そこを説明して。なぜ彼女が連行されたのかを」

「匿名の情報提供があったんだよ。たしかな情報に思えた」

「匿名の情報提供ね」スザンヌはその言葉にひっかかるものを感じた。外部の力――という か人間――が捜査を攪乱しているとしか思えないからだ。あやまった方向に進ませようとし ているとしか。

保安官の話はつづいた。「床に散らばったインシュリンを自分のものにするのは、もちろ ん褒められたことじゃないが、最近の薬価の高騰を考えれば完全にまちがっているとも言い 切れん」彼は自分の胸を手で叩いた。「このおれも、たかが血圧の薬ごときに法外な金を払 ってる」

「確認のために訊くけど、容疑を取りさげてくれるんでしょ？」

「それは可能だ」

「それと、今回の一件はいっさい公表せず、できれば記録からも完全に削除するということ でいいかしら？」

保安官はのろのろとうなずいた。「あんたが口をつぐんでいるなら、おれからはなにも言 わないよ」

「よかった。ありがとう。バーディはこの一件が、今回の……事実誤認……が町じゅうにひ ろまることを望んでないはずだから」スザンヌは手をのばし、人差し指で保安官のデスクを軽く叩いた。「それと、話はあとふたつ残ってる」

「勘弁してくれ……今度はなんだ？」

「いちおう確認なんだけど、旅路の果て教会に滞在してる男性ふたりのことは調べた？」

「改造してパワーアップしたマスタングを乗りまわしてるふたり組か？　スピード違反の切符を切ろうと思って、ずっと捕まえたいと思ってるんだが」

「毎月のノルマがあるものね」

保安官は首を横に振った。「ノルマじゃない。署の水準を維持しなきゃならないんだよ。だいいち、あのふたりを疑う根拠はなにもないし、ジェイクス師と面倒なことになるのはごめんだからな。あの男がなにやら事業を進めているのは知っているが」保安官はため息をついた。「以上か？　話は終わりか？　そろそろ仕事にかからせてくれないか？」

けれども話はまだ終わっていなかった。

「ゆうべ、灰色のピックアップトラックを見かけた気がするの。ウインドウにスモークフィルムを貼っていた」

保安官は額にしわを寄せ、興味があるふりをした。「困ったことにな、スザンヌ、世間には灰色のピックアップトラックなんぞ百万台はある」

「その車が墓地からわたしをつけてきたので、オックスフォード・ストリートとマドリッド・ストリートの交差点近くでようやくまいたんだけど」

「墓地でなにをしてたんだ？」

「ハロルド・スプーナーさんのお墓にお花を供えていたの。でも、そこは問題じゃないでしょ」

保安官も今度は興味をしめしたようだった。

「そいつが銃撃犯だと？　あんたを尾行してたかもしれないってのか？」

「いちばん心配なのはそこよ」

保安官はふんぞり返って言った。「だったら、調査するのをやめろ！」

ドゥーギー保安官はバーディをオフィスに連れてくると、きつい口調で説教したが、すぐにそれは謝罪らしきものに形を変えた。その後、〝もう二度としない〟という言質《げんち》を取って解放した。

スザンヌはバーディを家まで乗せていくと申し出た。

車中、バーディは押し黙っていた。彼女の自宅のドライブウェイに入ると、カールが玄関ポーチで妻の帰りを待っているのが見えた。七十代のカールはがりがりにやせ、見るからに具合が悪そうで、ミネソタ・ヴァイキングスのすり切れたトレーナーを着ている。けれどもバーディの姿を認めたとたん、しわの多いその顔がクリスマスツリーのように輝いた。するとついにバーディが泣き崩れた。車から飛びおりると、涙が頬を流れ落ちるのもかまわず、愛する夫カールと再会した。

22

スザンヌはあたふたとキッチンのドアを抜け、体を揺するようにしてキャメル色のスエードのジャケットを脱ぎ、ペトラに詫びた。

「こんな時間になっちゃってごめん。どれだけ大変な朝だったか説明しても、きっと信じてもらえないでしょうね」彼女はそこで言葉を切った。「ううん、もしかしたら信じてくれるかも」

ペトラはコンロからフライパンをおろすと、チーズ入りオムレツを白い皿に移し、じゅうじゅういっているベーコン二枚と彩りとして赤パプリカを添え、仕切り窓のところに置いた。

「なかなか来なくて連絡もないから心配してたところ。トニが電話をかけたのよ……二回も」

「あ、いけない」スザンヌは携帯電話をポケットから出した。「留置場でスイッチを切ったまま、オンにするのを忘れてた」

「で、バーディはどうなったの？」ペトラが訊いた。「あなたの魔法のおかげで、いまはもう留置場から出られたと言って」

仕切り窓に顔を出したトニが、驚きに目をぱちくりさせた。

「そこに行ってたの？　留置場に？　待って、いまはなにも言わないで。この注文の品を届けたら、すぐ戻ってくるから」

数秒後、トニは猛スピードでドアを抜け、キッチンに滑りこんだ。

「どういうこと？」トニは訊いた。「バーディになにがあったの？」

「話してないの？」スザンヌはペトラに訊いた。

ペトラはうなずいた。「どうなるかはっきりするまで待ってたの」そう言うと、斑模様の大きなボウルに卵を割り入れていった。

「なにがどうはっきりするって？」トニが訊いた。

「バーディが十分間ほど共犯の疑いをかけられたの」ペトラはトニに説明した。

「はあ？」とトニ。

「実際には、ひと晩だけど」スザンヌは言った。

「手短に言うとね」とスザンヌ。「バーディはドゥーギー保安官に逮捕みたいなことをされちゃって、留置場に入れられたの。でも、けっきょく、彼女は愚かな判断をしただけとわかった」

「どういうこと？」

「銃を持った男が病院の薬局を襲ったとき、一部の薬、すなわちインシュリンが落ちて床に散らばったんですって。バーディはいけないと思いつつも絶好の機会とばかりに、それを拾ってしまった」

「なんでそんなことをしたんだろ？」

「ご主人が糖尿病だから」スザンヌは説明した。

「そうだったの」ペトラはびっくりしてそう言った。泡立てた生クリームを卵のボウルにくわえ、さらに攪拌した。「全然知らなかった」

「へええ」とトニ。「じゃあさ、カールは生きてくためにばか高い薬が必要なんだ」

「保安官はバーディにひどく怒ってた？」ペトラが訊いた。

「ええ、最初はね。でも、わたしがいきさつを説明したら、だんだんわかってくれたみたい。バーディが、軽率な行為を認めると、保安官も最後は彼女に謝ったわ」

「で、どういうことになるの？」ペトラが訊いた。

「指切りげんまんをして、この話をひとことたりともほかの人にあかさないと誓うの」

「そりゃそうだ」とトニ。「誰かに知られたら、バーディの経歴に傷がつくもん。看護師さんは信用が第一だからね」

「ここだけの話にするわ」とペトラ。

「でもさ……」トニが言った。

「それ以上は言わないの、トニ。この件はもう落着したんだから」ペトラの声には有無を言わせぬ響きがあった。

トニは首を振った。「落着してないよ。だって、冷酷な殺人犯がいまも自由に歩きまわってるんだよ」

トニの言葉にスザンヌもペトラも黙りこみ、ほっとひと息つけたと思ったのもつかの間、ふたたび恐怖におののいた。


スザンヌはトニとともにカフェに出ると、何人かのお客を出迎え、席に案内し、注文を取った。厨房に戻るなりペトラに告げた。

「あなたのフレンチトーストスティックが大好評よ」

「うれしいわ」ペトラは言った。「だって、それこそ、何千億回と試作したんだもの。ランチメニューに出してもよさそう」

スザンヌは首をかしげた。「つけ合わせは……？」

「フライドチキン。南部のワッフルチキンみたいにして出すの。シロップなんかをかけて」

「オリジナリティあふれるメニューね」

「だって、その組み合わせしか考えつかないもの。バーディのことでひどいショックを受けたあとなんだからなおさら」

スザンヌはペトラが大急ぎで走り書きしたランチのメニューを手にすると――そう、そのくらい店に出るのが遅かったのだ――カフェに戻って、黒板のメニューを書き換えた。きょうのランチはフレンチトーストを添えたチキン、海老のファヒータ、コーンブレッドを添えたプルドポークの三種類。デザートにはアップルパイとバナナケーキを用意している。

黒板のメニューを書き終えると、カウンターの奥のごみ箱からビニール袋をはずし、それを持って厨房に入った。「なにか捨てるものは……？」

「あるわよ」ペトラがクロックスを履いた足であふれんばかりになっているごみ箱をしめした。「それも捨てて。それと、そこの空箱も」

「了解」

裏口のドアをあけると、茎の長い赤いバラが一輪、階段に置かれているのが真っ先に目に入った。

いやだわ、もうやりすぎよ。

ごみの入った袋と回収した段ボール箱ふたつを持ち、すべてをごみ収集容器とリサイクル回収ボックスまで運んだ。裏口まで戻ってバラの花を拾いあげ、しばらくじっと見つめた。今度はメッセージのたぐいはなかったけれど、誰が置いたかはあきらかだ。

こんなことは終わらせなくては。ビリー・ブライスの件は、紋切り型の言い回しを使うなら、早いうちにしっかり芽を摘んでおくにかぎる。

スザンヌは腕を大きく振りながら、決然とした足取りで裏の駐車場を突っ切った。銃撃や強盗のこと、さらには事件の影響をこうむった全員のことを考えれば考えるほど、怒りが大きくなっていく。もしかして、ビリーが事件にかかわっているとか？　彼は現代版のビリー・ザ・キッドなのか、それとも、ジェイクス師の言葉どおり、もう一度チャンスをあたえるべき若者なのか。

カックルベリー・クラブと旅路の果て教会とを隔てる小さな林を抜ける際、クロウメモドキがすべて引き抜かれ、低く垂れた枝がいくらか剪定《せんてい》されているのに気がついた。大きな枝は適当な大きさに切り分け、薪として使えるようきちんと積みあげてあった。

ようやく教会のどっしりした木の裏口の前にたどり着いた。ドアは古めかしいゴシック様式のアーチ形で、小さなステンドガラスの窓に真鍮の十字架が飾られている。一分ほどドアを前にして、ビリーとローレンが暮らしているのはどのへんだろうと考えた。地下だ。地下以外に考えられない。どっしりしたドアをノックした。そして待った。さらに待った。なんの反応もないとわかると、スザンヌは息を大きく吸いこんで、ドアをあけた。

セメントの階段が地下に向けてのびていた。

十段ほどの急な階段をおり、両側にドアがある長い廊下に立った。テレビ番組の『レッツ・メイク・ア・ディール』の参加者になった気分で、スザンヌは一番のドアを選んだ。右側の手前のドアだ。トントントンと強めにノックすると、数秒後、ひそひそ声が聞こえ、やがてはっきりした声に変わった。つづいて、ドアの反対側から、〝なんだ?〟とくぐもった返事が聞こえた。

「お隣のスザンヌ・デイツよ」感じは悪くないながら、有無を言わせぬ声を出した。

「ちょっと待って」くぐもった声がさっきよりも大きくなった。

鍵があく音がして、少し眠そうで、これ以上ないほど怪訝な表情のビリー・ブライスが目の前に現われた。デニムシャツはボタンをかけちがえ、髪の毛が一本残らず立っている。寝ぼけ顔でまばたきをし、スザンヌだとわかると口もとをほころばせた。「やあ」

「もう午前十時よ」スザンヌは主導権を握ろうとして言った。昨夜はまったく寝つけなかったのに、ビリーがぐっすり寝ていたらしいことに、怒りが湧きあがるのを感じた。「陸軍なら懲罰房に入れられるところよ」

「ずっと起きてたんですよ」ビリーはのびをして、照れ笑いをした。「いまは、ちょっとうたた寝しに戻ってきたところで」

スザンヌは手にした赤いバラをビリーの目の前で振った。「これを置いたのはあなた？」

ビリーは顔を赤らめ、気恥ずかしそうにほほえんだ。「かもしれないな。場合によりますけど。気に入ってもらえました？」

「まさか。ううん、たしかにとてもきれいなバラだわ。でもね、ビリー、こういうことはやめてほしいの」

「どうしてです？」

「いいことじゃないからよ。わたしはあなたの倍の歳だし、おまけに婚約している身だもの」

「けど、友だちにはなれる」

「あなたが考える友だちは、わたしの考える友だちとはまったくべつのものじゃないかしら」

するると、ビリーの目がきらりと光った。「その違いを掘りさげてみるのも……」

「とんでもない、お断りよ」

「……なにしろ、あんたはとてもいい人みたいだから」

スザンヌは傲慢な態度、めぐまれた外見、見るからに高そうな身体能力をそなえたビリー・ブライスをにらんだ。ひょっとして彼が銃撃犯？　わたしの目の前に立っているこの男性が、ちょっと変わったこの若者がハロルド・スプーナーを殺し、二軒の薬局を襲った犯人なの？

そんな血も涙もない人なの？　それより、ビリーはわたしが調査していることを知っているの？　わたしの容疑者リストの上位に自分がランクインしていることを知っているの？　あくまでひょっとしたらだけど、スザンヌに疑われていると知って、赤いバラを贈って考えを変えさせようとしたのかも。

そこでまた思いついた。ブルーエイド薬局に強盗に入った犯人には手首にタトゥーがあったという話を保安官がしていた。タトゥーがあるか、ビリーに単刀直入に尋ねてみようか。うん、それしかない。さんざん、図々しい態度を取られてきたのだ、今度はこっちがやり返してやる。

スザンヌは一歩近づいた。

「ひとつ、とても知りたいことがあるの。あなたみたいな若くて流行に敏感な人なら、タトゥーくらい入れているんでしょ？」

ビリーは胸を張った。「もちろん。おれは、針が怖いなんていう腰抜け野郎とはちがいますから」

「入れている場所は前腕？」

「当たりです」

「見せてもらっても？」

「ちょっと待ってください」ビリーの目に影がよぎった。なにか変だと察したのだろう。「おれは捜査の対象になってるんですか？」

「そうかもね」スザンヌはからかうようにも、大まじめのようにも取れる口調で言った。

ビリーがデニムシャツの袖をまくりあげると、盛りあがった筋肉、それに……極端に頭の大きな黄色い小鳥のイラストがあらわになった。

スザンヌはびっくりしてあいた口がふさがらなかった。

「『ルーニー・テューンズ』のトゥイーティー？　刑務所で入れるようなタトゥーじゃないわ」

「おれは刑務所には行ってません」

スザンヌは安堵の波が押し寄せるのを感じ、彼の胸を指さした。

「いいことだわ。これからもそのままでいてちょうだい」

スザンヌは、はじめてあのバラを目にしたときよりも落ち着いた気分でカックルベリー・クラブに戻った。太陽はもう高いところにあって、暖かな春の陽射しが降り注ぎ、梢がそよ風に揺れている。しばし足をとめ、新鮮な空気を思いきり吸いこんだ。ドラッグも殺人事件も、もうたくさん！　少し時間ができたら農場に立ち寄って、愛馬のモカ・ジェントにたっぷり乗ってあげよう。この前、自然のなかで外乗りを満喫してから、すでに何週間もたっている。

いっそう軽くなった足取りでカックルベリー・クラブに戻った。なかに入ると、ペトラが鼻歌を歌いながら、フライパンを振っていて、厨房はグリルした海老、ローストした赤パプリカ、生のチャイブの香りがたちこめていた。ランチタイムの準備が着々と進んでいるようだ。

ペトラが首だけうしろに向け、スザンヌに気づくと言った。

「午後、キンドレッド園芸クラブがアフタヌーン・ティーで来店予定なのは覚えてる？」

「ええ、もちろん」スザンヌは答えた。

「じゃあ、ランチタイムの最後のお客さまが帰ったら、あなたとトニでテーブルセッティングをお願い。上等な白いリネンを使ってね。クラブの主宰者のアニー・ビショップに言われたんだけど、お花を使ったセンターピースがいくつか届くことになっているの。それをできるだけきれいに見せたいから」

「わかった。ほかになにかある？」

「そうそう、あなたに電話があったわ」

「誰から？」

「エド・ノーターマンという名前の男の人」ペトラはしばらく視線をさまよわせていたが、

ふいに木べらを下に置いた。「ちょっと待って」埋もれた記憶を掘り起こそうとするように、顔をしかめた。「もしかしてその人……?」

「ええ、そのとおり」

23

「エド・ノーターマンというのは、保安官に頼みこまれて、顔を確認しにいった相手よ」スザンヌは言った。「迎えが来て病院まで連れていかれたことがあったでしょ?」

「その人はいまも重要容疑者なの?」ペトラが少し不安そうな声で訊いた。

「たぶん。ノーターマンさんは折り返してほしいと言ってた? 電話番号を伝えてきた?」

ペトラは首を横に振った。「ううん。なんにも」

スザンヌはカフェに出ていきながらも、ノーターマンからの電話についてあれこれ考えていた。またわたしを怒鳴りつけようというの? それともべつの用件? いずれにしても気味が悪いし、いやな予感がする。

「どこで油を売ってたのさ?」すれちがいざま、トニが訊いた。

「旅路の果て教会までひとっ走りして、例の若者のひとりと話をしなきゃいけなくて」

「キュートなほうだよね、きっと。ビリーなんとかって名前の」

「ビリー・ブライスよ。また赤いバラをわたしあてに置いていったの」

「うまくすれば、彼のクラシックなマスタングに乗せてもらえるかもよ。あんな若い男に言い寄られるなんて悪い気はしないじゃん」

「ええ……まあ」

数分後、カックルベリー・クラブはランチ客で超がつくほど忙しくなった。けれども、お客の応対をし、注文を取り、コーヒーを注ぎながらも、エド・ノーターマンのことはスザンヌの頭から離れてくれなかった。本当に彼はカックルベリー・クラブに電話してきて、わたしを出せと言ったの？　だとしたら、その理由は？　それとも、スザンヌを不安にさせ、事を荒立てるつもりで、べつの誰かが電話してきたとか？　匿名でバーディのことを通報する人がいたのだから、その人がスザンヌにも電話してきたとは考えられないだろうか？　陰であやつろうとしている人物が。スザンヌは思わず身震いした。そんなことはないと思いたい。

ふたり分の海老のファヒータを運んでいると、トニに肩をそっと叩かれた。

「電話だよ」

スザンヌはサルサソースの入ったラムカン皿をふたつ置き、注文の品はすべてそろっているかお客に確認した。それからカウンターに入って受話器を取った。心臓がばくばくいっている。けれども、そんなに怯える必要はなかった。

かけてきたのはサムだった。

「朝いちばんにバスティーユ監獄に乗りこんで、バーディを自由の身にしてやったのか、知りたくて」

「まさしくそれをやったの」

「きみならそうすると思ってたよ、スイートハート」サムの声から大喜びしている様子がはっきりと伝わってきた。

「わたしを信用してくれてありがとう。バーディのご主人に関する情報を教えてくれて」

「うん」彼は言った。「それで……」

スザンヌは一部始終を手短に説明した。

説明が終わると、サムは言った。「それでこそぼくのスザンヌだ。敗者、迷える子犬、老いた犬、道路を渡ろうとするカメたちの味方だよ」

「カメといってもカミツキガメなら、わたしが味方するまでもないけどね」


一時半に、ジュニアが不自由な足でよたよたと入ってきた。着ているのはいつものジーンズ、Tシャツ、それにブーツで、髪はぼさぼさだった。足もとがおぼつかないうえ、顔がやけにぼんやりしている。もっとも、ジュニアがやけにぼんやりしているのはいつものことだ。

彼は店内をぐるりと見まわしてスザンヌの姿を認めると、勝利のVサインを出した。

「退院したぜ。これで自由の身だ」

「おめでとう。でも、具合はどうなの?」スザンヌは訊いた。頭にはまだ包帯を巻いているけれど、前ほど大げさではなくなっていた。

ジュニアは手をシーソーのように上下させた。「まああってとこだな。で、回復を支援してもらおうと思って、ゴーファンドミーって資金援助をつのるサイトを始めたんだ」

スザンヌはジュニアをまじまじと見た。「冗談よね？」

「冗談のわけないだろ。サイトはすでにアップされて、インターネット上を駆けめぐってる。かわいらしい看護学生からやり方を教わったんだ」

カウンターにいたトニが、ジュニアが来ているのに気づいて顔をしかめ、小走りでやってきた。「ジュニア」彼が立って歩いている姿に驚きをあらわにした。「あんた、歩いてる《アンビュラトリー》じゃん」

「ちがう、救急車《アンビュランス》なんか使ってないって」とジュニア。「テディ・バターズにここまで乗っけてもらったんだ」

「さっきわたしにした話をトニにもしてあげて」スザンヌは言った。「ゴーファンドミーというサイトの件」

ジュニアはサイトの話をトニにも繰り返した。

それに対し、トニは素っ頓狂な笑い声をあげ、それがカフェ全体に響きわたった。金切り声でわめいたり、ばか笑いするうち、陶器のニワトリたちが置かれた場所でかたかた揺れはじめ、笑い声はやがてごほごほとむせる音に変わった。口の前で手をぱたぱたあおいで少しでも多くの空気を吸いこんだのち、トニは言った。「ジュニア、あんた、もともとおばかだけど、本当にどうかしちゃったんじゃない？　ゴーファンドミーってのは藁《わら》をもつかむ思いの人たちのためのものだよ。親のいない子とか、だんなさんに先立たれた女の人とか、大病を患ってる人とか」

ジュニアは怪我をした頭に手をやると、わざとらしく声を震わせた。

「おれだって大変な思いをしてるんだぜ」

「そんなの、〈シュミッツ・バー〉の殴り合いイベントでこっぴどくやられたのと同じじゃん。実際、〈シュミッツ・バー〉の殴り合いイベントでこっぴどくやられたことがあったよね。だいいち、あんたのサイトに寄付するやつなんかいるわけないよ」

ジュニアはトニに向かってほくそえんだ。

「それがいるんだよ。すでに一ドルの寄付があったんだぜ」

「それっぽっち？」

「まだ開始間もないからな。いずれ、どんどん入ってくるって。そしたら暗号ツーカーってやつに投資を始めるつもりだ」

「暗号通貨のこと？」スザンヌは訊いた。

ジュニアは肩をすくめた。「ああ、かもな」

「ジュニア、もっと慎重にならなきゃだめだよ」トニが注意した。「あんたの入院費はあたしのマスターカードにつけちゃったんだから、症状が悪化するようなばかなまねはしてほしくない。勝手なことはしないほうがいいよ。さもないと、冷や汗をたっぷりかくはめになるよ」

「そんなに意地の悪いことを言うなよ。いまのおれは、まだまともじゃないんだから」

「まともじゃないのは前からわかってたけどね」とトニ。

「そうじゃなくて、病院でカビに感染したかもしれない。じゃなかったら、ウイルスに」ジュニアは頭をかいた。「脳みそが煮えたぎってる感じがする」

「氷枕でもあてがっておきな」トニが言った。

ジュニアとトニが十ラウンドやり合うよりはと、スザンヌは割って入り、ジュニアになにか食べたらと勧めた。その言葉を耳にしたとたん、彼ははっとわれに返った。

「タダで食わしてくれるのか？」

「当店の好意としてね」スザンヌは言った。

「うれしいね。ここ何週間かで受けたなかで最高の申し出だぜ」ジュニアはカウンターに向かう途中、トニの手を取った。「おまえのことはべつだからな、スイートハート」

トニは乱暴に手を引っこめた。「そういうことはもういいから。べたべたの手を安易にのばしてくるんじゃないよ」

ペトラが身をかがめ、仕切り窓ごしにジュニアをうかがった。ここまでの会話を聞いていたのだろう。「なににする、ジュニア？」

「ビールと豚肉のグーラーシュはあるかな？」

ペトラは首を横に振った。「悪いわね。きょうはないの」

「じゃあ、ホットソースをかけたスクランブルエッグは用意できる？」

「つけ合わせはトーストがいい？　それともハッシュブラウン？」

「トーストで」どういうわけか、ジュニアはいつもペトラにはまともな言葉遣いをする。料理を作ってもらっているから？

「すぐ用意するわ」ペトラはボウルに卵を三個割り入れた。「明日のイベントで使うエッフェル塔は作ってくれるの？」

「いまやってるところだ。廃材はたっぷり手に入ったし、昔の写真も調べた」

「さすがだわ」

ジュニアは黙々と（ただしときどきげっぷをしつつ）卵とトーストをたいらげた。最後にスザンヌが皿にのせたブラウニーを出すと、ジュニアは口をひらいた。

「病院の殺人事件と二件の強盗だけどさ、あらたな仮説を思いついたんだ」

「ふうん」トニが近くのテーブルから言った。洗濯したてのリネンのナプキンを折りながら、聞くともなしに話を聞いていた。

「旅路の果て教会に滞在してるふたり組のうち、ひとりの仕業だろうな」ジュニアはブラウニーをつまみ、むしゃむしゃと食べた。

「どうしてそう思うの？」

「ふたりともありえないくらい信心深く振る舞ってるからさ。聖歌隊のかわいらしい少年もびっくりだ。けど、ゆうべ、〈シュミッツ・バー〉であいつらを見かけたんだよ」

「ちょい待ち」トニは立ちあがってカウンターに入ると、淹れたてで熱々のコーヒーがたっぷり入ったガラスのポットを手に取った。ジュニアに向きなおった。「あんた、きのうの夜はまだ病院にいたんじゃないの？　少なくとも、あたしが見舞いに行ったときはいたよね」

ジュニアの顔に間の抜けた笑みがひろがった。「早めに退院したのかもな」ブラウニーを皿に戻し、両手を払った。

「ジュニア、この煮えたぎるように熱いコーヒーをいますぐあんたの頭にぶっかけてやりたい気持ちを抑えるのが、どれだけ大変かわかる？　あたしの手がひどく震えてるのが見えないの？　ブルーマウンテンのダークローストの海にあんたを沈めてやりたくてたまらないんだけど」

ジュニアは身をすくめた。

「そしたら皿度の火傷を負っちまう。また病院に逆戻りだ」

「それも神の思し召しだよ。あたしんちで寝泊まりするよりましだろうし」

「トニ」スザンヌは声に警告の響きをこめた。

「なにさ？」トニは鋭く言い返した。「職場内コミュニケーションのスキルをきたえろって？」

ジュニアは片手をあげた。「いいから落ち着け。ちょっと思い出したことがあるんだよ。病院の強盗事件に関係してそうな、ものすごく重要なことだ」

「ちゃんとした話じゃなきゃ承知しないよ」トニは持っていたコーヒーポットをわずかにおろした。

「大丈夫だって。実はな、何日か前にスザンヌが言ってたことと関係あるんだ」

スザンヌは先をうながすようにうなずいた。

「話してみて、ジュニア」

「銃撃犯を追って駆け出したとき、なんの音も聞こえなかったと言ってたよな。逃走用の車の音も、バイクの音も、とにかくなにも聞こえなかったって話だったろ？」

「ええ。それで？」

ジュニアは顔をくしゃくしゃにした。

「カイパー金物店で新型の電動自転車を売ってるらしい」

「どういうこと？」トニが訊いた。

「いま言ったとおり。見た目はごく普通のいかした自転車だけど、電気モーターがついてるんだよ。ペダルを踏めばモーターがまわって、走るんだと思う。ゴーカートみたいに風を切って走るし、スピードだって時速二十マイルは出る。なのに、音はほとんどしない」

「音はしない」スザンヌは自分に言い聞かせるようにつぶやいた。

トニはしばらくジュニアの顔を見つめた。「けっこうまともな仮説じゃん」

ジュニアは肩をすくめた。「まあな、あくまで仮説だけどよ。それでも、ひょっとしたらってこともあるだろ」彼はまたブラウニーをつまんで、大きくひとかじりした。口をもぐもぐ動かしながら言った。「自転車で思い出した。テディ・バターズがしょっちゅう話してくれるんだけどさ、自転車を漕いでオリジナルのバナナダイキリを作るバーがジャマイカのビーチにあるんだとさ。なんでも、ミキサーをレトロな固定式自転車《ステーショナリー・バイク》に取りつけてあって、ラムやらフルーツやらの材料をぶちこんで、サドルにまたがってペダルを漕ぐ。うまい飲み物のできあがりってわけだ。いかしてるだろ、え？」

「いかしてるわね」

スザンヌは言ったけれど、カイパー金物店で売っているという電動自転車のことが気になってしかたがなかった。

24

ペトラは厨房から出てくると、エプロンで手を拭きながら、ほぼお客のいなくなった店内を見まわした。「あと十分ほどしたら、お茶会の準備を始められそうね」

「そうしましょう」スザンヌは膨大な数におよぶお茶の缶をながめ、烏龍茶《ウーロン》、ダージリン、ルイボス・ティーのどれにしようか決めかねていた。ぴかぴか光る小さな缶のひとつひとつに目をやる。お茶の数が多すぎるのに対し、時間はあまりに少ない。

「忙しい一週間だったよね」トニが言った。「ふたつのお茶会にくわえ、明日の夜はプティ・パリ・グルメ・ディナーがひかえてる」

「それにくわえて殺人事件が一件と強盗事件が二件、銃撃、おまけにジュニアが殴られる事件まで」スザンヌはつけくわえた。

ペトラは額に手をやった。「そんなことまでカウントする必要がある？」

「なかったことにはできないもん」トニは言った。

「視野が狭すぎると言われてもかまわない。わたしはきょうのお茶会と明日の大がかりなディナーだけで精一杯」ペトラは言った。「実際にはもう、すべて手配済みだけど。ステーキ肉は冷蔵庫に入っていて、それ以外のもの――チーズ、野菜と果物、それとキャビア――は明日の午後、配達してもらうことになっている。なるべく新鮮なものがほしいから、フロイドさんにお願いして、配達ルートを変更してもらったし」

「さすがはペトラだね」トニはこぶしを突きあげ、最後のお客の会計をしにレジに向かった。

「食器はロイヤルドルトンのアルカディア柄、風車の柄がついたクリスタルのカットグラス、テーブルクロスは白のリネン」スザンヌはペトラに言った。

「真っ白だって？」会計を終えたトニが口をはさんだ。「そんなんじゃおもしろくないよ。テーブルクロスには派手な色がいいと思うけどな」

「トニ、あなたはなんだって派手な色にしたがるじゃない」ペトラが言った。「シャツ、ブーツ、それにおそらく下着も」

「下着は特にね」トニはカウボーイシャツの前を少しだけあけてみせた。「パステルピンクのブラを見せてあげようか？」

「べつに興味ないわ」ペトラは少しいらいらした様子で足をこつこついわせた。「じゃ、まずはテーブルクロスを出して、それから花のアレンジメントにも気をつけていてね。そろそろ届くはずなの」

「まかせて」スザンヌが言うと、ペトラはまた厨房に引っこんだ。

トニがアンティークの戸棚の前で膝をつき、テーブルクロスを出しはじめた。「さてと始めようか。なんか地味すぎ」

「物足りないなら、ちょっとだけ色味をプラスしてもいいわよ」スザンヌは言った。

「たしかピンク色のキャンドルがあったはず……」トニは戸棚に手を入れ、ピラーキャンドルをひと抱え出した。

「あら、すてき」

「それとさ、去年、のみの市で見つけたハリケーンランプに小さめのキャンドルをセットするのはどうかな？」

「あなたもわかってきたみたいね」

正面のドアがノックされ、すぐに大きくあいた。しゃれた青いキャップとジャケット姿の配達人が、異様に細長い淡緑色の箱を手に入ってきた。

「スザンヌさんという方はいますか？」

スザンヌは手をあげた。「わたしですけど」

配達人は手近なテーブルに箱を置いた。「ちょっと待っててください。車にもうひと箱あるんで」配達人は歯を見せて笑った。「熱烈なファンがいるみたいですね」

「お花のセンターピースが届いたようよ」スザンヌはトニに言った。

「そりゃよかった」

配達人がふたたび入ってきて、またひとつ箱をおろすと言った。

「もうちょっと待っててください。もうひと箱ありました」

「そうとう手のこんだアレンジメントらしいね」トニが言った。

三箱めが運びこまれると、スザンヌは不安になりはじめた。「どの箱もひらたすぎるわ」

トニがはさみを手に、最初の箱を固定しているひもを切った。「わくわくするね」と手を動かしながらつぶやいた。「もしかしたら、花柄のテーブルランナーとか、しゃれた雑誌に出てくるようなえらくエレガントなものが入ってるんじゃないかな」

「いいから急いで箱をあけて。色が合うか確認したいの。準備した食器とキャンドルと……ええっ！」

ふたりは最初の箱のなかをのぞきこんだ。入っていたのは見事な花のアレンジメントではなく、何十本という切り花だった。ひもで束ねてあるものもあれば、ただ、箱のなかに置かれているだけのものもあり、葉や茎がもつれているものも多かった。

「なにか間違いがあったんだわ、トニ」

トニがドアに駆け寄って乱暴にあけたが、見えたのは……遠ざかっていく配達トラックのうしろ姿だけだった。「遅すぎたよ、スザンヌ。つかまえられなかった」

スザンヌは箱のラベルに目をこらした。「ちがう、配達先を間違えたわけじゃないわ。ここにある箱はどれもキンドレッド園芸クラブがわたしあてに送ったものだもの」眉根を寄せた。「いったいどういうつもりかしら？」

「たぶん、しゃれたアレンジメントは残りのふたつの箱に入ってるんだよ」トニはまだあけていない緑色の箱をあけようとしながら言った。「もっとよく見たほうがいいんじゃないかな」けれども、ふたつめの箱をあけるなり言った。「あれえ？　ないね。こっちも切り花が入ってるだけだ。とてもきれいだけどさ……どうしよう？」

「さあ。急いでなにか考えないと」

「花瓶」トニが言った。

「たしかに花瓶が必要だわ」

ふたりは花瓶、ポット、壺、バケツなど、花を入れられそうなものを片っ端から出してきた。

「グラジオラスは背の高いポットにいけると映えるよね」トニは黄色とオレンジ色のグラジオラスをせっせと処理し、家庭的な雰囲気の茶色い壺にいけていった。

「バラとカーネーションはクリスタルの花瓶に入れると、高級感が出るわ」スザンヌもできるだけ手早く、切ったり、整えたり、いけたりしながら言った。

「フローリスト養成講座みたいだね」

「フローリスト養成講座があるなんて知らなかった」

「それがあるんだよ。ジェサップの専門学校にさ。ジュニアが溶接の講座を受けたときに、一度、車で送っていったことがあるんだ。ほら、あいつ、免許が失効しちゃってたから。そのときに、フローリスト養成講座をやってたんだよ」トニはデイジーをいくつか青い花瓶に挿した。「受けてみたら楽しいかもしれないね」

さらにふたりで二十分ほど、器用な手を動かしつづけたところで、スザンヌは言った。

「これだけあれば足りるんじゃない？」

「そうだね。こうしよう、あたしはもう少しこっちをやるから、あんたはお皿だのなんだののセッティングを始めなよ」

「オフィスからクリスタルのグラスを出してこなきゃ」

「じゃあ、先にそれをやったほうがいいよ」

スザンヌは〈ブック・ヌック〉へと急ぎ、クリスタルの脚つきグラスをおさめた大きな段ボール箱を戸棚から出した。箱を持ってカフェに戻ったところで足をとめた。

「まあ、すてき!」

トニが脚立にのって、天井から吊したシャンデリアの真鍮の器具に花束をくくりつけているところだった。「気に入ってもらえると思ってさ」

「そんなアイデア、自分では思いつかなかったわ。でもたしかに、すごくいい。そのお花、明日のディナーまでもつかしら?」

「終わったあと一回はずして水につけておけばもっと思うよ」トニは脚立をおりてあたりを見まわし、きざったらしいイギリス風のアクセントで言った。「なんとなんと、見事な出来だこと」

午後三時はカックルベリー・クラブにとって魔女の刻だった。園芸クラブの女性たちが会長のアニー・ビショップを先頭に大挙してやってきた。

「スザンヌ」入り口をくぐったアニーは、切り花や花束が文字どおりいたるところに――テーブル、ハイボーイ型チェスト、大理石のカウンター、さらには陶器のニワトリが並ぶ棚にも——飾られているのを見てとった。「なんてすてきなの。あら、シャンデリアにまでかわいらしい花束が飾られてる。あなたって本当にアイデアが豊富なのね」

「やりがいのある仕事だったわ」スザンヌは言った。まだ花が残っていて冷蔵庫に隠してあることまでは伝えなくていい。突貫工事でカックルベリー・クラブをくつろいだカフェから見事な英国式庭園に変えたことも。

「おみやげ用に、小袋に入れた花の種を持ってきてるの」アニーが言う横で、全員が店内に散らばり、席につきはじめた。

「完璧ですね」あとは、お茶と食べ物が花のアレンジメントに匹敵する内容ならば、きっとみんな喜んでくれるだろう。

蓋をあけてみれば、実際、そうなった。

スザンヌとトニは香り高い琥珀色の烏龍茶のほか、バラ色のルイボス・ティーを注いでまわった。けれどもお客が文字どおり息をのんだのは、食べ物だった。

スザンヌ、トニ、ペトラが三段のティートレイを運ぶと、みんなの目の色が変わった。

「スコーンだわ！」あちこちで声があがる。「ティーサンドイッチもある！」

「本日のスコーンはピスタチオ入りのクリームスコーンです」スザンヌはテーブルにティートレイを置きながら説明した。「イチゴのジャムとクロテッド・クリームを添えています。これがひと品めになります」

「でも、サンドイッチもあるわよ！」全員が口々に騒いだ。

「そちらがとってもおいしいふた品めとなります」スザンヌは説明した。「きょうは三種類のサンドイッチをご用意しました。ひとつはアボカドと卵のサラダをはさんだもの、生ハムとリンゴの薄切りとブリーチーズをはさんだもの、もうひとつはカニのサラダにアクセントとしてクランベリーとクルミをくわえたもの」

満足の声がそこかしこからあがり、参加者はお茶を口に運び、絶品ものの甘いものとしょっぱいものに手をのばし、この店を選んでよかったと口々に言い合った。

「うまくいってるよね？」トニがカウンターでお茶をあらたに淹れてポットの中身を補充しながら、スザンヌにささやいた。

「大成功と言っていいと思うわ」スザンヌも同感だった。

全員が満足し、小さなパン屑を残すだけになると、アニー・ビショップが立ちあがり、スプーンでグラスを叩いてみんなの注意を引いた。彼女はお決まりの〝今年はいい年になりそうです〟という内容のスピーチから始め、カックルベリー・クラブのスタッフに対する心のこもった感謝の言葉へとつなげた。

「スザンヌ」アニーは見るからに晴れ晴れとした気分で両腕を大きくひろげた。「このようなすばらしいお茶会をひらいてくれて、本当にありがとう」

スザンヌは人差し指を立てた。「えっと、実は、まだお茶会は終わっていないんです」

アニーは怪訝そうな顔をした。「終わってない？」

「みなさんにとっておきのお楽しみをご用意しました」スザンヌは手を叩いた。「トニ？ペトラ？」

厨房のドアが大きくあいて、トニとペトラがコーンアイスのようなものがのったトレイを手に、さっそうと現われた。

「コーンアイスね」アニーは言った。「すてきだこと」

「コーンアイスのケーキです」スザンヌは一同に向かって言った。

「ケーキ？ ええっ？ どういうこと？ 本当なの？」そんな声があちこちから飛んだ。

トニとペトラがコーンアイスのケーキを配る一方、スザンヌはこのデザートについて説明した。

「いま召しあがっていただいているのは、アイスクリームに見えますが、実はチョコレートのクランブルケーキとチョコレートガナッシュを合わせたものです。材料をなめらかになるまでよく混ぜ、ボール状に丸めてアイスクリームの形にし、ケーキで作ったアイスクリームコーンの上にのせています。その〝コーンアイス〟に色とりどりのスプリンクルを散らしたのち、二十分ほど冷やしました」

四時半をまわる頃になると、お茶会は完全に終了していた。何人かは〈ブック・ヌック〉や〈ニッティング・ネスト〉で買い物をしてくれ、おかげで予想外の売上げがプラスされた。それでも、さすがに五時になると、誰もいなくなった。

スザンヌ、トニ、ペトラの三人だけが残った。

「ふう」ペトラが大きく息を吐いた。三人は店内のテーブルを囲んでいた。「もうこういうことをやるには、歳を取りすぎたわ」

「うそばっかり」トニが言った。「楽しんでるくせに。わかってるんだから」

「明日の夜も奇跡を起こさなくちゃ」ペトラは言った。「そう簡単なことではないけど」

「でも、すべて手配済みだって、言ってたじゃん。ステーキ肉は冷蔵庫に入れてあるし、チーズと野菜は新鮮なのを配達してもらうし……」

「なにか考えていることでもあるの、ペトラ?」スザンヌは訊いた。「わたしたちもなにか手伝おうか?」

「ええ、レシピを見直していたら、ワインソースに新鮮なアミガサタケを少しくわえたらいいような気がしてきて」

「なるほど」とスザンヌ。「アミガサタケを入れたらきっとおいしくなるでしょうね」

「でも、フロイドさんのところにはないらしいの。いまさっき、確認したんだけど」

「アミガサタケはいまが旬よね。野山でちょっと探せば見つかると思うけど。なんなら、地元の食材探しでもやりましょうか」

「食材探しはいますごくはやってるんだよね」トニが言った。「都会での食材探しについて書いた本もあるくらいだし。自宅の裏庭や公園で、サラダ用の野菜だのなんだのを見つける方法とかさ」

「本当なの?」ペトラは半信半疑で訊いた。

「行くわよ、トニ。車に乗って」スザンヌは声をかけた。

「本気？　場所は？」

「コットンウッド・パークかな。去年、野生のアミガサタケが広範囲に生えている場所を見つけたの」

「そういう場所は町が所有しているんじゃない？」ペトラが訊いた。

「モブリー町長に電話して、許可を取る気になる？」スザンヌは苦笑いした。

ペトラはちょっと考えこんだ。「たしかに、密猟したキノコを使うほうがましだわね」

25

スザンヌとトニは洗い物をするペトラを手伝ってから、アミガサタケを採りに出かけた。スザンヌが運転する横で、トニはキンドレッドの町を抜けてコットンウッド・パークに向かう道中を実況中継していた。

「さて、われわれは、アメリカでたいへん有名な、森の山菜ハンターのコンビです。サファリヘルメットにサファリジャケット、頼りになる相棒の移植ごてを持ち、いっさいの迷いを捨てて、山菜ハンターにとっての夢、一生に一度の冒険の旅に出かけるところであります……」

「もう、やめて」スザンヌは笑いすぎて、運転がおろそかになりそうな気がした。

「なに言ってんの？　あたしだってテレビに出てもおかしくないんだよ。自分のコメディ番組を持ってさ、トニ・スムモーニなんて芸名でさ」

「それなら、トニ・バロニーのほうがいいかも」

「いいね、それ」トニはウインドウの外を見やった。「うっわー。このへんはばかでかい家ばかりだ」

いま走っているのはキンドレッドでもっとも古い地域で、ラップアラウンドポーチと古めかしい小塔をそなえたヴィクトリア朝様式の住宅が広大な敷地、それも周囲がマツとオークからなるちょっとした森になっているような敷地に建っている。

「こんなりっぱな古い家に住んだら」トニは言った。「『セレブのライフスタイル』ってテレビ番組に出てくるような人たちの気分になるんだろうな」

「掃除が大変そうだけど」

「言えてる。寝室ひとつのアパートをきれいにしておくだけだって大変だっていうのに」

二ブロックほど進んで、ヴィクトリア朝様式のお屋敷群を抜け、もう少しつましい地域に入った。複線の線路の踏切まで来ると、遮断機がおりていて、ちょうど列車が通りはじめたところだった。BNSF鉄道の機関車が汽笛を鳴らし、カラフルな絵が描かれた冷蔵車を何両も連ねて目の前を通りすぎていく。

トニはわれを忘れて見入った。「これってまるで……巡回絵画展だね。あれを見てごらんよ。紫色の線が何本ものたくってる。そっちは派手な猫のイラストだ。あっちの車両にはハートの絵に〝マーフはジグを愛してる〟のメッセージが書いてあるよ。ジグは自分が幸せ者だって、知ってるのかな」

けれども、二秒もするとトニはすっかり飽きて、座席の上でもぞもぞしはじめた。

「あのさ、ここを左に曲がってパウエル・ストリートを行けば、線路の反対側に出る道があって、列車の最後尾をまわりこめると思うんだ。そのほうがずっとはやいよ」

「わかった」線路わきでぼんやり待つよりも、トニの提案に従うほうがよさそうだ。左に折れ、でこぼこ道を七、八ブロック進んだ。次の踏切でとまり、列車の最後尾が通りすぎるのを待った。ようやく線路を渡ることができた。

「モーニングサイド地区か」トニが言った。「このあたりもいい家が多いよね」

「ケープ・コッドの小型版って感じ。あたらしめの農場スタイルの家も何軒かあるけど」

「あそこ、なにをやってるんだろ？」トニがまっすぐ前方を見つめて言った。

「想像もつかないわ」車と人が集まっている場所に近づき、速度を落として様子をうかがった。

すると――ものものしい光景が目に飛びこんできた。

「うっそ。ほら、あれ、見て！」トニが叫んだ。

赤と青の光を点滅させた二台のパトカーがまっすぐ自分たちに向かってくるのが見え、ふたりとも思わず目をむいた。パトカーは急ハンドルを切り、シーダーの木立に隠れて一部が見えなくなっているドライブウェイに入っていった。

「あなたがよく見てるテレビ番組みたいだわ」スザンヌは言った。

「警察のリアリティ番組のことだね」

「なんの騒ぎかたしかめましょう。野次馬になって」

「そうしよう」

スザンヌはブレーキを踏んで車を端に寄せ、エンジンを切った。ふたりは車を飛び降り、押し合いへし合いしている野次馬の群れに向かって走った。芝生を突っ切ろうとすると、注意する声が拡声器をとおして響きわたった。「さがってください。みなさん、もっとうしろに移動して」

他人の家の芝生に立っている野次馬の群れをかき分けていくと、ドゥーギー保安官と部下ふたりが銃を抜き、どこかの家に突入していくのが見えた。

「あれは誰の家？」トニが灰色のシュナウザー犬を抱いている男性に尋ねた。

シュナウザー犬の飼い主は肩をすくめたものの、隣の女性が教えてくれた。

「あれはエド・ノーターマンの家よ」

スザンヌとトニはちらりと見合った。シュナウザー犬は退屈そうな顔をしただけだった。

「驚いたね」トニが言った。

スザンヌはつま先立ちになって、野次馬の頭ごしにのぞきこもうとした。

「なにがあったのかしらね？」ノーターマンの自宅はいたって平凡な平屋建てで、黄色い壁に白い窓枠がついていた。ひさしからバードフィーダーが吊してある。

「ノーターマンを逮捕するのかな？」トニが小声で訊いた。「彼が病院の銃撃犯ってこと？」

スザンヌとトニは、数を増す野次馬に交じって見ていたが、誰も出てくる様子はなく、五分たっても、あいかわらず、なかの様子をうかがわせるものはなにもなかった。

「ノーターマンが保安官と愉快な仲間たちに涙ながらに自供してるのかもしれないね」トニが言った。

けれどもスザンヌは首を振った。救急車が一台、近づいてくるのが目の端に見えたからだ。救急車がクラクションを短くブッ、ブッと鳴らすと野次馬が静まり返り、ロバートソン保安官助手がノーターマンの家から走り出てきた。その表情は暗く、顔色も少し悪かった。

「さがって、さがってください」ロバートソン助手は大声で言った。

野次馬がわきにどき、救急車がバックで芝生に乗り入れ、玄関の真ん前でとまった。

スザンヌは好奇心でうずうずしていた。「なにか大変なことが起こったみたい。もっとよく見たいわ」

「そうだね、でもどこで？」トニが訊いた。「それに、どうやって？」

スザンヌは頭をさっと動かした。「こっそり裏にまわったらどうかしら」

「見つかったらどうするのさ？　逮捕されちゃうよ」

「見つからないようにすればいいのよ」

スザンヌとトニは人ごみを抜け出し、ノーターマンの自宅のわきをそろそろとまわりこんだ。板石敷きの通路をたどり、手入れの行き届いた花壇の前を通りすぎた。クロッカスとアヤメが家の基礎に寄せて植わっている。半分だけあいた窓の下を通りかかったとき、なかから大声が聞こえてきた。なにか言い合っているようだ。

「そうとう頭にきてるみたいな声だね」トニが言った。

「あの声の主ならどこでだってわかるわ。保安官が怒ったときの声よ。まちがいない。さんざん聞いてるもの」

「けど、なかをのぞくのは無理だよ」トニは少しジャンプしてみたが、まったく届かなかった。「窓が高すぎるもん」

「かなり深刻な事態のようだから、なんとしてものぞきたいわ。わたしが下から押してあげるから、なかを見てくれる？」

「そんなことしたって窓には届かないよ。上に乗れるものを見つけたらどうかな」

スザンヌはあたりを見まわした。家から離れた場所にある車庫の隣に、さびだらけの古い手押し車が一台あるだけだ。

トニもつられて目を向けた。「あれ、使えそうじゃん」

ふたりは力を合わせ、がたのきている手押し車を押したり、なかば引きずったりし、途中、からまり合った緑色のホースに引っかかりながらも、どうにかこうにか窓の下まで移動させた。

「こいつ、見かけよりもずっと重いよ」トニがこぼした。「あともうひと押し——そうそう」

ようやく手押し車を窓の真下まで持ってくると、スザンヌはあたりを見まわした。

「誰かに見られた？」

「見られてないよ。いいから、さっさとやろう」

スザンヌはトニの肩に片手をのせ、手押し車に足を踏み出した。少し傾いたし、ぎしぎしという音が洩れたけれど、ひっくり返ることはなかった。これで二フィートほど背が高くなった。窓枠のへりをつかみ、つま先立ちになって、できるかぎり体を引きあげた。それから身を乗り出し、窓に顔をくっつけた。

「なにか見える？」トニが訊いた。

心臓が胸骨にぶつかるほど激しく脈打ち、うなじの毛が逆立つのを感じながら、スザンヌはなかの様子をうかがった。鋭い悲鳴が洩れ、あと少しで足を滑らせるところだった。

焦れたトニも手押し車に飛び乗ってスザンヌの横に立ち、背筋をぴんとのばし、鼻がつぶれそうなほど強く窓に押しつけた。

トニは室内のあちこちに目をやっていたが、やがて……。

「うっそ、勘弁して」トニはうめいた。

エド・ノーターマンが捨てられたぬいぐるみのように倒れこんでいた。キッチンのテーブルに突っ伏し、そのまわりにぬらぬらとした血がたまっていた。

26

　スザンヌはこぶしで心を殴られたようなショックを受けたが、それでもなんとか窓枠につかまり、屋内で繰りひろげている激しいやりとりに耳をすました。

　怒鳴りまくるドゥーギー保安官に、部下のひとり——たぶんドリスコル助手だろう——が大声で言い返している。昂奮のせいか声はしだいに大きくなり、リスがけたたましい声で鳴き交わしているように聞こえた。

「銃の手入れをしてたんですよ、きっと」ドリスコル助手が言いつのった。その声からは激しい怒りと不安が伝わってくる。

「それはありえん。こいつはみずから銃をくわえたんだ」保安官は大声で言い返した。「キッチンテーブルについて、冷静に引き金を絞ったんだ」

「しかし、それでは理屈に合いません」

「こいつがおれたちがずっと追ってた犯人と考えれば、理屈に合う」

「強盗の犯人ってことですか？　殺人事件の犯人ってことですか？」

「ノーターマンは良心の呵責《かしやく》に耐えかね、拳銃自殺したんだろう」

べつの部下——たぶんロバートソン助手だ——が言った。「銃の種類はなんでしょうね？」

「さわるな！」ドリスコル助手が注意した。

保安官の声。「九ミリ口径だな。病院での銃撃に使われたのと同じだ」

「同じ銃かもしれませんね」ロバートソン助手は言った。「きちんと弾道検査をしないといけませんが」

「それと郡の検死官を呼んでくれ」保安官は言った。「ただちに」

外ではあいかわらず窓枠につかまりながらトニが言った。「じゃあ、ノーターマンは拳銃自殺したんだね」

スザンヌの表情はけわしかった。「その可能性はある。あるいは、ひょっとしたら——あくまでひょっとしたらだけど——何者かが侵入して、彼を亡き者にしたのかも」

家のなかからまたもごもごいう声がした。「どちらの手にも火薬の残渣がついていないようだな」つづいて、「いずれにせよ、両手に袋をかけて、そこの銃も鑑識に送れ」

「たいへんなことになってるみたい」スザンヌは小声で言った。

そのとき突然……。

「そこを離れろ！」保安官の怒鳴り声が響いた。おそろしいほどの大声が、音の荒波となってスザンヌとトニに押し寄せた。窓からのぞいた保安官の怒った顔は、形の崩れたハロウィンのカボチャランタンそっくりだった。

トニは優秀な落下傘兵よろしく、手押し車のへりから飛びおりた。スザンヌも急いであとにつづいたが、その直前、キッチンのテーブル、それもノーターマンの指先からほんの数インチのところに拳銃が置かれているのが目に入った。

スザンヌとトニは手に手を取り、走って家のわきをまわりこみ、大勢の野次馬にまぎれこんだものの、ロバートソン保安官助手にぶつかった――ドン！

ロバートソン助手はトニの肩に手を置いてぎゅっとつかんだ。「一緒に来てください」

「痛いよ」トニは逃げようともがきながら叫んだ。「その手を放せってば。そんなに強くつかまれたら死んじゃうって」

「保安官があなたたちふたりと話したいそうです」ロバートソン助手は言った。

「あんただけでもいいから逃げて」トニはスザンヌに大声で訴えた。

「あなたからも話を聞きたいそうです」ロバートソン助手はトニの肩をつかんだ手を少しゆるめながらスザンヌに言った。

スザンヌはうなずいた。「わかった」彼女のほうも保安官から話を聞きたかった。事件の捜査にもぐりこみたい一心だった。

ロバートソン助手は人差し指を立てた。「ここで待ってて。逃げないでくださいよ」

二十分後、ドゥーギー保安官が外に出てきた。盛大に汗をかいていて、いつもの横柄な態度がまったくと言っていいほどなくなっていた。両手を高くあげ、野次馬に向かって振り、引きあげるよう命じた。心配するようなことはなにもなく、保安官事務所が処理にあたっていると告げた。

「うそばっかり」スザンヌはひとりつぶやいた。彼女の目に映る保安官は途方に暮れ、すっかりまいっていた。いつもは赤らんでいる顔も血色が悪く、肩をがっくり落としている。しかも、生気というものがまったく感じられなかった。

スザンヌは彼の顔に自分の顔をぐっと近づけた。「なにがあったの？」そう訊いたとき、トニが強引にそばにやってきた。さきほど、さがれと命じられた野次馬も、指示に従っていなかった。

保安官は誰だかわからないような顔で、スザンヌとトニのふたりを見つめた。あいかわらず魂の抜けたような目をしている。

「エド・ノーターマンをわれわれの容疑者リストからはずしてよさそうだ」保安官はようやく、しわがれた声で素っ気なく言った。

「どうして？」スザンヌの視線は保安官を通りこし、クリップボードになにやら書きこんでいる救急救命士のところでとまった。淡々としてきわめて有能そうに見えるのは、これまで何百という死を目にしてきたからかもしれない。というか、実際、そうなのだろう。

「ノーターマンは死んだからさ」保安官はようやくスザンヌをまっすぐに見つめた。「だが、それはもう知ってるんだよな。窓からのぞいて、やつの死体を見たんだろうから」

「いきさつを聞かせて。なにがあったのか話して」

保安官はため息をついた。「ノーターマンは自分で自分を撃ったと思われる」

「自殺だと見ているの？」

「たしかに遺書はない。少なくとも、これまでのところ見つかっていない。ただ……ドンと一発引き金を引いた。とにかく、自分の頭を吹き飛ばそうと決めたらしい」

「おっかないね」トニが言った。

「その一方、銃の手入れをしていたとも考えられる。キッチンカウンターに銃の手入れに使うオイルの缶が置いてあった」保安官は言った。

「つまり事故ということ？」スザンヌは訊いた。「ノーターマンさんは薬室に弾が残っているのに気づかなかったかもしれないってこと？」

保安官は首を横に振った。「まだはっきりとはわからん。さらにくわしく状況を調べるが、お騒がせコンビのあんたらにうろちょろされるのはごめんだ」

「ちょっと！」トニが抗議の声をあげた。

けれどもスザンヌは動じなかった。「こうは考えられないかしら。これはすごくうまく練られた陰謀なんじゃない？　バーディ・シモンズが犯人に仕立てあげられそうになったのと同じで」昼間、あの電話がかかってきたとき、ノーターマンはもう死んでいたのだろうかという疑問が頭をよぎった。彼を殺した犯人がおもしろ半分にわたしに電話してきたの？

「彼は誰かに殺されたってこと？」トニが訊いた。

「ノーターマンさんが罪の意識に押しつぶされ、生きる気力を失ったと思わせたかったのかも」

けれども保安官は、スザンヌの仮説は認めがたいというように首を振っていた。

「第三者がいたことをしめす痕跡はなにもない。おそらく、指紋すら見つからないだろう」

「病院からも見つかってないわ」スザンヌは言った。「ブルーエイド薬局からも」

「ただし、今回はいくつかの証拠が見つかっている」保安官は言った。「ノーターマンが逮捕され起訴されていれば、有罪に持ちこめたと思われる証拠だ。こうなると、やつは……法律用語で言うところの〝欠席裁判〟にて裁かれることになる」

「いま言った証拠ってどんなもの？」スザンヌは訊いた。

「薬を詰めこんだバックパックが見つかった」保安官は答えた。

「どれも盗まれたやつ？」とトニが訊いた。

「盗まれた薬品の一部だ」保安官はあいまいに答えた。

罪を着せるのに充分な量なのかしら、とスザンヌは心のなかでつぶやいた。

「大都市のSWATチームよろしく、大挙して押しかけてきたのにはどんなわけがあったの？」スザンヌは訊いた。

保安官は両手をガンベルトのへりに置き、強く握った。「情報提供があった」

「わかった」とスザンヌ。「また匿名の情報提供だったんでしょう？」

保安官はうなずいた。「そうだ」

「で、その情報を頭から信じたわけね？」

「通報してきた男は近所の者だと名乗った。銃声が聞こえたので不安なんだが、かかわりたくないとのことだった」

「そこで、大勢で押しかけたところ、エド・ノーターマンさんが自宅のキッチンで死んでいた」あまりにできすぎていて、どう考えても仕組まれたとしか思えなかった。

「ああ。少々の薬品がそばにあった」

「薬品が入っていたものを見せてもらえる？」なんと言っても百聞は一見にしかずだ。いわゆる証拠とやらを、自分の目で見ることが大事だ。

保安官はバックパックを持ってくるようロバートソン助手に身振りで指示した。屋外に戻ってきたロバートソン助手は緑色のナイロンのバックパックを手にし、リードにつながれたバセットハウンドを連れていた。保安官はバックパックを受け取ると高くかかげた。

「銃撃犯が病院から逃走する際に背負っていたのはこれか？」

「ダッフルバッグよ。わたしが見たのはダッフルバッグ」

保安官は眉間にしわを寄せた。「どっちでも大差ないだろうが」

「全然ちがう。なにもかもおかしいわ。これは罠よ。何者かがあなたをはめようとしてるのよ」

保安官の顔に動揺の色が浮かんだ。「まさか……」

「よく考えて。ノーターマンさんが殺されたんだとしたら、犯人は顔見知りのはず。家に入れてもかまわない人だったのよ」

「なんだと？」

「ひとつお願いがあるの」スザンヌは言った。

「あんたにお願いされるいわれはない」保安官は気分がささくれだっているようで、やけくそ気味だった。「おれは選挙で選ばれ、職務を果たすと誓った保安官だ。いまのおれの職務は、不審死に対処することだ」

「そんながみがみ言わないで、ちょっとはわたしの話を聞いて」

保安官は目を閉じ、人生最悪の偏頭痛に悩まされているみたいに鼻梁《びりょう》を押さえた。そして目をあけた。「わかった、話を聞こう」

「ノーターマンさんが亡くなった状況を伏せておくことはできる？」

「もともとそうするつもりだ」

「よかった。ノーターマンさんが殺害された可能性があるのはあなたもわたしもわかってるものね」

保安官は一歩あとずさった。「しかし、それは……」

「その可能性はあるでしょ」スザンヌはさらにプレッシャーをかけた。「しかも、犯人、すなわちハロルド・スプーナーさんを殺し、今度はノーターマンさんまで殺した犯人はいまも大手を振って歩いている。もしかしたら、あらたな動きを計画しているかもしれない」

「たとえば？」保安官は訊いた。

「そんなのわかるわけないでしょ。でも、この卑劣な犯人が誰であれ、わたしたちを翻弄しようとしてるのはまちがいない。しかも、そうとう楽しんでいる」

「事件はずいぶんとおかしな方向に行っちまったようだな」

「まったくだわ」スザンヌが言うと、トニも同感だというようにうなずいた。

保安官は肩を落とした。「さてと、バンジョーをどうするかな?」

「バンジョーって?」トニが訊いた。

「ノーターマンが飼ってた犬だ」

全員の目が、保安官の足もとに立つ悲しげな目のバセットハウンドに向けられた。

「かわいそうに」スザンヌはつぶやいた。

けれども騒ぎはまだおさまらなかった。数分後、《ビューグル》紙の記者で、押しが強くて詮索好きで怖い物知らずのジーン・ギャンドルがやってきた。黄色いゴルフシャツの上から紺色の上着をはおり、プリンターで出力した〝報道〟の記者証を胸ポケットに入れている。

「保安官、保安官」ギャンドルは大声で呼びかけた。「話を聞かせてください」

保安官は唇をすぼめ、スザンヌに耳打ちした。「やっかいなやつが来た」

「なら話さなければいいじゃない。なんの声明も出せないと言えばいいのよ。時期尚早だと」

「保安官!」ギャンドルがまた叫んだ。いまだ頑として立ち去らずにいるわずかな野次馬をかき分け、救急車をまわりこんでくると、保安官の目の前でぴょんぴょん飛びはねた。「殺人事件ですか?　自殺ですか?　根も葉もない噂がいろいろ飛び交ってますよ。なにかコメントはありませんか?」

保安官は両手をあげ、てのひらをギャンドルに向けた。「いまはなにも話せないんだ、ジーン。なにひとつわかってないんでね」

「エド・ノーターマンなんでしょう？　死んだんですか？　ざっとでいいですから、状況を教えてくださいよ。記事を書く材料がないと困るんです」

「悪いが、どうしようもないんだよ」

ジーン・ギャンドルはスザンヌをちらりと見て目を怒らせた。「だったら、なんで彼女が一緒にいるんです？」それから視線をトニに向けた。「それにそっちの人も」

「ちょっと！」トニが叫んだ。「あたしにだって名前ってものがあるんだよ、このトンチキ」

「あんたに話さなきゃいけない義理はないんでね」保安官は言った。

「でも、死体が出たんでしょう？」

「現場を保存し、写真を撮り、鑑識が調べるまでは動かすことすらできない」と保安官。

「せめて死因くらいは教えてもらえませんか？」

「それも話せない。郡の検死官が来るまでは無理だ」

ギャンドルはペンでらせん綴じのノートを軽く叩いた。「で、それはいつになるんです？」

通りのほうを見ていたトニが突然、スザンヌの脇腹を肘で突いた。

「どうしたの？」スザンヌは訊いた。

「郡の検死官が来た」トニは小声で言った。

トニの言葉を聞きつけたギャンドルが通りに目を向けると、濃紺のＢＭＷがちょうどとまったところだった。

全員の視線がその車に注がれるなか、長身の男性が降り、なかから医療鞄を取った。

「やばい」トニが言った。

「サム」スザンヌはつぶやいた。「ここにいるのを知られたら、きっと怒られるわ」

27

サム・ヘイズレット医師は完全に仕事モードだった。うつむきかげんで、右にも左にも目を向けず、早足で玄関に向かった。ようやく顔をあげると、ドゥーギー保安官とドリスコル助手に会釈した。それから視線を横にずらし、スザンヌがいるのに気づいて目を丸くした。

「ここでなにをしてるんだい？」いつの間にかいぶかしげな表情が浮かんでいる。

「正直言って、自分でもわからないの」スザンヌは訴えた。「たまたま近くを通りかかったら、騒然としているのが目に入って。見物人が大勢いるし、保安官事務所の車はあるしで。それで、ほかの人と同じように、ちょっとのぞいてみようと思っただけ」

スザンヌは家の前にあいかわらず集まっている野次馬を、もどかしい思いで指さした。エド・ノーターマンが死亡した現場に足を踏み入れたのは、あくまで偶然で——いわば想定外の不運だ。どう言えばそれをサムにわかってもらえるだろう？

スザンヌとサムが話しているのも意に介さず、ジーン・ギャンドルが割って入った。

「ここで待ってるから、話が終わったら《ビューグル》紙にひとこと頼みますよ、ドクター。手があいたら教えてください」

サムは相手にしなかった。

スザンヌはこの状況を打開しなくては——それも早急に——と考えた。この自称マスコミ関係者とドゥーギー保安官に会話を聞かれないよう、ちょっと場所を変えましょうと合図した。ついてきたのはサムだけでなく、会話の行方に興味津々のトニも一緒だった。

スザンヌが会話の主導権を握るより先に、サムがいきなり口をひらいた。

「スザンヌ、きみがこういう危険な状況に首を突っこんでいると知るたびに、ぼくがどれほど不安な気持ちになるかわかっているのか？　ぼくたちが出会ったいきさつを忘れたのかい？　救急救命室に運びこまれたとき、ひどい怪我を負っていたじゃないか」

「サム、ねえ聞いて。わたしたちはただ……」サムの思いつめたような目に気づいたとたん、思うように言葉が出てこなくなった。

「あたしたちはキノコを採りに行く途中だったんだよ！」トニが大声で説明した。

「キノコ」サムははじめて聞いたみたいに、その言葉を口にした。

「アミガサタケよ」スザンヌは言った。

「おいしい野生のアミガサタケ」とトニ。

「その手には乗らないよ」サムは言った。「きみたちがどういういきさつで、ここにたどり着いたのか、想像もつかない。でも……それがきみたちのやってることなんだろうね」

「事件を調べていることを言ってるの？」スザンヌは訊いた。

サムは首を横に振った。「事件をひっかきまわしていることを言っているんだ。とにかく……いいかげん終わりにしてここを立ち去ったほうがいい。謎は保安官とぼくとで解く。いいね？」

「うん」スザンヌとトニがハモるように言った。

「ふう」スザンヌの車に乗りこむなりトニが安堵の声を洩らした。「危ないとこだった」

「まったくだわ」スザンヌは言った。「あれだけですまない気がする」

「ひと波乱あるってこと？」

「うーん……波乱というより、突っこんだ議論ね」スザンヌはそう言いながら車を出した。

「あのさ、今度のことって、いわば因果応報ってやつだよね。エド・ノーターマンはけっきょく犯人かもしれないんだから。殺人と薬品強盗の」

「でも、犯人じゃないかもしれない」

「そう考える根拠は？」

「まず第一に、薬品がほとんど見つかっていない」

「第二の理由もあるの？」

「自殺というのが本当だとしても、あまりにわかりやすすぎる。取ってつけた感じがする」

「物事ってそんなに複雑じゃなきゃいけないものかな？」

「普通はね。いまの世の中はそういうものでしょ」

「あたしはちがう。このいやな事件に終止符が打たれるんなら、ノーターマンが殺人犯ってことでもいいよ」トニは体を丸め、両手を目に押しつけた。「白状するとさ、血まみれの死体を見たせいで、ひどく気分が滅入ってるんだ。胸がむかむかしてきちゃった」

「ごめんね、トニ。わたしがあなたを引きずりこんだんだものね」

「ううん、あたしが悪いんだ」

「そんなことない」

「踏切で待たされていらいらしたのはあたしだもん。あそこでおとなしく列車が通りすぎるのを待てばよかったんだ」トニはしだいに早口になり、それにつれて言葉がもつれはじめた。「そしたらあの通りを走ることはなかったし、犯罪現場に引っかかることもなかったし、サムがあんたに激怒することもなかった」

「サムはそこまで怒ってないわ」スザンヌは言った。「あくまでわたしの願望だけど」

トニはおなかを押さえた。「おまけに今度はおなかの具合まで悪くなってきちゃったよ」

「吐き気がするなら、あなたのアパートの前で降ろすわよ」

「けど、このあとふたりで……」トニはスザンヌに目配せをした。「本当にいいの？」

「もちろん。あなたはソファで丸くなって、テレビでも見てなさい。体調回復につとめてちょうだい」

スザンヌは急ハンドルを切らないよう注意しながら引き返し、トニのアパートの前でそろそろと車をとめた。

「さあ、着いた」と声をかける。「なにか必要なものがあったら、絶対に電話して」

「うん」トニは車を降りかけたところで振り返った。「あまり心配しなくていいから」

「あとはドゥーギー保安官のことが気になるわ」

トニはいぶかしそうな顔になった。「どういうこと？」

「ノーターマンさんが死んだことで、保安官はまたひとつダメージを負ったわけでしょ。捜査は手探り状態だし、不安にさいなまれているのか、あまり寝ていないように見えるし」

「病院に引っ張っていって、薬で眠らせてやりたいね」トニは言った。

「それもいいかも」

トニはスザンヌの車のすぐ先にとまっている青い車に目を向けた。

「うへえ、あれ、ジュニアのブルー・ビーター じゃん。ってことは、あいつがあたしのソファを占拠してチートスをむさぼり食って、部屋じゅうにオレンジ色の食べかすをまき散らしてるってことだ」彼女はため息をついた。「さてと、あのばかたれの相手をしに帰らなきゃ」

「がんばって」スザンヌは声をかけた。

町の東端にあるコットンウッド・パークにようやく到着したときには、ほぼ日が暮れていたから、駐車場ががらんとしているのを見ても驚かなかった。エンジンを切って、あたりを見まわした。真っ暗にならないうちに急がなくては。

車を降りてトランクをあさったところ、曲げた革の持ち手がついた手編みのバスケット——フレンチマーケットバスケットと呼ばれる形のものだ——が見つかった。キノコ採りにぴったりだ。

スザンヌは両側に頑丈な鉄の手すりがついた、灰色の板石敷きの通路を進んだ。通路の左右に並ぶポプラやヤナギの枝がちょうど芽吹きはじめている。小さなつぼみをつけているものもあれば、あと一週間もすれば青々と茂りそうな中くらいの葉をつけているものもある。

通路伝いに行くと、公園のなかでも一段低くなったところに出た。そこはピクニックエリアになっていて、ピクニック用テーブル、バーベキューピット、手作りの木のベンチ、古いブランコなどが置かれている。すぐ近くでは、カトーバ川がきちんと芝刈りされた岸に打ち寄せ、透きとおった水が渦を巻きながら流れていた。

そして、この低地全体を囲むように春の緑に覆われた崖がそびえていた。

スザンヌはその光景を見て、ハイランドの霧に隠れ、百年に一度だけ現われるというスコットランドの伝説の村、ブリガドゥーンを思い出した。

ピクニックエリアを横切り、小刻みに揺れているポプラの茂みに分け入った。ポプラは湿潤な土壌でよく育つため、アミガサタケも育ちやすいのではないかと思ったのだ。傾斜した通路があったので、それをたどり、狭い木の歩道橋を渡った。といっても、ぬかるんだ場所に枕木二枚を渡しただけのものだ。

歩道橋を渡りおえると、足もとの土壌が変わったのがわかった。さっきよりもじめじめしていてやわらかい。

ひょっとして……アミガサタケにぴったりの場所かも？

スザンヌは数分ほど地面を掘ってみたが、アミガサタケはひとつも見つからなかった。あたりを見まわしてみる――十フィートほど離れたところに、オークの木が二本、くっつくようにして立っていた。

あそこならたくさんある気がする。

アミガサタケはかなり目立つ外見なので、見つけるのは簡単だ。二本のオークのそばにしゃがんで探したところ、楕円形の傘らしきものに目がとまった。表面がでこぼこしていて、蜂の巣のような模様がくっきり見える。手をのばして取ったものの、すぐに投げ捨てた。ちがった。樹皮の切れ端だった。

目がガイガーカウンターで、アミガサタケが希少金属でできているみたいに、あちこち見まわしながら、じめじめした一帯を歩いた。それでもなにも見つからなかった。

スザンヌは背筋をのばし、さらに探しつづけた。空気はひんやりとして、数分前まではすてきに思えた断崖だけど、いまはそのなかに閉じこめられてしまったような感じがする。あたりには、かびくさいような、卵の腐ったようなにおいがたちこめていた。一帯の湿地からガスが発生しているのだろう。そう考えると、わくわくした気持ちがしぼんでいった。

べつの木の根もとを調べてまわっていると、小枝が折れるぽきりという鋭い音が聞こえた。つづいて一回。さらにもう一回。スザンヌは、いま自分が森にひとりきりなのを痛切に意識し、いきなり立ちあがった。

ここは慎重に……。

音の正体（動物？　人間？）を突きとめようと、必死であたりを見まわした。先端が白いアカギツネの尾がシダの茂みに消えていくのが見えたときには、ほっと胸をなでおろした。

ひんやりとした風が吹きつけ、スザンヌは身を震わせた。アミガサタケ探しに熱中しているあいだに、公園内はさらに暗さを増したようだ。

あと五分したら引きあげよう。

たったひとり、暗い森のなかをさまようのにくらべれば、サムと夕食の席で顔を合わせるほうがずっとましだ。

スザンヌは少しひらけた場所に移動し、地面を調べ、ため息をついた。あきらめかけたそのとき、小さな茶色い突起のようなものが目を引いた。あった！　アルバオークの木の根もとを囲むように、アミガサタケが群生していた。

地面がぬかるんでいるのも気にせず、スザンヌは両手両膝をついた。アミガサタケをつまんで茎のところで折り、土をそっと払った。それをバスケットにていねいに置いた。

もう少し見つけたくて草むらをかき分けていると、風がそよりと吹きつけスザンヌは震えあがった。さらに、影のようなものが頭上に数秒間ほどただよったのち、どこかに消えた。

スザンヌははっとなって、あわてて立ちあがり、空を見あげた。

いまのはなんだったの？

頭上にあるなにかがほんの一瞬だけ影を落としたかのようだった。大型の鳥？　ワシとか？

この切りたった崖の近くには、少なからぬ数のワシが棲息している。地元民のなかには、猛禽類《もうきんるい》をモニタリングするカメラを設置して、インターネットで見られるようにしている人もいる。

もう一度あたりを見まわすと、不安の波が背筋を這いあがってくるのを感じた。急にぞくっときたときの感じを言い表わす昔の表現はなんだっけ？　自分の墓の上を誰かが歩いているというような言い回しがあったはず。

スザンヌは残りのアミガサタケをせっせと引き抜き、バスケットに放りこんだ。それを持ってぐしょぐしょの通路を引き返し、歩道橋を渡った。駐車場まで戻ってきたときには、小走りになっていて、少し息があがっていた。

愛車に飛び乗ってドアをロックしたとたん、心の底からほっとした。そのとき、ふと気になった。さっきの影は本当にワシだったの？　それともべつのもの？

28

スザンヌはアミガサタケでいっぱいのバスケットを手に、家に駆けこんだ。玄関のテーブルにバスケットを置き、上着と泥だらけの靴を脱いだところで振り返ると、目の前にサムが立っていた。そのうしろでは、バクスターとスクラッフが応援団よろしく並び、マズルを震わせ、耳をぴんと立てている。

「ただいま」スザンヌは言った。どんな出迎えの言葉が返ってくるのか、さっぱり見当がつかなかった。

「お帰り。きょう、殺人事件の現場でドゥーギー保安官と一緒にいたのはどういういきさつだったのか、きちんと説明してくれないか？」

もう見当をつける必要はなくなった。

スザンヌはバスケットを手に取り、それで身を守ろうとするように抱きしめた。「だから言ったでしょ。トニと車で出かけたら、人だかりがしてるのが見えたので、車をとめて確認しただけ。あそこがエド・ノーターマンさんの自宅だなんて、近所の人が教えてくれるまで知らなかったんだから」

「ぞっとするよ」サムは言った。

「ええ、そうね」

「そうじゃない。ぞっとすると言ったのは、きみが犯罪現場に顔を出す天才だからだ。時計のように、いつもいつもその場に居合わせる」

「病院に強盗が入ったあのとき以来、わたしは事件の関係者みたいなものだもの」

「いいや、それだけじゃない。きみはいわば、死の天使だ」

スザンヌはサムの顔色をうかがった。からかっているのか、まじめなのか判断がつかない。顔に浮かんでいるのがかすかな笑みなのか、かすかな渋面なのかもわからない。話題を変えるならいまがチャンスなのかもしれない。会話の流れを転換させるのなら。そのためにどうすればいいか、スザンヌはよく知っていた。

「おなかはすいてる?」

「ぺこぺこだよ」たちまち、サムのけわしい表情がゆるんだ。彼は鼻をひくひくさせた。

「ところでそこにあるのはなんだい? おいしい食べ物かな?」彼は一歩前に進み、バスケットのなかをのぞいてほほえんだ。「おやおや、これはもしかしてあれかな?」機嫌が一気によくなった。「本当に野生のアミガサタケを採りにいったんだね」ずいぶんと声がうれしそうだ。

「だからそう言ったのに」

けれども、サムの心はすでに次の段階に進んでいた。「じゃあ、夕食にはアミガサタケのバターソースをかけたグリルステーキが食べられるんだね」

「そういうわけじゃないの。この子たちは明日のグルメなディナーで出す赤ワインソースに使うと決まってる。だから手を出すわけにはいかないわ」

「薄切りにしたのを少しソテーするのもだめ？」

「一本たりとも融通できないわ」

「きょうきみがおかした過ちについて、もっと議論するほうがいい？」

「しょうがないわね。一本だけなら分けてあげる」スザンヌはこれ以上、言い争いたくなかった。

サムはスザンヌが手にしたバスケットを指さした。「そこの太いやつがいいな」

「わかった」サムがここまで駆け引き上手とは、スザンヌも気づいていなかった。まったく手強いったらないわ。

「じゃあ、肉を鋳鉄のフライパンに入れてコンロで焼くんだね？ バターとアミガサタケも入れて、最後に赤ワインをひと振りするんだよね？」

「そうしてほしいなら」素人探偵の話題が打ち切られたので、スザンヌはほっとした。と同時に救われた気持ちになった。別れを切り出されずにすんだからだ。

スザンヌは犬たちに餌をやり、大きめのアミガサタケを一本薄切りにし、それを小ぶりのヒレ肉二枚と一緒にバターでグリルした。ロメインレタス、クルトン、レーズン、クルミでつけ合わせのサラダをこしらえ、ポピーシード入りドレッシングをかけた。スライスしたフランスパン二枚を軽く焼いて、皿とカトラリーをトレイにのせ、料理を盛りつけた。それを持って居間に移動し、ふたり仲良くソファに腰をおろし、テレビで『ビッグ・バン・セオリー』の再放送を見ながらたいらげた。

コマーシャルが入るとスザンヌは言った。「あなたの意見は？　ノーターマンさんのことよ。手入れをしているときに銃が暴発したのか、それともあれは……事件なの？」

「事件？」

「何者かがノーターマンさんを射殺して、事故に見せかけたの？」

「まだわからない。たしかにぼくはいま、郡の検死官の順番に当たっているけど、それはつまり、死亡を宣告することしかできないってことだ。監察医が調べなくては、死因は特定できない」

「いま調べてるんでしょ？」スザンヌは訊いた。

「そのとおり」

「でもあなたの考えはどうなの？　事故死の現場はこれまでにも見てきているし、殺人事件の現場も見てるでしょ。なにがあったと思う？」

サムは思いつめたような目をスザンヌに向けた。「ぼくなりの意見を言うけど、絶対に誰にも言わないと約束してほしい」

「神にかけて誓う」

「ぼくとしては、弾の通った経路に納得がいかない」

「それはつまり……？」

「彼は何者かに撃たれたと考えている」


スザンヌはドラマの残りを見ながら、サムの意見について考えていた。うまいこと言ってノーターマンの玄関を突破し、彼を射殺し、自殺あるいは事故に見せかけたのはいったい誰か、突きとめようとした。日々の生活のなかで顔を合わせている人？ カックルベリー・クラブに朝食を食べに訪れ、友人の背中を叩いているような人のなかに、おぞましい秘密を抱えている人がいるの？ だとしたら、それはいったい誰？

サムが書斎で書類仕事を片づけ、スザンヌが皿を食器洗い機に入れているとき、トニから電話がかかってきた。

「アミガサタケは採れた？」

「バスケットいっぱいにね」

「よかった」トニは言葉を切った。「あのさ、こっちでジュニアと話してたんだけど」

「やだ、彼を泊めてあげたの？」

「たしかに、ことわざにあるよね。庇《ひさし》を貸して母屋を取られるってのが。うん、わかってる。でも、そのことで電話したんじゃないんだ」

「じゃあ、どういう用件？ おなかの具合はよくなったんでしょうね」

「ゼリーが入ってたグラスに安物のロゼワインをなみなみと注いで飲んだら、いっぺんに治ったよ。でさ、水曜の夜のことをジュニアに訊いてみたんだ。ストライカーの倉庫を嗅ぎまわって殴られたとき、なにがあったのか、くわしいいきさつを無理やり吐かせたってほうが近いかな。で、ジュニアが言うには、その夜、倉庫に荷物が入ってきたんだってさ」

「それがどうかしたの？　倉庫は荷物が入ってくる場所でしょ」

「入ってくるだけじゃなく、出ていく場所でもあるんだよ」トニは言った。「ジュニアが言うには、荷物が出ていく気配がなかったらしいんだ」

「なにが言いたいの？　どこに話を持っていこうとしてるの？」

「なんかにおうってだけ。で、ストライカーの倉庫をちょっと調べたらどうかなと思ってさ」

「忍びこもうってこと？」スザンヌは言った。おもしろそうな気がする。と同時に、少し怖い気もする。

「大正解」

「サバイバリストの施設に忍びこんだときのことを忘れたの？　さんざんな目にあったじゃない」

「今度はじっくり様子をうかがうだけだから。押し入ってマリファナを持ち出すわけでも、二トントラックを盗むわけでもないんだよ。それになんと言っても、あたしたちはジュニアみたいなへまはしないし」トニの声が遠くなった。「うん、聞こえてるのはわかってる。なんでもないよ。うるさいな」そこでまた電話口に戻ってきた。「いいじゃん、スザンヌ。大金持ちのストライカーはいまもあんたの容疑者リストにのってるんだよね？　いつもの冒険心はどこに行っちゃったのさ？」

「……ちょっと待ってて」スザンヌは受話器をおろし、廊下を歩いていって、サムの様子をうかがった。デスクに向かい、むずかしい顔で書類仕事に没頭している。

「ちょっと出かけなくちゃいけなくなったの」スザンヌは声をかけた。「かまわない？」

「かまわないよ」サムは顔もあげずにうなずいた。

それだけ聞けば充分だ。スザンヌは電話に戻った。「トニ？」

「うん、聞こえてる」

「やるわ。わたしが迎えにいきましょうか？」

「ううん。あたしがそっちに寄る。だいたい、十分後くらいかな」

「わかった。必ず黒い服を着てくるのよ」

トニはけらけら笑った。「こそ泥みたいに？」

「そうとも言えるわね」

トニがスザンヌの家の前に車をとめ、小さくクラクションを鳴らした。スザンヌは上着を手にすると、一緒に行きたくてたまらない好奇心旺盛なバクスターとスクラッフを振り切り、ドアから走り出た。

「ハイ」スザンヌは声をかけると、古びたシェビイ・コルシカ、またの名をブルー・ビータ
ーのドアをあけ、助手席に飛び乗った。「きょうはジュニアのべつの改造車に乗ってきたの
ね」スポイラーが装着され、車高が低くしてある。
「うん、すごく運転しやすいよ」とトニ。「バックする必要がなければだけど」
「それ本当？」
「ギアがおかしいんだ。ジュニアが修理しようとして、あれこれいじりまわしてるうちに、
かえってだめにしちゃったんだってさ。だから、バックはできない」
「自動車整備学校に行ったくせに」
「自動車整備学校を退学させられたんだよ」トニが訂正した。
「ほかに頭に入れておくべき点はある？」スザンヌは車内を見まわした。シートの破れ目か
ら黄色いウレタンの詰め物が顔を出しているし、ラジオがあった場所にはからみ合った赤と
緑のワイヤーがあるだけだ。
「ううん、あとはなんの問題もない。このハンドルには頭にくるけど」
スザンヌはハンドルに目をやった。普通のハンドルではなく、ジュニアが重たい鎖を溶接
で円形に加工したハンドルがついていた。
「少なくともオリジナリティはあるわ。それを責めちゃだめよ」
「ところで、きょうはさんざんだったね」トニが言った。「あんなノーターマンを見ちゃう
なんてさ」

「気味が悪かった。と同時に心が痛んだわ」

「死体なんてそんなしょっちゅう見るものじゃないしさ」トニはぶるっと身を震わせた。

「見たくもないし」

トニが運転する車はメイン・ストリートを走ってキンドレッドの中心部を抜け、赤と黄色の煉瓦づくりの古い建物がつづく数ブロックを通りすぎた。カイパー金物店や〈キンドレッド・ベーカリー〉、〈ルート66へアサロン〉、〈アルケミー・ブティック〉、それに〈シュミッツ・バー〉が軒を連ねている界隈だ。そこからリッジウェイ・アヴェニューに出た。十ブロックも行くと、町の工業地帯に入り、そこでスパークス・ロードに折れた。

「このあたりはずいぶん暗いのね」スザンヌは言った。青いナトリウム灯がいくつかあるものの、数が少なく、間隔があきすぎていた。

「そのほうが都合がいいんだよ、きっと」トニが言った。

「そうかも」

クリーニング店の〈エコノ・ウォッシュ〉、中古車の安売り販売店（適正価格をお約束！）、ジャスティンズのタイヤ専門店、小さな食肉加工場（ホームパーティ用食材の提供――鹿肉の委託加工承ります）などを通りすぎた。一ブロック行ったところで、ストライカー運輸があるオフィスパークにさしかかった。近くに車は一台もとまっておらず、建物の明かりもすべて消えている。

「誰もいないみたい」スザンヌは言った。

「うってつけじゃん。こないだ訪ねた軍放出品の店のそばに車をとめるから、歩いて戻ろう。いい？」

駐車して車を降り、その場で耳をすました。これといった動きはなさそうだ。あたりは真っ暗で、周囲にはほとんど車がない。数ブロック歩いて、交通量のやや多い通りまでくると、車やトラックがときどき走りすぎていく音が聞こえた。それに犬が吠える声——ワオーン、ワオーン、ワオーン——もするけれど、これも数ブロック離れたところからだ。

「そろそろ行こうか」トニが言った。急に威勢がうせたような声だった。

足音をさせないよう注意しながら駐車場を出て、通りを渡り、ストライカー運輸に向かった。近づけば近づくほど、歩いている道が妙につるつるしているように感じてくる。路面全体が油で覆われているかのようだ。

ふたりは金属製の大きな巻きあげ式ドアの前で足をとめ、じっと目をこらした。〝ストライカー運輸〟の文字が躍る一時しのぎのビニールの横断幕が、あいかわらず建物のてっぺんに張ってある。

「どうしよう？」トニが訊いた。

スザンヌは喉の奥で小さな声を発した。「本当になにも見えないわね」

「たしかに。けど、なかで、たとえば、えっと、メタンフェタミンの製造とかしてるかもしれないじゃん」

トニの言うとおりかもしれないと思いながら、スザンヌは建物を見あげ、少し時間をかけてうかがった。十フィートうしろにさがり、もう十フィートさがった。

「なにかひらめいたことでもあるの？」トニが訊いた。

「探してるの……あった……見えた。屋根に天窓がついてる」

「なるほど、いい考えだね。そこからなかをのぞけばいいんだ」トニは表情をゆがめた。「けど、あそこまでどうやってのぼるのさ？」

スザンヌはまず左、それから右に目を向けた。建物のずっと向こう、暗がりのなかに格別に大きな緑色のごみ容器があるのを見つけた。

「もしかしたら……」スザンヌは言いながら、ごみ容器に目をこらした。金属製で高さは六フィート以上あり、ロシアの戦車みたいなつくりだ。あの上に乗れば……。

スザンヌとトニは暗黙のうちに了解し合い、ごみ容器にさりげなく近づいた。

「あのばかでかいごみ容器のてっぺんにのぼって、そこから二匹のリスみたいに建物の壁をよじのぼろうっていうんだね？」トニの声にはわずかながら疑わしそうな響きがあった。

しかし、スザンヌはすでにごみ容器の横棒につま先をかけ、シャム猫並みの機敏でしなやかな動きでのぼっていた。

29

「あなたも早くのぼって、大丈夫だから」スザンヌは声をかけた。「そこの横棒に足をかけて反動をつけるの」

「カウボーイブーツを履いてきちゃったよ」とトニ。

「なおさらいいわ。頑丈だもの。さあ、早く。少しのびあがって、わたしのほうに手をのばして。そしたら引っ張りあげるから」

トニはブーツのつま先を横棒にめりこませ、ごみ容器のへりを死に物狂いでつかんだ。

「そうそう、その調子。今度はのびあがって」スザンヌはごみ容器をつかんでいるトニの手を取った。

「いたた、腕がもげそうだよ」

「足を使って、もっと踏ん張って」スザンヌはフィットネスジムのトレーナーのように、励ましながらも有無を言わせぬ口調で言った。

「やってるってば！」トニはまだスザンヌの五フィート下にいた。

スザンヌは闇に目をこらした。「手を放して！　へりから手を放して！」トニの指はあいかわらず、ごみ容器のへりをしっかりつかんでいる。

トニは覚悟を決めて祈りの言葉をつぶやきながら手を放したが、気がつけば、ごみ容器のふたの上へと引っぱりあげられていた。どすんという鈍い大きな音とともに大の字に倒れこみ、肩で息をした。

「ふう。いまあたし、あんたに電話したことを後悔してる」トニはあえぎあえぎ言った。

「なにを言ってるの？　これまでのところ順調じゃない」

「あんたはそう思うかもしれないけどさ」トニはぎくしゃくと立ちあがった。それから鼻をぴくぴくさせた。「くっさ。すごいにおいがする」いま自分たちが立っている巨大な緑色の容器を見おろし、小さくジャンプした。「この油くさいにおいは、一年前の食べ残しのピザだね、きっと」

「あるいは、このブロックの先にあった食肉加工工場がこっそり捨てにきてるのかも」

「その先は言わなくていいから。そういう話を聞くとむかむかしてくるよ」トニは手の甲で鼻をぬぐった。「で、このあとはどうすんの？」

スザンヌは建物の屋根を指さした。「今度はあそこにのぼる」

トニは長々とため息をついた。「けどどうやって……？」

スザンヌは両手をカップの形に組んだ。「わたしが反動をつけてあげる」

「あたしがあがるの？　無理無理。脚はこんな短いのに、屋根はあんな高いところにあるんだよ」

「わたしの手に乗って、思いきりのびあがるの。そしたら、屋根の出っ張ったところにつかまって、あとは自力であがって」

「はあ？　あたしがリングリング・サーカスで空中ぶらんこの訓練を受けたとでも思ってんの？」

「大丈夫、できるわよ」スザンヌは請け合った。「信じてる」

「あたしはそこまで信じてないけどね」それでもトニは言われたとおりにした。ひとつ大きく息を吸うと、組んだスザンヌの手に乗ってのびあがり、太古の鳥のように両腕を大きく動かした。あわやというところで屋根のへりをなんとかつかんだ。ぶらさがった状態で、脚をむなしくばたつかせた。

「助けて！」トニは叫んだ。「つけ爪が邪魔でぶらさがってるのがやっとだよ」

「がんばってよじのぼって」

「無理だってば」トニは苦しそうな声を出した。「上半身の力がないんだもん。あたしの体はクラゲとおんなじなんだから」

スザンヌは建物の側面をうかがってからつま先立ちになり、手を高くのばしてトニの右足を下から押しあげた。「これで足もとが安定した？」

「うん」

「左に換気口らしきものがあるわ。左足をそこに突っこめば、反動で上にあがれるはずよ」

トニは左足であたりをまさぐり、金属のものを探りあてたが、わずかに足を滑らせた。それでも最後の最後で足を引っかける場所が見つかった。

「さあ、のぼって！」スザンヌは叫んだ。

トニはよじのぼり、屋根のへりを越えた。姿が見えなくなり、はがれ落ちたタールが霧状になって舞い落ちた。

「無事？」スザンヌは声をかけた。

トニのにやけた顔がスザンヌを見おろした。「ここは最高だね。全部よく見える。無数の星がきらめく空、町全体……あたしのアパートも見えるんじゃないかな」

「よかった。じゃあ、今度はわたしを引きあげて」

「ちょっと待ってて」トニは顔を引っこめ、数秒後、戻ってきた。「古いほうきの柄があったんだ。プロ用の押しぼうきのものかな」

「それを下に垂らせば、引きあげられるんじゃない？」

「やってみる」

トニはほうきの柄を下に垂らし、スザンヌがつかまるのを確認すると、肩で息をしながらそろそろと友人を引きあげた。トニがさっきやったように、スザンヌも換気口に足をかけた。これで反動がつけられる。数秒後、スザンヌも屋根の上にいた。

スザンヌは体をはたいてからあたりを見まわし、いちばん近い天窓に向かった。トニもついてきたものの、あいかわらず下にひろがる景色に目を奪われているようだ。

スザンヌはそろそろと顔を天窓に近づけ、なかをのぞきこんだ。かすかな光が射すなかに、なにものっていない金属の棚とコンクリート打ちっぱなしの床だけが見えた。

トニものぞきこんだ。「誰もいないね。けど、この天窓の下の区画は、まだ借り手が決まってないんだよ、きっと」

ふたりは忍び足で次の天窓に近づき、なかをのぞいた。こちらも真っ暗なだけでなにもなかった。

「三度めの正直になるかしら?」スザンヌは言った。けれども、その区画もやはり真っ暗だった。

ふたりはさらに忍び足で進んだ。不安だし、気が気でないし、屋根の上ではいつ見つかってもおかしくない。誰かに見られたらどうするの? 不法侵入もここまでやったら軽い罪ではすまないだろう。

「さあ、次の天窓まで移動するわよ」スザンヌは明るい声を出したものの、張りつめた気持ちが大きくふくらんでいた。「今度こそ当たりが出るわ」

信じられないことに、本当に当たりだった。

下からかすかな光が見えた。

「なにが見える?」トニがスザンヌの隣に膝をついた。

「えぇっと、ひとつの壁一面に箱でいっぱいの棚みたいなものがあるわね。でも、真下に見える台みたいなものはなにかしら?」

「よく見えないね」トニは言った。「天窓がすごく汚れてるせいだよ」

「こじあけられる？」

「うーん……無理じゃないかな」

スザンヌは天窓の基部を手で探った。「でも、蝶番《ちょうつがい》がついてる。正確には複数の蝶番だけど。だからもしかしたら……？」

「蝶番がついてるって？」トニは少し興味を持ったらしい。ハンドバッグのなかをひっかきまわし、金属のくし、ヘアピン二個と出していき、最後にビール缶オープナーを出した。

「バールのたぐいはないけど、頼りになるこのビール缶オープナーもいい仕事をすると思うよ」

スザンヌはオープナーを受け取り、天窓のへりを何カ所か叩いた。わずかにゆるんでいるところに缶オープナーを挿し入れ、天窓のへり沿いに動かした。ねばねばしたものが取れた。塗料なのか埃《ほこり》なのかはどうでもいい。とにかく、作業をつづけていくと、指を入れられそうな場所が見つかった。そこから先は、天窓をつかんで、ふたつの蝶番をぎしぎしいわせながら倒すだけのことだった。

トニは顔をしかめた。「お墓をあけるときみたいな音だね。なかにいる人にも聞こえたかな？」

スザンヌはぽっかりとあいた穴からなかをのぞいた。

「どうかしら。でも、下には誰もいないみたい」

「なにか見える？」

「これといってとくに。かすかな光が射してて……」スザンヌの声はしだいに小さくなった。

「どうしたの？」トニが訊いた。

「うまい具合に、真下にトラックが一台とまってる」

「本当？」

「ちょっとおりて、なかを見てまわるわ。あなたはここで待っててもいいけど」

トニはむっとなった。「で、あんたはお楽しみをひとり占めってわけ？　だめだめ。そもそも、ここに来るのは誰の考えだっけ？」

「わかった。じゃあ、行きましょう」スザンヌは約五フィートの高さから飛びおり、トラックの運転席の屋根に、くぐもったどさっという音をたてており立った。トニもあとにつづいた。

「やったね！」トニは言った。

ふたりは周囲の様子をうかがってから、フロントガラス伝いにボンネットに滑りおりた。それからつかめるところを片っ端からつかみながら、ステップに足を乗せた。

「よかった、誰もいない」スザンヌは言った。淡い光のなかに浮かびあがったのは、在庫が豊富な倉庫だった。

「すごいね、見てごらん」トニが驚いた口ぶりで言った。おかしなことに、倉庫におさめられているのはほとんどが酒類と煙草の箱だった。「お酒がある。煙草もたくさん。すごすぎる」

「ピクルスはどこ?」スザンヌは疑問を発した。なにか変だ。「オリーブオイルは?」トニが木箱をいくつかのぞいた。「変だね。運送状がついたままのものがいくつかあるけど、送り先がロチェスターとかアルバートリーの酒屋になってる。それがなんでここに保管されてるんだろう?」彼女はかぶりを振った。「さっぱりわけがわからない」

スザンヌはよく見ようと身を乗り出した。「トニ、この運送状は先月の日付になってる」

「配達が遅れてるんだよ、きっと。だって、本社が移転したんだもん」

けれども、トニの答えを聞いたとたん、スザンヌはぴんとひらめき、ずっと頭を悩ませてきたパズルのピースが正しい場所におさまった。

「そういうことだったのね」スザンヌははっとしてつぶやいた。「ストライカーさんは流通業者じゃない。トラック強奪犯よ!」

「はああ?」トニの声が大きくなった。

「ここ最近、トラックごと強奪される事件が起こってるでしょ? 彼がその首謀者なのよ」

「悪人ってこと?」

「しかも、薬品の密売にもかかわっていたらどう? ストライカーさんか一味のひとりが病院の事件の犯人だったら? 気の毒なノーターマンさんに接近し、そして……」スザンヌはそこで唐突に言葉を切って、唇に指を当てた。人の声がかすかに聞こえた。男性の声だ。しかも危険なほど近い。「ねえ、聞こえる?」スザンヌはトニに小声で訊いた。

ふたりは身じろぎもせず、耳をすました。

「この荷物はおろしたほうがいいですかね？」かすかな声が響きわたった。

「明日なんてすぐ来ちまうからな、カリー」

「じゃあ、トラックをなかに入れればいいんですね？」

「戸締まりをしっかり頼むぞ。いらぬ詮索をされるのはごめんだ」

トニは肩をすぼめた。「あの声、聞き覚えがある」

スザンヌはうなずいた。「わたしもよ、ロバート・ストライカーさんだわ」

「いますぐここを出なきゃ」

「トラックまで戻るわよ！」スザンヌは小声で言った。心臓の鼓動が激しくなった。こんなところにいるのを見つかったら、とんでもないことになる。

ふたりは助け合いながら、大急ぎでトラックの屋根にのぼった。スザンヌはいったんかがんでから、小川を飛び越えるオジロジカのようにのびあがった。天窓のへりをつかみ、体を前後に揺らした。充分にいきおいをつけたところで、屋根によじのぼった。

「ちょっと手を貸して」トニが下からひそめた声で訴えた。

スザンヌは屋根に腹這いになり、あいた穴から身を乗り出した。手を差し入れ、トニの手をしっかりとつかんだ。それからトラックの屋根にいるトニをゆっくり引きあげた。

トニの体が穴から半分ほど出て、びっくり箱状態になったとき、カリーと呼ばれた男が叫んだ。「おい！　そこでなにをしてる！」

トニの顔に恐怖の色がよぎった。「助けて！」怯えるあまり言葉がうまく出てこない。

下からは金属のがちゃがちゃいう音が聞こえ、あえぐようなうめき声がいくつもあがった。カリーがトラックをよじのぼろうとしているのだ。

「早く！」トニはわめいた。「あたしを引っ張りあげてよ！」

けれどもスザンヌがあらためてトニを引きあげようとしたところへ、カリーが大きな手をのばし、トニの片方のカウボーイブーツをつかんだ。

「おりてこい！」と怒鳴る。

彼はすぐさま両腕をトニのブーツにまわし、力まかせに引っぱった。

「引きずりおろされちゃうよお！」トニがカリーのほうに沈みはじめた。

スザンヌは引っ張りあげる手にさらに力をこめたものの、びくともしない。下の悪党――カリー――がカミツキガメのようにトニをつかまえて放さないからだ。

スザンヌも頑として手を放さず、カリーとのあいだで綱引きをするようにトニを引っ張り合った。息を切らしながらも、ありったけの力で引っ張った。

「痛い！　痛いってば！」トニがカリーに向かってわめいた。「手を放せっての、このでぶっちょ！」

「蹴飛ばすのよ！」スザンヌは叫んだ。「もう片方の脚で、思いっきり蹴飛ばして！」

トニが自由な脚をカリーに向かってばたつかせると、額をかすめ、耳にぶつかり、それから……。

ゴン！

ついにカリーの頭をとらえた！

「この野郎！」トニに逃げられたカリーは毒づき、罵《のの》り言葉を連発しながら転がり落ちた。

「頭を蹴ってやったよ！」安全な屋根の上まで引っ張りあげられると、トニははしゃいだ声を出した。けれども、のんびりしている余裕はない。

「急いで！」スザンヌは叫んだ。「天窓を元どおりにして。わたしは保安官に電話する」

ほどなく、ドゥーギー保安官と電話がつながった。

「助けて」と、つっかえつっかえ訴えた。「トニとふたり、ストライカーさんの倉庫の屋根から一歩も動けなくなっちゃって」

「おいおい、勘弁してくれよ」保安官は言った。「不法侵入で逮捕するぞ」

「保安官、よく聞いて。ストライカーさんの倉庫に盗品があふれてるの。彼がトラック強奪一味を率いているのよ。おそらく、薬品を盗んだのも彼だわ」

電話の向こうからは呼吸音しか聞こえてこない。

「もしもし？」スザンヌは言った。

「ああ」と保安官。「いま考えてるんだよ」

「だったら急いで結論を出して。わたしたち、身動きが取れないの。いますぐ助けて」

下から、またも怒鳴り声や毒づく声が飛んできた。

「いまのはなんだ？」保安官は訊いた。

「ストライカーさんとその手下の声。ほら、よく聞いて」スザンヌは保安官にも聞いてもらおうと、電話を下に向けた。

「よう、シンデレラ」カリーの大声が聞こえた。「あんたの靴を預かってるぜ。取り返しに来いよ。友だちも一緒にな」

「聞こえた？」スザンヌは保安官に訊いた。

「すぐ行く」

「応援も呼んでね。保安官助手もできるだけ大勢連れてきて。回転灯をつけて、サイレンを鳴らしながら来なきゃだめよ」

けれども、すでに保安官は電話を切っていた。

カリーの声がまた響きわたった。「もう逃げられないぜ、お姉さんたち。おりてきたほうが身のためだ」

トニは天窓を閉め終えて振り返り、スザンヌをきつく抱きしめた。

「あいつらに生きたままつかまるのはごめんだよ」トニの声は震えていた。

「保安官が向かってるから、そんなに心配しないで」

「そうだね。けど、あいつらがいまにも迫ってきそうでさ」

トニの不安な気持ちが伝染したのだろう、スザンヌも急に心配になって建物のへりまで行って下を見おろした。

まずい！

カリーが男ふたりを連れて駐車場に出てきていた。片方は見覚えがないが、ひとりはロバート・ストライカーのようだ。三人で力を合わせ、高い金属のはしごを建物の正面に移動させている。

「なにをする気だろ？」トニが訊いた。

「はしごを立てかけるつもりよ」スザンヌは言いながら頭を必死で働かせた。どうしよう？どうすればいいの？

「トニ」スザンヌは切迫した声で言った。「なにか武器がいるわ」

「ほうきの柄ならあるけど」

「使えそうね。ほかに、あなたのなんでも入ってるバッグになにかない？　爆竹は？」

「ううん、残念だけど……」トニは大ぶりのハンドバッグのなかをあさった。「ミントタブレットの缶がひとつ、尾がとがってるくし《ラットテールコーム》、ヘアスプレー、ヘアピン、チューインガム、十セント硬貨と二十五セント硬貨がどっさり、お気に入りのキャンディピンクのリップグロス……」

「トニ、もうちょっと考えてものを言ってよ。必要なのは武器なんだから」

「ペトラからもらったかぎ針が二本あるけど」

「ちょっと待って」スザンヌは言った。「迷彩柄のライターはまだ持ってる？」

トニはさらにバッグのなかを探り、〈ビック〉のライターを出した。「あった」

「それをちょうだい。あとヘアスプレーも」

「本気で言ってる？」

スザンヌはライターとヘアスプレーを手にし、建物のへりのぎりぎりのところまで進んだ。

カリー――ころころと太っているのがカリーだろうと当たりをつけた――がはしごの最下段に足をかけ、のぼりはじめた。金属のはしごが揺れて建物にぶつかるたび、がちゃんという不気味な音をたてる。

「もういいかーい」カリーはからかうように節をつけて呼びかけた。

「そっちこそ本当にいいの？」スザンヌは言い返した。「人間のくずのくせして、本気でわたしたちとやり合う気？」

「じっくりかわいがってやるから待ってな……」

「それで脅してるつもり？」スザンヌは自信たっぷりの声で言い返した。

すでにカリーははしごのなかばに達し、さらにのぼってくる。「でかい口を叩いてられるのもいまのうちだぜ」

「あなたたちなんか目じゃないわ」スザンヌは言い、トニのライターをつけた。その手を高くかかげると、青と黄色の炎が躍るように揺らめいた。「これが見える？」

「いったいなにを……」

カリーが言い終わるより先に、スザンヌはヘアスプレー缶のレバーを押しさげた。噴霧された微粒子があたりに拡散して引火し、第二次世界大戦で使われた火炎放射器を思わせる真っ赤な炎があがった。

「おい、よせ！　そんなことをしたら……」

スザンヌはなおも炎を燃えたたせたが、しだいに親指が熱く、ぴりぴりしてきた。

カリーはすさまじい悲鳴をあげながら、ずんぐりした体なりのスピードではしごを転がり落ちた。

炎が消え、カリーが大あわてで退却するのを見たトニは小躍りせんばかりに喜んだ。

「ほかにかかってくる人は？」スザンヌはライターをかかげて尋ねた。

「ヘアスプレーはまだたっぷり残ってるよ」トニが叫んだ。

カリーははしごの最下段につまずき、ぶざまにのたうちまわり、足をもつれさせた。そのせいではしごがほかのふたりの上に音をたてて倒れた。

トニは三人の男が地面にのびた姿を見て、心の底からおかしそうに笑った。

「すごい、やったじゃん、スザンヌ。あいつらを捕まえたよ」

そのとき、あたりにサイレンが響きわたり、きらめく光が見えてきた。

「援軍の到着だ！」トニは叫び、ついでにかぎ針も放り投げた。

スザンヌとトニは、三台のパトカーが猛スピードでやってくるのを、高いところから見物した。パトカーはそれぞれちがう方向から接近し、悪人三人を玄関前に封じこめた。車のドアがあき、防弾ベストを着た保安官助手たちが飛び出して銃をかまえた。

「観念しろ」保安官が備えつけの、音の不鮮明な拡声器で告げた。「地面に伏せて、両手を頭にのせろ」

ものの数分ですべて片づいた。ストライカーとカリーはさんざん抗議したものの、けっきょく手錠をかけられ、パトカーの後部座席に乗せられた。もうひとりの男は頭を打ったらしく、「なんだ、なんだ、なんだ」と言いながらぐるぐるまわっていたが、けっきょくは身柄を確保された。

保安官はひろびろとした倉庫に入り、なかをぐるりと見まわして、口笛を吹いた。

「たまげたな」外に戻り、まだ屋根の上に立っているスザンヌとトニを見あげた。

「あんたらのおかげで重大犯罪が解決した」彼はふたりに大声で伝えた。

「うそみたい」スザンヌは言い、トニは小さくお辞儀をした。

ドリスコル助手がまぶしいパトライトをさえぎるように手を額にかざした。

「おりられるよう、はしごを立てかけようか？」

「大丈夫」トニは言った。「大型ごみ容器を経由したほうがはやいから」

保安官は大型ごみ容器の横に立ち、トニのブーツを持って、ふたりがおりてくるのを待っていた。紺色のヨットパーカには〝もちろんおれが正しい。おれは保安官だ〟と黄色の太い活字体で書いてある。だぶだぶのカーキのズボンを穿いていても、ふかふかした灰色の寝室用スリッパを履いているのは隠せない。

「すてきなお召し物だこと」スザンヌは言った。

「できるだけ急げと言われたものでね」保安官は弁解した。

スザンヌはあらたにアドレナリンがみなぎってくるのを感じた。

「倉庫のなかに盗まれた薬品は隠してあった？」といきおいこんで尋ねた。「あの三人の腕を調べた？　あのなかにコカインのタトゥーを入れてる人はいた？　あの人たちをノーターマンさんの死に結びつけるのは可能？」

「時がくればな。ここから先はおれが仕切る」

「でも、彼らのなかのひとりが、病院に強盗に入って、人をひとり殺した犯人かもしれないのよ」スザンヌは大声で訴えた。

「落ち着け。そう昂奮するなって。それもちゃんと調べる」

「まだ解決してないことが多すぎるんだもの」

「ちゃんと調べると言っただろうが」保安官はぴしゃりと言った。

「少なくともあたしたちでトラック強盗の一味をつかまえたんだからさ」トニは言うと、保安官の手からブーツを奪い取った。ストッキングを穿いた足をブーツに入れ、軽く足踏みした。「で、誰がばかだって？」

30

「スザンヌ?」

無理に目をあけると、とてもハンサムな男性が上から見おろしていた。サムだ。

スザンヌはヘッドボードのほうに両腕をのばし、眠そうにほほえんだ。「おはよう」

サムはほほえんでくれなかった。

「きのうは大変だったね」サムは言った。「なにしろダブルヘッダーだ。ノーターマンが死んだ現場に潜りこんだかと思えば、いまさっき、保安官から聞いたけど、夜には親友とふたりで倉庫に踏みこんだそうじゃないか」

もう保安官たら、おしゃべりなんだから。

スザンヌは上掛けを押しやり、ベッドから飛び起きた。この話をするなら、サムに上から見おろされるより、ちゃんと目と目を合わせたほうがいい。

どう反応していいかわからず、スザンヌはしどろもどろになりながら言った。

「いつ保安官に会ったの?」

「けさ早く電話があった。ゆうべ、大活躍だったから、どうしているか確認したいと言われたよ。もちろん、ぼくにはなんの話かさっぱりわからなかった」サムは腕を組んで、スザンヌをにらんだ。

正直に言う？　それともうそをつく？

ううん、サムにうそをつくわけにはいかない。少なくとも、百パーセントのうそはだめ。

「トニとわたしとで、ジュニアが暴行を受けたという倉庫を見てみようということになって、それでちょっと巻きこまれちゃったの」

「スザンヌ、保安官の話だと、きみとトニはトラック強奪犯三人に追われ、屋根の上で身動きがとれなくなったそうだね。屋根の上だよ！　トラック強奪犯に乱暴なことをされなかったとしても――つかまっていればそうなっていた可能性は高いけど――下に落ちたら死んでたところだ」

「言葉で言うほどあぶなくはなかったのよ」スザンヌは誠実な雰囲気を出そうとつとめながら言った。「まずいことになりそうと察知した時点ですぐに保安官に電話したもの。トニもわたしも危険にさらされたってほどじゃないし。それに……トラック強奪犯を逮捕できたのよ！」

けれどもサムは納得しようとしなかった。

「これでどうやって、日常生活を普通にこなせというんだ？　年がら年じゅう、きみの身を案じなきゃいけないとなったら……」彼は両手をあげた。「手錠を貸してほしいと保安官に言えばよかったよ。きみの自由を奪って家から出さないために」

スザンヌはサムの腕のなかに滑りこんだ。「でも、わたしなら大丈夫。本当に」

サムは身を乗り出し、彼女の額にそっとキスをした。

「もうクリニックに行かないと。でも、いいかい、この話はまだ終わりじゃないからね」

「でも、今夜のプティ・パリ・グルメ・ディナーには来てくれるんでしょう？」

サムはうなずいた。目もとと口もとにうっすらしわが寄って、いまにもにっこりほほえみそうになったが、すぐにはっと気がつき、真剣な表情に戻った。

「うん。きみをちゃんと見張らないといけないからね」


カックルベリー・クラブに向かう道中も、スザンヌはまだ頭を絞っていた。ストライカーが病院で銃を撃った犯人でもあるとは信じがたい。その一方、保安官が倉庫に隠された薬品の山を見つけるような気もしている。また、ノーターマンが犯人でないことも歴然としている。だとしたら、殺人と窃盗をおかした謎の犯人はいったい誰なのか？　この数日間で、容疑者候補がばたばたと脱落してしまった。となると、べつのアプローチをするべきかもしれない。

一時停止の標識でとまり、二台の自転車が目の前を横断していくのを待っていたとき、そういえば、ジュニアが電動自転車のことでなにか言っていたなと思い出した。

なんて言ってたんだっけ？

そうそう、病院の事件の犯人は、音がほとんど出ない電動自転車でこっそり逃げたんじゃないかと言っていたんだった。

それにたしか、カイパー金物店で売っているとも言っていたような。

二台の自転車が渡りきるとスザンヌはほほえみ、カイパー金物店に寄って確認しようと決めた。無駄足になってもかまわない。どうせ、カックルベリー・クラブに行く途中にあるんだし。

スザンヌはメイン・ストリート沿いにある一九三〇年代の赤煉瓦の建物の前に車をとめた。カイパー金物店の大きなショーウインドウはぴかぴかに磨かれ、アンティークの金槌、シャベル、千枚通しが現代のそれらと並べて置いてある。

店内は現代風で明るいが、ガラスのショーケースと戸棚はなつかしさを感じさせる古いものが使われている。

入り口のベルが軽やかな音をたてると、ロジャー・カイパーが緑色のペンキ缶を下に置き、カウンターから出てきた。

「ずいぶんと早いお出ましだね、スザンヌ。きょうはなにをお求めかな？」

「ちょっと偵察しにきたの。こちらで電動自転車を売っていると聞いて」

カイパーはうなずいた。「Eバイクだね。もちろんある。見てみるかい？　あっちに普通の自転車と一緒に並べてあるよ」

カイパーのあとについていくと、銀色に輝く派手な自転車が目の前に現われた。

「すてき。特徴を教えてもらえる？」

「電動自転車は普通の自転車と基本的には同じだが、電気の力が補助してくれるんだよ。ペダルをこぐとモーターがまわって、こぐ力が大きくなる。坂をのぼったり、起伏の多い場所を走るのが楽になるってわけだ」

「じゃあ、本体を充電する必要があるのね？」

「いや」カイパーは後輪の上の囲いに覆われた、たいらな箱を指さした。「これが三十六ボルトのバッテリーパックだ。なかなかよくできていてね。長持ちするんだよ」

「音はどうなの？」スザンヌは訊いた。

「ほとんどしない。夜中の三時に乗っても、サム先生はあんたが出かけたことに気づきもしないだろうよ」

けさ、あんなやりとりをしたばかりなので、そうなったらサムはスザンヌの首に鈴をつけるかもしれない。

「こういう自転車って、かなり人気があるんでしょう？ たくさん売れた？」

「実を言うと、これまでに売れたのはたったの二台だ。一台はジェサップのすてきな娘さんで、彼女は乗って帰ったっけ」カイパーは言った。「もう一台は……あれはちょっとばかり困惑したな」

スザンヌは身を乗り出した。カイパーの店を不審なお客が訪れたってこと？

「幼い男の子でね、たぶん十歳にもなってなかったんじゃないかな。だが、Ｅバイクのことをずいぶん勉強してきたみたいで、それに乗って山をのぼりたいらしい。こういうものに乗るにはちょっと幼すぎるんじゃないかとおれは思ったんだが、父親が頑《かたく》なでね」

スザンヌがカックルベリー・クラブに到着したのは午前もなかばを過ぎていた。車を裏にとめ、今夜グリルを設置するのはこの場所だと、あらためて自分に言い聞かせてから厨房に足を踏み入れた。遅くなったことを詫びる言葉が唇にのぼりかけたけれど、声に出す機会はなかった。

ドアがあく音を聞きつけたペトラが大きな顔に笑みを浮かべて振り返った。

「トニから話を聞いたわ。あなたたちが時の人になったって。トラック強奪犯の一味を単独で——正確に言うならふたりで——退治したんですってね」彼女は猛スピードで駆け寄り、スザンヌを強く抱きしめた。「すごいじゃないの」

「あなたみたいに好意的に評価をしてくれる人ばかりじゃないのよ。ドゥーギー保安官なんか……」

ペトラは手を振った。「保安官は自分の手で解決できなかったものだから、決まりが悪いだけでしょうよ。モブリー町長なんか、あのストライカーって人を連れまわし、誰彼かまわず、この人は大きな会社のおえらいさんだって紹介してたのにね。それが犯罪者だったなんて。それも、ケチな泥棒だったなんて」

ざわざわしているのを聞きつけたトニが、厨房に飛びこんできた。

「ゆうべのあたしたちの大冒険をペトラに話してあげたんだ」昂奮しているのだろう、かなりテンションが高い。

「屋根にあがったことも、天窓をこじあけたことも、盗まれた品を見つけたことも全部聞いたわ」ペトラが言った。

「あやうくつかまりかけたこともでしょ」スザンヌは言った。昨夜は痛快な出来事の連続ではなかったけれど、それでもトニのテンションはさがらなかった。

「あんたがライターとヘアスプレーでやってみせた火の玉のトリックも教えてあげたよ。ヒュー！」トニは両腕を高くあげた。「ストライカーと愉快な仲間たちはすっかりびびっちゃって、おかげであたしたち助かったんだ」

「あなたたちが勇気ある行動を取ったと知って、誇らしい気持ちで胸がいっぱいだわ」ペトラは言った。

「サンドイッチに、あたしたちにちなんだ名前をつけてよ」トニが言った。「トラック強盗のペッパージャック・スペシャルとかさ」

ペトラはトニを指さした。「いいわね、それ」

「カクテルでもいいな。トラック強盗ハイボールなんてね」

「これで殺人事件も薬局強盗事件も解決したの？」ペトラは訊いた。「ストライカーって人がすべての首謀者だったの？」

スザンヌは首を横に振った。「それはまだわかってないの。保安官と部下たちが、いまも倉庫を捜索して、薬品が出てくるか調べてるみたい」

ペトラの顔から笑みが消えた。「もうこれで、この騒動は片がついたと思ってたのに」

「片がついたかもしれないし、ついてないかもしれない。それを決めるのはドゥーギー保安官よ」

「じゃあ、あなたは調査からしりぞくの？」

「そうせざるをえないでしょうね」とスザンヌ。「わたしがあまりに出しゃばったものだから、保安官はひどくお冠だし、サムは……その話はしないほうがいいわね」

「まあ」ペトラはがっかりしたようだった。

「でも、ひとついい知らせがあるのよ。アミガサタケをたっぷり採ってきてあげたわ。車に積んである」

「すてき」ペトラはフライパンのなかでベーコンがじゅうじゅういっているのに気づいて、コンロの前に戻った。「二種類のソースを作りはじめるのが待ちきれないわ」

「二種類もつくるの？」スザンヌは訊いた。

「ヒレ肉を漬けておくソースと、出すときにかけるアミガサタケのソースの二種類」

「おいしそうだね」トニが言った。「あたしがちょっと行って、全部持ってこようか？　あたしの車にもフランスパンが二十五本入れっぱなしになってて、それを運び入れなきゃいけないんだ」彼女は裏口から飛び出した。

「ところで……」スザンヌはペトラの肩にもたれた。「午前中のメニューはどうなってるの？」

「まずは二日酔いのためのハッシュ」ペトラは言った。「金曜の夜にたくさんお酒を飲むせいか、土曜日にはすごく人気があるの」

スザンヌは思わず忍び笑いを洩らした。

「あとはビスケットとグレイビー、スクランブルエッグとチキンのソーセージ、アボカドとサルサ入りオムレツ、それとブルーベリーとバナナのブレッドね」

トニがアミガサタケの入ったバスケットと、ひと抱えのフランスパンを持って駆けこんできて、それらを寄せ木のカウンターに置いた。

「フランスパンを受け取りに〈キンドレッド・ベーカリー〉に寄ったんだけどさ、ゆうべの奇襲話にすごく昂奮してたよ。もとの生活に戻れてうれしいってさ」

「でも、そうはならないって、いまスザンヌが言ってたけど」ペトラはスザンヌを振り返った。「まだはっきりしてないって」

「さっきも言ったけど、もうしばらく様子を見ないと」スザンヌは言った。「保安官が捜査を終えるのを待ちましょう」

「あんたらしくないことを言うんだね」トニがぼそりとつぶやいた。

「わたしだって……」スザンヌは言いかけたものの、さっきサムから厳しく言い渡されたことを思い出した。「とにかく、そういうこと」

「まあ、いいや。その話はまたあとで。とにかくいまをめっちゃ楽しもう《カルペ・ディエム》」

スザンヌとトニは何組かの接客をこなし、注文を取り、雑談を交わし、トラック強奪事件も強盗も二件の殺人事件も昨夜の常軌を逸した冒険も、すべて忘れたようにふるまった。

けれども、実際には忘れてなどいなかった。

トニがシナモンロールを皿にのせ、スザンヌがオレンジジュースをグラスに注いでいるときにトニが言った。

「お隣のあぶないふたりはどうなのかな？」

「どうなのって？」

「あのふたりのうちどっちかが殺人犯ってことはある？」スザンヌが答えるより先に、トニは言葉を足した。「あるいは、片方が人殺しで、もう片方が泥棒とか？」

スザンヌは首を振った。「さあ、どうかしら」

「でも、あいつらは麻薬使用の前科があるんだよ。また薬物に手を出してるかたしかめたくて、うずうずしてるんじゃないの？」

「サムにされたお説教で、まだ耳が痛いの」

トニはスザンヌの肩を軽く叩いた。「大丈夫、そのうち治るよ。いつだってそうじゃん。ねえ、クロゴケグモがなんでつがいの相手を食べちゃうか知ってる？」彼女は秘密めかしたウインクをした。「いびきをとめるためだってさ」

スザンヌはコーヒーを運び、注文のスクランブルエッグを受け取りに、厨房に駆けこんだ。

「裏の木立のどこかでフクロウが鳴いてるんだけど、知ってた？」ペトラが訊いた。「いまは朝なのを知らないのかしら」

「どのフクロウも夜行性と決まってるわけじゃないのよ」スザンヌは言った。「裏のフクロウはみんなとちがってるんだわ、たぶん」

正午近くになって、ようやく保安官がやってきた。彼は店内を見まわし、残っている客がほんの数人なのを確認してからカウンターに向かった。

スザンヌはすぐさまカウンターに入った。保安官の前にコーヒーとカスタードパイひと切れを置いた。「一件落着？」

「かもな」保安官は肩をすくめた。

「落着したの？　してないの？」スザンヌははっきりした答えが聞きたかった。

保安官は頭をかいた。「倉庫を隅々まで徹底的に調べたが、まだ薬品はひとつも出てきていない。救急箱のアスピリンすらなかった」

心臓がひっくり返ったような感じがした。「つまり、トラック強奪事件と薬品強盗はまったくべつの犯罪ってこと？」

「まだそこまで断定はできん。ストライカーが取り調べに屈するか、手下がやつを売るかするのも時間の問題かもしれないがな。悪党のボスをかばって刑務所に行こうなんてやつは普通いない」

「トラック強奪犯の一味が薬品強盗と無関係だったら？」

「その場合は振り出しに戻る」保安官はコーヒーの入ったカップを手に取り、息を吹きかけて冷まし、それから音をたてて飲んだ。「ほかにもやっかいな知らせがある」

「どんなこと？」

保安官はため息をひとつついた。「同じ銃じゃなかった」

スザンヌは警戒モードになった。「どういうこと？」

「弾道検査の早期報告書があがってきた。ハロルド・スプーナーに使われた銃と、ノーターマンの自宅で見つかった銃は同じじゃなかった。どっちも九ミリ口径だが、弾道が異なっている」

「それってどういうこと？」

「ノーターマンは自分の銃で死んだってことだ」

「殺されたのよ」スザンヌは言った。

「まあ……そうかもしれん」

「ハロルド・スプーナーさんが病院で撃たれたときは？　それにジニーも」

「べつの九ミリ口径の銃だ」

「つまり犯人はべつってこと？」

「それはありうるだろうな」

「それじゃあ、なにもかもわからないままなのね」

「こういう捜査は時間がかかるんだ。カメのような歩みで進み、ひとつひとつ調べなきゃならない」保安官がまたずるずる音をたててコーヒーを飲んだとき、正面のドアを乱暴に叩く音がした。保安官は椅子にすわったままうしろを向き、誰が入ってきたのか確認しようとし、ちょうど同じタイミングでスザンヌもそちらに目をやった。

「カーメン」スザンヌはカーメンの顔を一瞥するなり、心のなかでうめいた。ああ、まずい。

「スザンヌ・デイツ」カーメンは頭のてっぺんから出しているようなキンキンした声で言った。「それにロイ・ドゥーギー保安官。ちょうどあんたたちふたりを探してたのよ」カーメンは唇をきつく引き結び、目に怒りの炎を燃やし、ハイヒールで床をカスタネットのように鳴らしながらものすごいいきおいで奥へと進んだ。

「カーメン」スザンヌはもう一度呼びかけた。この突然の訪問の意図を察し、心が重くなった。

「よくもロバート・ストライカーを逮捕したわね!」カーメンは甲高い声をあげた。「あの人はやさしいし、すばらしいし、潔白なの。人並みすぐれたビジネスマンなんだから」

「その人物が所有してる倉庫は盗品でいっぱいだった」保安官はカーメンの訴えにまともに取り合おうとしなかった。

「彼は無実よ!」カーメンはわめいた。「有罪と立証されるまでは無実なんだから!」

「そのとおり」保安官は言うと、スザンヌに目を向けた。「カラフルなトッピングがのったチョコレートドーナツをひとつもらえるか?」

「いますぐ持ってくる」スザンヌは言った。

「そうやって彼の逮捕をネタにしていればいいわ」カーメンは氷のように冷ややかな声で言

った。「そこにいるスザンヌは不法侵入したところを見つかったのに、逮捕されたのはロバート・ストライカーだったのよ。わからないの？　彼のほうこそ被害者なの。こんな不公平がまかりとおるなんて、信じられない」

「ストライカーさんは現行犯逮捕だったのよ、カーメン。盗品が山のようにあったんだから」スザンヌだって、このままおとなしく誹謗中傷を受けているつもりはない。こっちが黙っていたら、カーメンは午前中いっぱい、シマリスみたいにしゃべりつづけるにちがいない。でも、こっちにはやらなくてはならない仕事がある。

「おれとしては、友だちにいい弁護士を雇ってやれと助言するくらいしかできないな」保安官の目が輝いた。「雇う金がないのなら、裁判所が公選弁護人を指名することもできる」

「雇う金がないですって？」カーメンは舌をもつれさせた。「雇う金がない……？　あなた、いったい何様のつもり……？」カーメンは発作でも起こしたみたいに目を白黒させ、口を閉じた。そこで落ち着きを取り戻したのか、くるりとうしろを向き、かき集められるだけの威厳をかき集め（と言っても、たいした量ではないけれど）、荒々しい足取りで店を出ていった。

「彼女を怒らせちゃったわよ」スザンヌは言った。

「そうか？」保安官は糸切り歯を見せてほほえんだ。

31

「プティ・パリと題した今夜のディナーはすばらしいものになる。これまで開催してきたイベントのなかで最高かもしれない」トニが声高らかに告げた。顔が生き生きしているだけじゃなく、プリマバレリーナみたいに店内を踊り歩いていた。「ゆうべの悪党退治ほどスリル満点ってわけじゃないだろうけど、商売の面から言えば、これまでいちばん、成功したイベントになるよ」

「あなたの予言が当たることを心から祈るわ」スザンヌは言った。「だって今夜のメニューはあらたな分野へのこころみでもあるんだもの」

「けど、ペトラなら……」

「ペトラがどうしたの？」当の本人がスイングドアを抜けてカフェに入ってきて訊いた。

「ペトラなら近隣の六つの郡のコック、シェフ、グリルの達人たちには負けないって言おうとしたんだ」とトニ。

「コーヌコピアの〈コッペルズ〉よりも上？」ペトラは片方の眉をあげた。

「うーん、あそこのシャトーブリアンはたしかにめちゃくちゃおいしいよ」トニは認めた。

「けど、あんたが考えた今夜のメニューを見れば……こっちのほうが……」トニはふさわしい表現を探した。「見栄えがする！」

「褒め言葉として受け取っておく。さてと」ペトラはがらんとしたカフェを見まわした。実際……がらんとしたカフェにしか見えない。「あなたたちはどんな飾りつけを考えているのかしら？　どんな手を使って、古きよきパリを再現するつもり？」

「ふたりでずっと取り組んでたんだよ。スザンヌがメニューをフランスのパスポート風に印刷したんだ」

「すてきね」ペトラは言った。「保冷庫に保管している花はどうするの？」

「ピンクと白の花をできるだけ使うつもり」スザンヌは言った。「クリスタルの花瓶にいけて、ピンク色のテーブルクロスを使って、前に使った残りのピンクと黒の鳥の羽根をアクセントとして飾ろうかなと思うの。あの羽根はたしか……どのイベントだかはっきり覚えてないけど。マルディ・グラのパーティだったかしら」

「だいたいの雰囲気はつかめたわ」ペトラが言った。「パリらしさにあふれている感じね。さてと、料理が呼んでいるから、わたしは厨房に戻って、ごちそう作りに励むわ」

「シャンデリアにまた花束を結ぶんでしょ？」スザンヌはトニに訊いた。

「うん、そうだよ。それと全部の椅子の背に、ピンクと白のフリフリのリボンを結んだらいいと思うんだ」

「食器はスポードのフルール・ド・リス柄のストーンウェアを使うと決めてるわ」とスザン

ヌ。「ワインにはクリスタルのゴブレットね」

「エッフェル塔の柄がついた紙ナプキンも用意してあるんだよね」

「ええ、それと男性用にフランス製のベレー帽をいくつか注文したし、店内でかけようと思ってエディット・ピアフの曲が入ったカセットテープも探し出したわ」

トニが目をぐるりとまわした。「ウーララー」

スザンヌはトニを指さした。「トニったら、しゃれた言い方を知ってるのね。でも、いいかげん急がないと」

スザンヌとトニはテーブルクロスをひろげ、花をいけ、テーブルセッティングをし、キャンドルを添え、パスポート風に印刷したメニューを置き、最後の仕上げに遊び心満載のフランスらしい飾りをつけた。

「ふう」トニは言った。「パリに行ったことはないけどさ、左岸にあるビストロみたいに見えてきたよ」

「たしかに」

スザンヌは小さな白い電球を連ねたストリングライトをほどきおえ、どこに取りつけようかと思案していた。

そのとき、入り口のドアが乱暴にあき、ジュニアが顔をのぞかせた。「トントン」と声をかけた。「おふたりさん、がんばってるか?」

「ジュニア!」トニがたしなめるような声を出した。

「みんなにでっかいプレゼントを持ってきたぜ」ジュニアはハロウィンのカボチャランタンみたいに、にやにや笑った。

「ちょっと待って」スザンヌはジュニアをじっと見つめた。「本当にできたの？　まさか、間に合うように仕上げてくれるなんて思ってなかった」

「外に出て、おれの作品を見てやってくれよ」

スザンヌとトニはジュニアのあとをついて外に出た。

「ほらな？」

ジュニアはピックアップトラックを改造したキャンピングカーの後部に連結された、車高の低いフラットトレーラーにさっと手を振った。高さ五フィートもある、エッフェル塔の正確な縮尺模型がのっていた。

「すごいじゃん！」トニが叫んだ。「本当に作ったんだね。どうやったのさ？」

「ほしいですか《ヴーレヴー》……ええと、エッフェル塔《ル・エッフェル》を？」ジュニアがフランス語で訊いた。

「うん、まあ、材木置き場で廃材をいっぱい手に入れたんだ。その、なんだ、タダでな。で、そいつを接着剤でくっつけていったんだ。それぞれが交差するようにな。けさ、金色のスプレー塗料があったんで、そいつで全体を金色に塗ったってわけだ」

「すばらしい出来栄えだわ」スザンヌがそう言ったのは、実際、すばらしい出来栄えだったからだ。

「本当にすごいよ」トニはスザンヌを見て言った。「ジュニアに参加賞のトロフィーをやらなきゃだね」

「これを見て、ストリングライトの使い道を思いついたわ」スザンヌは言った。

トニはキャンピングカーのなかに動いているものがあるのに気がついて言った。

「車に誰を乗せてんの?」

「あれはキッド」ジュニアは言った。

「車のなかに子ども《キッド》を入れっぱなしにしてるの?」トニは唾を飛ばしながら言った。「頭がおかしいんじゃない?」

「ちがうちがう、キャプテン・キッドだって」

ふたりのおかしな会話にスザンヌは引き寄せられた。

「訊かないほうがいいと思うけど、そのキャプテン・キッドっていったい誰?」

「人間じゃない」ジュニアは言った。「ヤギだ」

「ちょっとちょっと、なんでヤギがいるのさ?」トニが訊いた。

「チャブズ・シュウィングラーと取引してタイヤを売ったんだよ」

「で、かわりにヤギをもらったって?」トニは見るからに当惑していた。

「悪い取引じゃなかった。っていうのも……まあ……」ジュニアは肩をすくめた。「ヤギはたいしたものじゃないし、タイヤはほとんど溝がなくなってたし」

「ヤギなんかもらってどうするの?」スザンヌは訊いた。三人はジュニアのキャンピングカーの近くまで移動し、前部座席にえらそうな態度で立っている、白い子ヤギをじっと見つめた。ヤギは澄んだ青い大理石のような目で三人を見つめ返し、ひと声鳴いた。メェー。

「うーん。とりあえず、店の裏につながせてもらおうかと思ったんだよ」ジュニアは言った。「車のなかをぼろぼろにされたら困るんで、そのへんの草でも食べさせようかなと。それに、エッフェル塔を店のなかに運び入れたら、残ってあんたらのおしゃれなディナーを手伝わないといけないしさ」彼はかかとに重心をあずけた。「いいだろ、な?」

「いいわ。でも、裏口には近寄らせないでね」スザンヌは言った。「夜は肉を焼くのに、何度も出たり入ったりすることになるから」

スザンヌが厨房で、ペトラの手伝いで固ゆで卵の殻をむいていると、ジミー・ジョン・フロイドが裏口をノックした。彼はドアを少しだけあけ、顔を出した。

「ペトラ?」

ペトラは振り向いた。「やっと来てくれた。大事な大事な配達が来るのを、一日じゅうはらはらしながら待ってたの」

「ちゃんと持ってきたよ」フロイドは言った。「頼まれたものは全部。しゃれたフランス産チーズも」

「ブリーチーズね」スザンヌは言った。

フロイドはうなずいた。「新鮮な桃もある。天国にいるんじゃないかと錯覚するほど、おいしくて果汁たっぷりのやつだ」彼はそこでひと呼吸おいた。「ところで、裏庭にヤギが一頭いるようだが？」

そのときトニがちょうど厨房に入ってきた。

「あれはキャプテン・キッドっていって、ジュニアのヤギなんだ」

「まさか、あいつを……」フロイドは喉を刃物ですぱっと切る仕種をした。

「料理に使うのかって？」トニは叫んだ。「まさか。冗談じゃない」

「今夜はステーキよ」スザンヌはくすくす笑った。「当初の予定どおり」

フロイドはほっとした顔をした。「そうか……それはよかった。えへへ。じゃあ、注文の品を持ってすぐに戻ってくるよ」

「卵の殻をむくの、手伝おうか？」トニがスザンヌに訊いた。

「大丈夫。あとちょっとで終わるから」スザンヌは言った。

フロイドが農産物が入った木箱をふたつ運び入れ、寄せ木のカウンターの隣に置いた。

「キャビアも持ってきてくれた？」ペトラが訊いた。きょうは朝から、エッグ・シューターのことでカリカリしていたのだ。

「アメリキャビアっていう国内ブランドにしたよ。五大湖地方産のホワイトフィッシュの卵は粒が小さくてプチプチしていながら、比較的安く手に入る」

「今夜は贅沢な夜になるね」トニはキャビアの缶をひとつ取り、それを持ってくるくるまわった。「食べて、飲んで、犯罪との戦いであたしたちが見せた勇気を祝おう。スザンヌがものすごく優秀な探偵だって事実も一緒に」

「へーえ」フロイドは調子を合わせた。

「へーえ、じゃないよ」とトニ。「病院の薬局で強盗事件を起こしたのはバーディだって保安官が考えたときには窮地を救ってあげたし、きのうの夜だって、トラック強奪事件を解決しちゃったんだよ……まあ、もちろん、あたしも力を貸したけどさ。一味のボスのロバート・ストライカーはいまごろ、留置場のなかでえんえんと待たされてるだろうね」

「あの事件が解決したのか？」フロイドは胸に手を置いた。「配達で運転してるときなんか、トラック強奪犯のことがちらついてね。いつなんどき襲われるかと、四六時中びくびくしてたんだよ」

「もうこれで安心できるわよ」ペトラがきっぱり言った。

「まあ、見てなって。スプーナーとノーターマンが殺された事件も、薬局の強盗事件もスザンヌが解決するからさ」トニはスザンヌの背中を叩いた。「ハニー、あんたの調査が実を結びつつあるね。解決の日も近いよ」

「目前よね」とペトラ。

「だが、殺人事件はもう解決したんじゃないのかい？」フロイドが口をはさんだ。

トニは首を左右に振った。

「スザンヌは病院で発砲した犯人はノーターマンじゃないと見てるんだ。ドゥーギー保安官はあんなうさんくさい偽装自殺をうのみにしたかもしれないけど、スザンヌはそうじゃない」

「おやおや、そりゃおっかないな」フロイドは小さく体を震わせた。「例のエド・ノーターマンの件は聞いたが、なんとも悲惨だったそうじゃないか」

「そうなんだよ」とトニ。「あたしたち、窓からのぞいちゃったんだけど、ノーターマンはぐったり倒れてて、まわりが彼の血で真っ赤だったんだから」

フロイドはトニのおぞましい描写に目を丸くした。

スザンヌはフロイドが言葉を失っているのに気づき、トニの話をさえぎることにした。

「卵も野菜もそろったことだし、フロイドさんのお仕事の邪魔をしては悪いわ」

「そうそう」とペトラもうなずく。「フロイドさん、いろいろ力になってくれて、言葉にできないほど感謝してるわ。キャビアと季節はずれの桃を調達してくれたことも、真っ昼間に特例で配達してくれたことも。きょうのディナーが大成功をおさめたとしたら、その一部はあなたの協力のおかげよ」

「ねえ」スザンヌはフロイドに言った。「今夜、あとふたりなら席を用意できると思うの。よかったら奥さまと一緒にゲストとしていらっしゃらない？」

「本当かい？　いやあ、うれしいな」フロイドはスザンヌたちに両手を振りながらうしろにさがりはじめた。「親切にありがとう。けど、妹のところに連れていくと女房と約束しちまって」

「そうなの？」ペトラが訊いた。

フロイドはひょいと頭をさげた。「うん、でも誘ってもらえて本当にうれしかったよ」

「じゃあ、次の機会に」

配達された食材を包みから出し、青野菜を洗っていると、突然、建築現場で使う削岩機のようなとてつもない音が裏庭から聞こえた。

ペトラはぎくりとした。「なんの音？」

「貨物列車が脱線したみたいな音だね」トニが言った。

「頼んだグリルが届いたのよ、きっと」とスザンヌ。

トニは窓に駆け寄って、外をうかがった。「本当だ。バド・ノルデンがばかでかい鋳鉄のアウトドア用グリルをトラクターで引っ張ってる」

ペトラもがまんできずに外をのぞいた。「幅十二フィートのグリルのようね。あれなら大丈夫」

「こっちの希望どおりに設置してくれている？」スザンヌは訊いた。

「場所はだいたい合ってる」ペトラは言った。「それに、ねえ、見て。旅路の果て教会の若者がひとり、手伝いにきてくれたみたい。あら……あれってもしかして……あの人、手にビールを持ってるんじゃない？」

「それはよくないわ」スザンヌはペトラの隣に立ち、窓の外に目をやった。偉大なる奇術師フーディーニにも匹敵する早業で、琥珀色の瓶が消え、ビリー・ブライスがなに食わぬ顔で手を振ってよこした。スザンヌは片足で床をコツコツ叩いた。「うーん」

ペトラはコンロに向きなおった。「ステーキ用の漬け汁を仕上げなくちゃ。あ、トニ、ステーキナイフを出してくれた？」

「いけね、忘れてた」

「だったら、すぐにやって。それとスザンヌ、火をおこすのに着火剤は必要？」

「いますぐ確認する」

スザンヌはすぐさま外に出ると、バド・ノルデンに声をかけた。ビリー・ブライスは煙のようにいなくなっていた。この場合はビールの泡のように、と言うべき？

「スザンヌ」ノルデンが言った。人のよさそうな日焼けした顔とがっしりした上半身の五十をちょっと過ぎた男性だ。きょうはオーバーオール姿で薄茶色のワークブーツを履いている。

「きみが今夜のグリルの達人なのかな？」

「そうなりたいわ。コツがあるなら教えて」

ノルデンは片手をあげ、持ってきたグリルをしめした。

「そうだな、こいつはプロパンガスを使うから、取り扱いはかなり簡単だ。グリルは三つにきっちり分かれてて、それぞれ設定を変えられるから調理は楽だ。レアはこっちの端で焼き、ミディアムは真ん中、ウェルダンはいちばん奥で焼くのがいい」

ノルデンが火のつけ方と温度の設定について説明しているところへ、ジョーイが自転車に乗って裏庭に入ってきた。

「こんちは、ミセス・D。こんちは、ノルデンさん」ジョーイは歌うように言った。

「やあ、坊主」ノルデンは温厚な声で言った。「最近はなににはまってるんだ？」

ジョーイは自転車を木のそばに乗り捨て、ナイロンのバックパックとペイントボール銃を手に取った。銃は黒仕上げで口径が大きく、スザンヌは高性能のオートマチックライフルにちょっと似ていると思った。

「きょうはペイントボール大会だったんだ」ジョーイは言った。「おれのチームは準優勝したんだよ」彼は雄叫びをあげ、勝ち誇ったように片腕を突きあげた。

「そりゃ、よかった」ノルデンは言った。「そのうち、本物の銃を持って鹿狩りに行くようになるかもな。ウィンチェスターXPRかブローニングのボルトアクション式ショットガンあたりを持って」

「お願いだから、その気にさせるようなことを言わないで」スザンヌは言った。

けれどもジョーイはすっかりやる気になっていて、スザンヌの言うことなどろくに聞いていなかった。グリルをしげしげとながめ、ぴかぴかの表面に手を這わせ、それから裏口に向かった。

「なにか忘れてない、ジョーイ？」スザンヌは声をかけた。

「ん？」

「ジャンプスーツ。ペイントボール銃も」

「いけね」ジョーイはジャンプスーツを脱ぎ、銃を裏口のドアの隣に隠した。それからスザンヌを振り返った。「今夜は豪華なディナーだから、お客さんからチップをもらえるかな？」

スザンヌは思わず頬をゆるめた。

「きっともらえるわよ、ジョーイ」

32

エッフェル塔がまばゆく光るストリングライトで飾られ、キャンドルには火が灯され、どのテーブルもとてもエレガントに見える。直前になってペトラがキンドレッド・ハイスクールの弦楽四重奏団に店内で演奏してもらうよう手配したため、演奏者四人が到着するとスザンヌはその準備もしなくてはならなかった。間に合わせの譜面台と折りたたみ椅子を半円形に並べた。

弦楽四重奏団が調律を始め、店内の準備がすべて終わると、スザンヌとトニは〈ニッティング・ネスト〉ですばやく着替えをした。スザンヌは黒いカクテルドレス、トニはフリルのついた白いブラウスに黒いスラックスを合わせた。

「いい感じだよね？」トニがアンティークの波形の鏡をのぞきこみながら言った。

「最高よ。あとはディナーを成功させるだけ」

スザンヌは落ち着かない気持ちで店内をせわしなく動きまわり、すべてを完璧以上のものにする作業に打ちこんだ。ディナーで出すワインはステファン・アヴィロン・ボージョレ・ヴィラージュに決めてあったので、何本かの栓を抜き、空気に触れさせて中身を落ち着かせた。わたしも同じことをしたら、魅力がぐんと増すかしら。

「なにをすればいいのかな、ミセス・D？」ジョーイが訊いた。黒いスラックスに白いシャツ、そして黒い蝶ネクタイを結んでいる。なんともかわいらしいけれど、シルバーの鼻ピアスをつけたままだ。

「あなたはエッグ・シューターをひとり分ずつのせたお皿を大きなシルバーのトレイで運んで。配るのはわたしがやるから、あなたはついてくるだけでいいわ」

「わかった」

「ディナーが始まったら——今夜は全部で五品あるの——使ったお皿をさげる仕事に専念してね」スザンヌはそろそろ演奏が始まるかと、演奏家たちを振り返った。

「例の男、また見かけたよ」

スザンヌはジョーイに視線を戻した。「例の男って？」

ジョーイは声を落とした。「ほら、ヤクの売人」

「麻薬を売ってたの？」

ジョーイはうなずいた。

「どこで見かけたの？　学校の外？」

「ううん、ジェサップ。友だち何人かとぶらぶらしてるとき。〈マクドナルド〉で」

「若い人？」

ジョーイは首を横に振った。「歳がいってるよ。だいたい……」彼はフランス国旗をどっち側に吊そうかと考えているジュニアを指さした。「あの人くらい」

スマッキー、まさかあなたなの?

時計の長針と短針が六のところで重なると、弦楽四重奏団がドビュッシーの軽快な曲を奏で、お客が到着しはじめた。スザンヌはひとりひとりを心をこめて出迎え、そのかたわらでトニが名前にチェックを入れ、各人の席をしめした座席札のある場所に案内した。

ジェニーとビルのプロブスト夫妻が急ぎ足で入ってきたのを先頭に、リードとマーサのデュカヴニー夫妻、《ビューグル》紙の編集長をつとめるローラ・ベンチリーがつづき、さらに〈ルート66へアサロン〉を経営するグレッグとブレットに、ラジオのWLGN局のポーラ・パターソンと夫のノームが入ってきた。

予約客はさらにぞくぞくとやってきた。きょうのディナーがほぼ満席なのは知っていたもののの、カックルベリー・クラブにこんなにも大勢がおさまるとは、いままで気づいていなかった。

サムがやってきてキスをし、おめでとうの言葉をささやいた。けさのちょっとした口論はさておくことにしたらしい。ジョーイにチップをあげるのを忘れないでとスザンヌが耳打ちすると、サムはわかったというようにウインクした。

全員が席につき、店内がざわめくなか、スザンヌは大きく深呼吸してから中央に進み出て、ほほえんだ。おしゃべりがたちまちやみ、ぱらぱらと拍手があがった。

「ボンジュール。プティ・パリ・グルメ・ディナーへようこそ。ビアンヴニュ・ア・ディネ」

今度は全員が盛大に拍手した。

スザンヌは頬をほころばせた。「わたしのフランス語はいまのが限界です」

するとお客はくすくすと笑った。

「本日、みなさまをお迎えして、トニ、ペトラ、わたしの三人はとても感激していますし、今夜のために特別に考案した五品のメニューでみなさまの舌を刺激するのが待ちきれません」

励ますような表情を一斉に向けられ、スザンヌは夢のなかにいるような気持ちで先をつづけた。

「お手もとのメニューにもありますように、最初にお出しする小さなオードブル《アミューズ・ブーシェ》はエッグ・シューターという名がついております。固ゆで卵の黄身を小タマネギ、セロリ、クレームフレーシュとともに細かく刻み、上に黒くて美しい国内産のキャビアをのせた料理です」

「キャビア大好き！」《ヌゼモン・ル・キャビアール》どこからかフランス語が聞こえた。

「ええ」《ウィ》スザンヌは同意して説明をつづけた。「次に召しあがっていただくのは前菜で、カモの手羽肉のオレンジソースに、シェリービネガーであえたベビーリーフのサラダです。メインディッシュにはお好みの焼き加減で焼いた小ぶりのヒレ肉に、野生のアミガサタケを使ったソースをかけ、つけ合わせとしてパルメザンチーズをたっぷりまぶしたポムフリットを添えます。デザートは桃とアーモンドのタルトと、小さなカップに入ったエスプレッソを。お食事のときにはフランス産の赤ワイン、ステファン・アヴィロン・ボージョレ・ヴィラージュをお出しします。白ワインがお好きな方のために、カリフォルニア産のソーヴィニヨン・ブランもご用意しています」

赤ワインの効果もあってか、エッグ・シューターは大好評を博した。

「みんな気に入ってくれたみたいだよ」グラスにワインを注ぎ足しながら店内を一周していると、トニがスザンヌに耳打ちした。「キャビアもすごい人気だし」

「この町には洗練された層が少なからずいると、前から思ってたわ」スザンヌも小声で言った。

ふたりはカモの手羽肉、つづいてサラダを給仕するかたわら、ステーキの焼き加減の好みを全員に訊いてまわった。ミディアムレア、ミディアム、ウェルダンなら苦もなく焼き分けられるだろう。焼き加減を書いた控えを持って外に出ると、すでにペトラが十二枚のステーキ肉をグリルにのせていた。

「これは全部ウェルダン。ウェルダンは早めに焼きはじめたほうがいいと思って」ペトラは銀色のトングを振った。「全部のステーキの控えを持ってきてくれたのね？」

スザンヌはメモを確認した。「ウェルダンは十一枚必要よ」

「そう、いまヒレ肉を十二枚焼いてるから、一枚はおまけね」

「わかった」スザンヌは言った。

「あとの焼き方は？」ペトラは頭にのせたコック帽を片手でまっすぐに直した。

「ミディアムが十四、ミディアムレアが十一」

「了解」

スザンヌはペトラがヒレ肉をひっくり返し、それからニンニクとワインで作ったソースにたっぷりひたすのをじっと見ていた。「とてもおいしそう」

けれどもペトラにはわずかながら疲れが見えてきていた。

「あとはポムフリットがうまく……」

「そろそろステーキ当番を交代するわ」スザンヌは言った。「そもそもそういう役割分担だったし。あなたは厨房で問題回避と調理に専念してて」

「そうね」ペトラはいそいそとトングをスザンヌに差し出した。

「グラスのワインをからにしないようにって、トニに言っておいて。さあ、行って。早く！」スザンヌが大声で言うと、ペトラは飛ぶようないきおいで厨房に戻っていった。

スザンヌは腕時計に目をやり、そばに置いてある保冷庫に手を入れ、十四枚のヒレ肉を出した。これはミディアムに焼く肉だ。グリルの真ん中へんに移動し、十四枚を全部並べた。おいしそうな音をさせながら焼けていく肉を、本物のグリルの達人になった気分でながめながらほほえんだ。

外はほぼ真っ暗で、空の高いところに黄色い三日月がかかり、木に張りめぐらせたストリングライトがまばゆく光っている。豆電球が放つほのかな光が、ぬくもりのある平穏な雰囲気を醸している。自宅の裏庭でたき火を囲むときの感覚によく似ている。

グリル沿いに移動し、ウェルダンの肉をざっと確認した。完璧な焼け具合だ。しっかりとついたグリルの焼き目、いい感じの焦げ、ペトラの漬け汁から立ちのぼるいぶしたような甘いにおい。

揺らめく炎に見入っていると、ブーンという音が耳に届いた。

ん？　グリルの温度を高くしすぎたかしら？

確認した。ううん、なんの問題もないわ。

それでもまだ、音は聞こえてくる。ブーンという低い音だ。音は途切れることなくつづいている。はっきりこれ、とわかる音ではない。でも……。

スザンヌは妙な感じをおぼえた。頭の奥にしまいこまれていた記憶が、ぴくりと反応するのがわかった。もしかして……ううん、そんなはずはない……日曜の夜、病院の外で聞こえたあの音かも。

屋根に設置してある空調設備？　ちがう、それはありえない。

不快なうずきが全身にじわじわとひろがった。つま先の先端から始まって背骨を這いのぼり、ついには脳を激しく刺激している。スパイダーマン並みの危険察知能力が発動した。つまり、危険が迫っている……。

本当に危険が迫っているとして、そんなものがいったいどこに……？

スザンヌはステーキを一枚ひっくり返し、その直後、上に目を向けた。

ブーン！

超軽量飛行機がスザンヌのほうに迫ってくる。ひとり乗りの機体は超軽量の骨組みにガソリンエンジンを搭載し、それにもちろん、パイロットが乗っている。それがいま、撃墜王レッド・バロンのように、ぐんぐん高度をさげ、まっすぐに向かってきていた。

33

ただし操縦しているのはレッド・バロンじゃなく、ジミー・ジョン・フロイドだった。今夜は黒いジャンプスーツもマスクも着けていない。配達するときの白いエプロンも。けれども、病院でハロルド・スプーナーを撃つのに使った、あの黒光りする拳銃は手にしていた。しかも、超軽量飛行機を降下させながら、その拳銃をスザンヌの心臓に向けていた。

スザンヌは呆然とし、恐怖で身をすくませた。あまりに非現実的な光景だった。ぶんぶん飛びまわる虫のような乗り物がどこからともなく現われ、しかも、凶暴なパイロットに命をねらわれるなんて!

スザンヌはあわてふためき、あたりを見まわした。熊手、シャベル、なんでもいいから身を守るものがほしい。けれどもなにも見つからなかった。いま手にしている金属のトングしかない。

うまいこと、カックルベリー・クラブの裏口から駆けこめるだろうか。あるいはグリルの下にもぐりこめば、助かるチャンスはある? 胸のなかで心臓が激しく脈打ち、頭がくらくらしてきた。どうしていいかわからず、万事休すだ。フロイドは凶暴な捕食動物で、スザンヌはその餌も同然だった。

パニックをこらえ、どうするべきか考えていたのは、ものの数秒のことだったが、スザンヌは何時間にも感じた。そのとき、近くで大きな声がした。「やあ、どうも!」

右を向くと、ビリー・ブライスが赤いバラを一本持って立っていた。次の瞬間、赤いバラが地面に落ち、ビリーが全速力で、かつ怒ったパンサーのように身を低くして駆け出した。

彼はスザンヌのうしろにまわると、裏のドアのわきに立てかけてあったジョーイのペイントボール銃に手をのばした。

ビリーはペイントボール銃をさっと持ちあげ、超軽量飛行機にねらいをさだめて引き金を引いた。

プシュッ!

ペイントボールがフロイドの胸に命中し、真っ赤な塗料が飛び散った。超軽量飛行機はバランスを崩し、数秒ほど宙に浮いていたものの、たちまち大きく傾いた。しかし、すぐにフロイドは立て直した。旋回して舞い戻り、再チャレンジをこころみた。

プシュッ、プシュッ、プシュッ。

あらたに三個のペイントボールがつづけざまに発射された。

「伏せて!」ビリーはスザンヌに向かって怒鳴った。

スザンヌは機敏な動きでグリルの下にもぐりこんだ。

超軽量飛行機の機体は青、赤、黄色の塗料にまみれ、甲高い飛行音が単調な轟音に変化していた。

スザンヌは顔を出した。「しとめたみたい」と大声で言った。「当たったみたいよ！」

しかしフロイドはまだ近づいてくる。ビリーがまた引き金を引くと、むなしいカチッという音が出た。ペイントボールが切れてしまったのだ。

「弾切れだ！」ビリーは叫んだ。「弾はないか！」

スザンヌは身をかがめたまま裏口まで移動してドアをあけ、真っ先に目に入ったものをつかんだ。ウェルサマー種の茶色い卵が入ったカートンだ。ペトラのお気に入りの卵。急いで外に出ると、カートンのふたをあけ、第二次世界大戦の射撃助手よろしくビリーの隣に立ち、ペイントボール銃に卵を二個入れた。ビリー・ブライスはねらいをさだめて発射した。

ベチャッ！　ベチャッ！

卵は超軽量飛行機の翼に当たり、黄身と白身があちこち飛び散った。フロイドはなにか叫び——おそらく悪態だろう——なおもぐんぐん近づいてくる。

スザンヌが卵をもう一個、ペイントボール銃に入れるのと同時に、フロイドが銃をかまえ、引き金に指をかけ、ふたりに向けて発砲した！

ビリーは目にもとまらぬはやさでスザンヌをわきに引っぱると、彼女の前に立ちはだかって盾になった。その直後、うわずった悲鳴があがった。

「たいへん！　撃たれたの？」スザンヌは大きな声を出した。

ビリーは顔をしかめたものの、おぼつかない手であらたな卵を銃にこめ、かまえ、ねらいをつけ、また発射した。

今度はあざやかな色の黄身がジミー・ジョン・フロイドの顔にまともに当たって崩れ、彼は前が見えなくなった。フロイドが怒りの叫び声をあげながら乱暴に目をこすると、機体は大きく揺れながら急降下を始めた。つづいて、エンジンがぷすぷすいって停止した。スザンヌが呆然と見あげるなか、ジミー・ジョン・フロイドを乗せた超軽量飛行機は、傷を負った鳥のように左右に揺れた。そしてとうとう、真っ逆さまに落下した。

それと同時に、ビリーがうめき声をあげながら、地面に倒れこんだ。

34

「サム！　サム！　早く来て！」

スザンヌは大声で叫びながら厨房を駆け抜け、呆然としているペトラとジョーイのわきをすり抜け、カフェに飛びこんだ。髪がひどく乱れ、顔に塗料が点々と散っているのはわかっているし、両腕を大きく振りまわし、頭のおかしな女性みたいに叫んでいるのもわかっている。でも、そんなことを気にしている場合じゃなかった。「ビリーが撃たれた！」と大声で言った。「フロイドが銃を持って現われたの！」

その知らせにディナーは一時中断となった。椅子を引く音がし、あちこちから大きな声があがり、バイオリン奏者は耳障りな音を出し、全員の目がスザンヌに注がれた。

サムはフォークを皿に落とし、いきおいよく立ちあがったせいで椅子がうしろに倒れた。

「場所は？」

スザンヌは彼に向かって手をのばした。「裏よ。ついてきて！」

たちまちディナーの場は大混乱に陥った。

「銃ですって！」

「隠れるのよ!」

「携帯電話で録画するわ!」

「見にいかなきゃ!」

スザンヌとサムは厨房を駆け抜けた。あいかわらず呆然としているペトラ、信じられない顔のジョーイ、ホイップクリームの入ったボウルを手に食品貯蔵庫から出てきて目を丸くしているジュニアの前を通り過ぎた。

「撃たれたの! ビリーが撃たれたの!」スザンヌはパニックの波が迫りあがってくるのを感じ、また叫んだ。ビリーは死んじゃうの? わたしのせい? そもそもどうして彼は愚かにも(勇敢にも?)わたしの前に立ったりしたの? 裏庭に駆けていきながら、必死で涙をこらえようとしたけれど、どうしても無理だった。

けれどもサムは、いかにも医師らしく冷静沈着な様子で、ビリーのそばに膝をつき、デニムシャツをそっとめくって銃創を調べた。

「あばら骨が折れてるみたいで」ビリーは息も絶え絶えに言った。「息をするのがつらい」

「たしかに弾はわき腹をえぐっている。しかし……うん、体内に残ってはいないようだ」サムは穏やかな声で安心させるように言った。「完全に貫通してる。運がよかったと言えるね」

「運がいいって感じじゃないですよ。痛いことに変わりはない」

「救急車が向かってるわ」ペトラが裏のドアをあけて外に出てきた。「保安官も」彼女は超軽量飛行機の下敷きになって苦しそうにうめいているフロイドを見やった。「ふん」

ビリーがまたうめき声を洩らし、膝を顎のところまで引き寄せようとした。

「きみ、痛いのはわかるよ。でもがんばって。死ぬようなことはないと約束する」サムは言った。「命にかかわる症状はまったく見られないからね」彼は若者の呼吸と脈拍を確認しつつ、手で傷口を強く押さえながら、やさしく励ました。

「彼はビリーという名前なの」スザンヌが言った。

「そうか、ビリー。ぼくはサムだ。撃たれたところが死ぬほど痛むのはわかってる。でも、ちゃんと治してみせるよ、いいね？　出血もそんなにひどくないし」彼はあたりを見まわした。「傷口を押さえるものがあると……」

ペトラが清潔なふきんを差し出した。

「このふきんで傷口を押さえるから、ちょっと……そうそう、体の向きを変えてくれるかな。うん、それでいい。呼吸は問題ない？　体の力を抜いて、ゆっくりと一定の間隔で息をするようにしてごらん。救急車が到着したらすぐ、救急治療室に搬送し、傷口を洗浄し、何針か縫って、包帯を巻いてやるからね」

ビリーはうなずこうとした。「はい」

「よくきく痛み止めを出して、ひと晩、入院してもらう。明日になったら、友だちにたくさん自慢話ができるぞ」

さっきからほとんどなにも言えず、サムの治療の邪魔にならぬようしろにひかえていたスザンヌが、ようやく口をひらいた。

「彼ったら、わたしの前に飛び出したの」スザンヌは震える声で言った。

サムは振り返って彼女を見あげた。「どういうことだい、スイートハート。意味がよくわからないんだが」

「ビリーがわたしの前に飛び出したって言ったの。つまり、弾からわたしを守るために」スザンヌはときおりしゃくりあげながらぼろぼろと涙を流し、うわずった声で言った。体は小刻みに震え、顔はまだ真っ青だ。

サムは信じられないというように首を振った。「彼がなにをしたって？」

今度はもっと大きな声で答えた。「ビリーはわたしの前に飛び出したのよ、サム。わたしの命を助けてくれたの！」

「飛び出したって……つまり、きみはスザンヌの盾になってくれたのかい？」サムはビリーの手を握った。「ぼくの愛する人の？」たちまちサムの言葉もとぎれとぎれになった。「もう……言葉もない。一生、恩に着るよ」

ビリーは痛みに耐えながらもほほえみ、弱々しく親指を立てた。

「彼女は大事な人がいると言ってたけど、それが先生でよかった」

三十秒後、救急車の到着と前後してドゥーギー保安官とドリスコル保安官助手が到着した。救急隊員がサムと話し合うあいだ、保安官は呆気に取られた顔で裏庭を歩きまわった。

「いったいここでなにがあった？」保安官は訊いた。グリルで調理中だったステーキからたちのぼる煙に視界をさえぎられ、顔の前で手を振り動かした。「ステーキはずいぶんとうまそうなにおいをさせてるが、端っこのやつは焼きすぎだな」つづいてジミー・ジョン・フロイドの超軽量飛行機の残骸に目がとまり、ますますあっけに取られた。「おいおい、ありゃいったいなんだ？　ＵＦＯが墜落したのか？」

「超軽量飛行機よ」スザンヌは言った。いつの間にかトニが隣に来ていて、安心させるように肩に腕をまわしてくれていた。

「あんたのところの裏庭に墜落して炎上したのか？」

「ジミー・ジョン・フロイドのものなの。彼はわたしを殺そうとしたの」スザンヌは説明した。

保安官はあとずさった。「あんたを殺そうとしたって？」

「でも、わたしのかわりにビリーが撃たれてしまって」スザンヌは翼、プロペラ、金属の部材が渾然《こんぜん》一体となったものを指さした。「フロイドはあそこで自分の飛行機の下敷きになってる」

保安官の頭の上で想像上の電球が光った。スザンヌは〝ぱっ〟という音が聞こえた気がした。

「助けて」フロイドの哀れを誘う声がした。「誰かどうか助けてくれ」これまでのところ、助けを求めるその声はみんなから無視されていた。

「彼が病院に強盗に入って、ハロルド・スプーナーさんとジニーを撃った犯人よ」スザンヌは嗚咽をこらえながら言った。「それにおそらく、エド・ノーターマンさんも殺してる」

保安官は倒れているフロイドに近づき、ベルトをずりあげ、フロイドを見おろした。

「いまのは本当なのか、ミスタ・フロイド？」

「まさか！　とんでもない！」フロイドは涙ながらに訴えた。「あの頭のおかしな連中がおれを撃ち落としたんですよ。ひとりで飛行機を飛ばしてたら——ええ、趣味でしてね——あいつらがおれに向けて発砲してきたんで、飛行機もろとも墜落したってわけです。これはなにがなんでも……なにがなんでも訴えてやります」

「で、たまたま拳銃を持ってたわけか」保安官は一歩歩みより、フロイドの手の届かないところまで銃を蹴り飛ばした。「さてと、おれの優秀なる部下があの銃を州の弾道検査の専門家のところに持っていったら、ハロルド・スプーナーが撃たれたものと一致するという結果がでるんじゃないのかね？」

突然、トニが獰猛《どうもう》な犬のような声をあげた。スザンヌから体を離してフロイドに駆け寄り、あばらを蹴ろうとした。保安官がすんでのところでつかまえ、羽交い締めにした。

「よしてよ」トニは叫んだ。「放せってば。このげす野郎はスザンヌを殺そうとしたんだ。しかも、ビリーを撃ったんだよ！」

「落ち着いておとなしくするなら放してやる」

「あたしはいつだっておとなしくしてるじゃん」トニは不機嫌な声を出した。

「なあ、助けてくれよ」フロイドが苦しそうな声を出した。「痛くて痛くてたまらないんだ」

「おまえを助けるだと?」保安官はトニを解放した。

「あ、脚の骨が折れたらしい。それに肩も痛む」

「ほう、そうか。ところで、あそこに横たわってる若者を撃ったのはおまえか?」保安官は
そろそろと車輪つき担架に乗せられようとしているビリー・ブライスのほうに手を振った。

「病院の人たちを撃ったのもおまえか? それにエド・ノーターマンも?」保安官は唇をす
ぼめた。「おや、なにも言うことはないのか? 逮捕されるんだぞ、ミスタ・フロイド」

フロイドは小声でなにやらつぶやいた。

「なんか言ったか?」保安官は訊いた。

「弁護士を要求すると言ったんだ」

35

食事をべつにすればすべて終わった。トニとペトラはカックルベリー・クラブのなかに戻り、お客のささくれだった神経をなだめにかかった。外での出来事をユーモアを交えて簡単に説明し、追加のワインを配った(これがおおいに役だった)。ジュニアはヤギの無事を確認すると、ペトラのコック帽を粋な角度にのせ、残りのステーキを焼きはじめた。ディナーはまだ終わっていない。

二台めの救急車がフロイドの搬送のために到着すると、スザンヌはふと思いついて、彼の顔をちょっと見てくるようジョーイを外にやった。

「あなたが見かけた人だった?」スザンヌは訊いた。「見覚えがある?」

「あいつだよ」その言葉によってスザンヌの疑念は裏づけられた。「不愉快な麻薬の売人だ」

それでパズルのピースがまた一枚、おさまるべき場所におさまった。

「盗んだ薬品の行き先はそこだったのよ」ジョーイをなかに行かせてからスザンヌは保安官に言った。「ジミー・ジョン・フロイドは盗んだ品を通りで売ってたの」

「なるほどな」保安官は言った。彼は犬用のリードを手にしていて、それが薄茶色と白のぶちの犬につながっていた。その犬には見覚えがあり、たしかバンジョーという名前だったと思い出した。

「ノーターマンさんのバセットハウンドじゃない？」

保安官は少し照れたようにうなずいた。

「引き取ったの？　自分の家の子にしたの？」

「こいつはいま警察犬だ。保安官代理だのいろんな役職があたえられている」

今度はスザンヌが言う番だった。「なるほどね」保安官がここまで動物に愛情を注ぐところなど見たことがない。でも、いいことだわ、そうよね。ううん、とってもすてきだわ。

「スザンヌ？」サムが呼んだ。「きみに言いたいことがあるそうだ」

スザンヌが救急車に駆け寄ると、ちょうどビリーがうしろにのせられるところだった。

「ビリー」と声をかける。顔色がいくらか戻っていて、五分前ほどには怯えてはいない。スザンヌは彼の肩に手を置いた。「ありがとう、ビリー」いまにも嗚咽が洩れそうだった。

ビリーはどうにかこうにか笑みを浮かべ、小さく肩をすくめた。

「気にしないで。それと、よかったらウィリアムと呼んでほしい。それが本当の名前なんで。洗礼名なんだ」

「いい名前ね」

ビリーはもっと近くに寄ってほしいというように、スザンヌに向かって人差し指を曲げた。スザンヌはよく聞こえるようにと身をかがめた。

「あんたの大事な人が誰か。いい人ですね」

「わかりました」ビリーはかぼそい声で言った。「あんたの大事な人が誰か。いい人ですね」

「ええ、いい人なの」スザンヌは手をのばし、青年の頰に触れた。「だから、もうバラは贈らないで、わかった？」

ビリーはうなずいた。「もうバラは贈りません」

「でも、聞いて。ときどき、スティッキーバンかバタースコッチのスコーンをおみやげに顔を出すわ。あなたさえよければだけど」

ビリーはうれしそうな顔をした。「本当に？」

「もちろんよ。あなたがここにいるかぎり」

「実を言うと、おれ、ここが気に入ってるんです。で、思うんですよ……おれもまじめに生きる道を歩みはじめたのかなって」

スザンヌの言葉が彼をやさしく包みこんだ。

「ええ、そうよ、ウィリアム。そう思うわ」

スザンヌの
エッグシューター

【用意するもの】16個分

固ゆで卵…… 8個

マヨネーズ……大さじ3

サワークリーム……大さじ1

ディジョンマスタード
……小さじ1

パプリカパウダー……小さじ¼

塩・コショウ……適宜

キャビア　大さじ5（約7g）

チャイブ……適宜

【作り方】

1. 固ゆで卵の殻をむき、縦半分に切って黄身を取りのぞく。
2. 1で取りのぞいた黄身をフードプロセッサーに入れ、マヨネーズ、サワークリーム、マスタード、パプリカパウダー、塩、コショウをくわえ、なめらかになるまで攪拌する。
3. 2をジッパー付きのビニール袋に入れ、角を1カ所切り落とし、1で縦半分に切った白身に絞り出す。
4. 3にキャビアをたっぷりのせ、刻んだチャイブを散らす。

二日酔いのためのハッシュ

【用意するもの】４人分
オリーブオイル……大さじ２
さいの目切りの冷凍ジャガイモ……２カップ
クランブルソーセージ……１カップ
サルサソース……3/4カップ
卵……４個
アボカドの薄切り……適宜
塩・コショウ……適宜

【作り方】

1. フライパンにオリーブオイルをあたため、冷凍ジャガイモを中火で6～10分、数分おきにひっくり返しながら、カリッとなるまで焼く。
2. 1にソーセージをくわえ、全体が色づくまで火を通す。
3. 2をひらたくひろげ、全体にサルサソースをまわしかける。
4. 大きめのスプーンで3の４カ所にくぼみを作り、そこに卵を割り入れる。
5. 強めの弱火で４～６分加熱し、最後に塩・コショウで味をととのえ、アボカドの薄切りをのせる。

ペトラの
フレンチトーストスティック

【用意するもの】32本分

厚切り食パン…… 8枚

卵…… 4個

生クリーム(乳脂肪分36%以上のもの)…… 1カップ

シナモンパウダー……小さじ21/2

砂糖……大さじ1

バニラエクストラクト……大さじ1

メープルシロップまたはジャム……適宜

【作り方】

1. 食パンをそれぞれ縦に4等分する。
2. 大きめのボウルで卵、生クリーム、シナモンパウダー、砂糖、バニラエクストラクトをよく混ぜ、**1**のパンをひたす。
3. 大きなフライパンを中火にかけてバター(材料外)を溶かし、卵液にひたした**2**のパンをいくつか入れて、4つの面がすべてキツネ色になるまで焼く。残りのパンも同じようにすべて焼く。
4. 焼きたてをメープルシロップまたはジャムを添えて出す。

ハムとアンズジャムの
カントリービスケットサンドイッチ

【用意するもの】４人分

カントリースタイルのビスケット
　…… 8個(手作りしてもよし、お店で買ってもよし)

バター……適宜

ハム…… 4枚

アンズジャム…… 1/2カップ

粒マスタード……大さじ2

ディジョンマスタード……小さじ

【作り方】

1. ビスケットを温めて横半分に切り、それぞれ片面にバターを塗る。
2. 1のビスケットの下になるほうに半分に切ったハムをのせる。
3. アンズジャムと2種類のマスタードを混ぜ合わせ、2のハムの上に塗り、ビスケットの上になるほうをのせてはさむ。

朝食用タコス

【用意するもの】6～8個分

卵……6個
油……大さじ2
ソーセージ……450g
タマネギ(中)……1個
おろしたチェダーチーズ
……½カップ
ベークドポテト……2個
小麦粉のトルティーヤ……1袋

【作り方】

1. タマネギ、ベークドポテトはそれぞれみじん切りにする。
2. 大きめのフライパンに油を引いてスクランブルエッグを作り、皿に移す。
3. 2のフライパンにソーセージをちぎりながら入れて軽く色づくまで炒め、みじん切りのタマネギをくわえて数分炒める。2のスクランブルエッグとみじん切りにしたベークドポテトもくわえて5分ほど弱火で加熱する。
4. 温めた小麦粉のトルティーヤに3をのせ、おろしたチェダーチーズを振ってはさみ、好みのサルサソース(材料外)を添えて出す。

桃とクリームのパンケーキ

【用意するもの】４人分
パンケーキミックス…… ２カップ
卵…… １個
牛乳…… １カップ
ブラウンシュガー……大さじ2
生クリーム（乳脂肪分36％以上のもの）……¾カップ
桃の薄切りの缶詰…… １缶

【作り方】
1. 生クリームは泡立てておく。
2. パンケーキミックス、卵、牛乳、ブラウンシュガーをよく混ぜ合わせる。
3. 調理用鉄板または油を引いたフライパンに、パンケーキ１枚につき¼カップの生地を流し入れ、へりがかわいてきたらひっくり返し、キツネ色になるまで焼く。
4. 上に泡立てた生クリームと桃をのせ、シナモンパウダー（材料外）を振る。

＊缶詰の桃のかわりに生の桃２個の皮をむいてスライスしたものを使ってもよい。

ブルーベリーとバナナのブレッド

【用意するもの】2斤分

バター……½カップ

砂糖…… 1カップ

卵…… 2個

大きめの完熟バナナ…… 2本

小麦粉…… 1½カップ

重曹……小さじ1

塩……小さじ½

バニラエクストラクト……小さじ1

ブルーベリー(生でも冷凍でも)…… 1½カップ

【作り方】

1. バターは室温でやわらかくしておく。バナナは2本ともつぶす。パン型2個に油を塗って小麦粉(材料外)を振る。
2. バターを練ってクリーム状にし、砂糖をくわえてさらに練る。そこへ割りほぐした卵をくわえて混ぜ、つぶしたバナナもくわえる。
3. べつのボウルに小麦粉(ブルーベリーにまぶす分として大さじ2を取り分けておく)を入れ、重曹と塩も入れてよく混ぜる。これを2の生地にくわえ、バニラエクストラクトもくわえて混ぜる。
4. 取り分けておいた大さじ2の小麦粉をブルーベリーにまぶして3の生地にくわえる。生地をふたつのパン型に分けて流し入れ、160℃のオーブンで45〜50分焼く。

ジュニアのお気に入り、ビールと豚肉のグーラーシュ

【用意するもの】6人分
油……大さじ2
さいの目に切った豚肉…… 900g
タマネギのみじん切り……中1個分
パプリカパウダー……大さじ2
塩……小さじ¾
コショウ……小さじ¼
小麦粉……大さじ2
ビール…… 1½カップ
サワークリーム……½カップ

【作り方】
1. 大きめのフライパンに大さじ1の油を入れ、豚肉を4〜5分、全面が色づくまで炒めて取り出す。
2. 1のフライパンに大さじ1の油を足してタマネギのみじん切りを5〜6分炒め、パプリカパウダー、塩、コショウ、小麦粉をくわえてさらに2分ほど炒める。
3. 2にビールを入れて混ぜ、1の豚肉を戻し、ふたをして30分ほど煮る。火からおろし、サワークリームをくわえてゆっくりと混ぜる。
4. 堅焼きのパンを添えて熱々のうちに出す。

オレンジのバークッキー

【用意するもの】12～15個分

種なしのオレンジ(大)
……1個
レーズン……1カップ
バター……1カップ
砂糖……1カップ
卵……1カップ
小麦粉……2カップ
ベーキングパウダー
……小さじ½
塩……小さじ¼
粉砂糖……1½カップ

【作り方】

1. バターは室温でやわらかくしておく。小麦粉はふるっておく。
2. オレンジを半分に切り、大さじ2杯分の果汁を搾る。残りのオレンジは皮も一緒にレーズンとフードプロセッサーに入れ、よく混ぜる。
3. 大きめのボウルでバターをクリーム状に練り、砂糖と割りほぐした卵を少しずつくわえて混ぜ、軽くふわっとした感じになるまでかき混ぜる。
4. 3にふるった小麦粉、ベーキングパウダー、塩をくわえてよく混ぜる。そこへ2のオレンジとレーズンもくわえて混ぜる。
5. 30cm×23cmの天板に4の生地をひろげ、220℃のオーブンで25分ほど焼く。
6. 焼いているあいだに2で搾ったオレンジの果汁と粉砂糖をなめらかになるまで混ぜ、焼きあがった5がまだ温かいうちに、上に塗る。
7. 充分に冷めてから棒状に切り分ける。

ペトラ特製ステーキのたれ

【用意するもの】ステーキ5～6枚分

オリーブオイル……¾カップ

辛口の赤ワイン……¾カップ

レモン果汁……大さじ1

にんにくのみじん切り……２かけ分

タマネギのみじん切り……⅓カップ

砂糖……小さじ1

塩……小さじ1

【作り方】

1. すべての材料をふたのできる容器、またはシェイカーに入れ、よく混ざるまで振る。
2. 1のたれを塗りながらステーキを焼く。または、たれに肉を1～2時間漬けこんでから焼いてもよい。

訳者あとがき

みなさま、たいへんお待たせしました。〈卵料理のカフェ〉シリーズの第九作『スパイシーな夜食には早すぎる』をお届けします。前作『気むずかし屋にはクッキーを』の刊行からすでに二年もたっていたのですね。月日のたつのは本当にはやいものです。でも、物語のなかの時間の流れはかなりゆっくりで、クリスマスの時期のお話だった前作からちょっとだけ季節が進み、春の到来が感じられるようになりました。

ある晩、スザンヌは婚約者で医師のサムが勤務している病院を訪れます。夜勤のサムに夜食のチリコンカンとコーンブレッドを差し入れるのが目的です。病院職員のジニーと立ち話をしていると、奥から黒いつなぎ服姿の、銃を持った男が現われます。男は病院内の薬局から薬品を盗んだ犯人で、正面玄関から逃走しようとしていたのです。警備員のハロルド・スプーナーが駆けつけますが、男に撃たれてしまいます。びっくりして立ちあがってしまったジニーも被弾します。受付のデスクに身を隠していたスザンヌですが、あまりのことにかっとなり、気がつくと、チリコンカンが詰まった保温ボトルを男に投げつけていました。男は顔からチリコンカンをしたたらせながら外に飛び出し、夜の闇に消え去りました。

保安官が部下とともに駆けつけ、すぐに捜査が始まりますが、証拠らしい証拠はなく、犯人をもっとも近いところで見たスザンヌの目撃証言があるだけ。といっても、犯人はマスクで顔の下半分を覆っていたので顔立ちまではわかりません。かなり腕のいいプロの仕業ではないかという見方がある一方、病院から逃走する際に車やバイクを使った形跡がないことから、病院関係者が犯人ではないかという説も浮上します。

一方、スザンヌは保安官事務所の捜査とはべつに、軍の放出品を扱う店でそれとなく情報を得ようとしたり、町はずれにあるあやしげな施設を調べに出かけたり、と独自の調査をおこないます。同行してくれるのは、店の共同経営者で、わくわくすることが大好きなトニ。このふたりのドタバタな調査ははたして実を結ぶのでしょうか。ふたりは真相にたどり着けるのでしょうか？

事件の真相も気になりますが、いまわたしがいちばん気になっているのは、トニは本当に独身に戻るのかということ。ご存じのとおり、トニはジュニア・ギャレットと結婚していますが、〝結婚証明書の署名のインクが乾く間もなく〟ジュニアの浮気が発覚し、結婚とも別居とも離婚ともつかない状態がつづいています。しかもジュニアはろくに定職につかず、一攫千金を夢見て、あやしげな取引に手を出してばかり。いいかげん愛想をつかしても、というより堪忍袋の緒が切れてもおかしくありませんが、トニの言動からはジュニアのことを吹っ切れないでいる気持ちが伝わってきます。口をひらけば離婚すると言っていますが、どこまで本気なのでしょうか。

子どもがそのまま大きくなったようなジュニアですが、最近は、なかなかいいところも見せるようになっていて、なんだか憎めないですよね。前作につづく二度の入院騒ぎでふたりの関係が少しずつ変わってきている気がするのですが、みなさんはどう思われますか？

そしてトニとジュニア以上に気になるのが、スザンヌとサムは無事にゴールインできるのかということ。結婚式まであと二カ月。本当なら幸せいっぱいで、ほかのことなど考えられないはずなのに、事件の謎を解くため、ときに大胆すぎる行動に出てしまうスザンヌ。読者としてはスザンヌにはこれからもどんどん活躍してほしいところですが、心配するサムの気持ちもわかりすぎるほどわかるので、本当に悩ましいところです。

というところで、次作のお知らせ……と言いたいところですが、このあとがきを書いている時点では、まだアメリカ本国から十巻の刊行について、なんのインフォメーションもありません。次はぜひ、スザンヌとサムの結婚式の場面で始まってほしいものです。

二〇二一年八月

コージーブックス

卵《たまご》料理《りょうり》のカフェ⑨
スパイシーな夜食《やしょく》には早《はや》すぎる

著者　ローラ・チャイルズ
訳者　東野《ひがしの》さやか

2021年8月20日　初版第1刷発行

発行人　成瀬雅人
発行所　株式会社　原書房
〒160-0022 東京都新宿区新宿1-25-13
電話・代表　03-3354-0685
振替・00150-6-151594
http://www.harashobo.co.jp
ブックデザイン　atmosphere ltd.
印刷所　中央精版印刷株式会社

落丁・乱丁本はお取り替えいたします。
定価は、カバーに表示してあります。
 ISBN978-4-562-06117-4　Printed in Japan